Hotel Tomorrow

Eliana Zini

ISBN: 978-3-00-050766-3

Für Nico

INHALT

Ein ganz besonderer Dank an Tom, für seine nützlichen Ratschläge, und an Patì, für ihre endlose Geduld.

STERNENTANZ
(Dezember 2004)

«Es macht sechs Euro dreißig.»

«Ich zahle bar.»

«Haben Sie zufällig dreißig Cent?»

«Hmmm... Ja. Hier bitte...zehn...zwanzig... dreißig.»

Immer dasselbe, jeden Tag.

Ich halte es nicht mehr aus.

Heute buche ich einen Flug.

Irgendwohin, Hauptsache weit weg. Ans Ende der Welt.

Ich suche Zuflucht an einem einsamen, von Menschen vergessenen Fleck dieser Erde. Allein.

Die in der Decke eingebauten Neonlichter werfen ihren gespenstischen Widerschein auf die hastigen Kunden, die wie jeden Tag kommen und gehen. Der Wohlstand überfüllt die sich kreuzenden Einkaufswagen. Draußen scheint bestimmt die blasse Dezembersonne, während ich hier drinnen an einer dämlichen Kasse festgenagelt bin und die Stunden vor sich hin kriechen.

Erfreut stelle ich fest, dass die lang ersehnte Zeit für meine kurze Pause gekommen ist. Ich gehe rüber zu Hans, der, pünktlich wie eine Schweizer Uhr, eine Riesentasse Kaffee für mich vorbereitet hat.

«Oje, Hans, warum weigerst du dich, mir einen Espresso zu machen?»

«Was willst du damit? Da ist ja nichts drin.»

Ich ergebe mich in mein Schicksal. Hans wird nie verstehen, warum wir in Italien den *caffè espresso* so begehren. Ich kapituliere und kippe den Kaffee hinunter, wobei ich mir prompt die Zunge verbrenne.

«Schlecht drauf, Mädl?»

«Nicht doch.»

«Ich weiß, was dich bedrückt. Du bist einfach nicht an diese Kälte gewöhnt, du kommst aus dem Land, wo die Zitronen blühen. In der Varusschlacht erlitten die römischen Legionen eine Niederlage gegen die Germanen, nicht nur weil sie das Gebiet nicht kannten...»

«...sondern auch wegen eures launischen, hinterlistigen Scheißwetters!»

«Also doch schlecht drauf. Lassen wir das Thema. Hilf mir lieber beim Gläsertrocknen.»

Und schon halte ich ein Geschirrtuch in Händen.

«Sag mal, hast du gestern Abend die Meteore gesehen? Die Geminiden?», fragt er mich, ohne den Blick von den Gläsern abzuwenden, die er ganz exakt aufgereiht hat.

«Nein, ich habe leider keine Schnupfensterne gesehen.»

Einen Moment lang hält er inne und fixiert mich. Dann, als ob er sich von einer großen Last befreien würde, bricht er in schallendes Gelächter aus.

«Was ist los?»

«Ist das lieb! Du hast etwas Witziges gesagt. Das richtige Wort ist Sternschnuppe. Du hast den Sternen gerade einen Schnupfen verpasst.»

«Bei der Höhe wär das doch kein Wunder», scherze ich zurück.

Mittlerweile bin ich in eine nicht unbescheidene Zahl von Fettnäpfchen getappt. Ich musste zwar als Kind Deutsch lernen, habe es aber nie wirklich verinnerlicht. Damals beharrte meine Mutter darauf, mir diese Sprache aufs Auge zu drücken, obwohl mir nie einleuchtete, wozu ich sie brauchen sollte. In dem Stückchen Land, in dem wir lebten, waren Deutschkenntnisse völlig überflüssig. Miteinander sprachen wir Italienisch, und mit fremden Leuten Spanisch.

«Danke für den Kaffee», verabschiede ich mich von Hans.

«Bist du beleidigt?»

Ich antworte nicht, zwinkere ihm dafür schelmisch zu.

An meiner Kasse wartet schon Frau Müller, ein zweiundneunzigjähriges Energiebündel, das ich immer gerne wiedersehe. Ihre strahlende Aura versüßt meine Tage. Ich helfe ihr, ihre Einkäufe auf das Laufband zu legen.

«Danke, Schätzchen.»

«Keine Ursache. Hübsch wie immer.»

Sie lacht mich schief an und deutet auf die kleine Narbe hinter ihrem Ohr.

«Haben Sie es tatsächlich gemacht?»

«Natürlich. Meine Eitelkeit hat keine Grenzen. Das Lifting hat mich ein Vermögen gekostet.»

In ihrem Alter werde ich vermutlich keine solch koketten Einfälle haben. Aber trotzdem, irgendwie bewundere ich sie.

«Melissa, ich möchte dich um einen Gefallen bitten.»

«Klar.»

«Würdest du mir Italienisch beibringen?»

Überrascht starre ich sie an. «Wollen Sie Italienisch lernen?»

«Ich habe es schon vor Jahren gelernt, ich brauche nur ein bisschen Übung.»

«Aber ich habe so etwas noch nie gemacht.»

«Wo ist das Problem? Du musst nur deine Sprache sprechen. Ich möchte Dantes *Göttliche Komödie* lesen, wenigstens die Hölle. Denn ich glaube, dass ich dort landen werde.»

Die *Göttliche Komödie*. Ich mache einen Sprung zurück in die Vergangenheit. Das Stimmengewirr um mich herum löst sich in Erinnerungen auf, Szenen aus meiner Kindheit nehmen vor meinen Augen Gestalt an: Es ist ein herrlicher Frühlingsnachmittag vor vielen Jahren, draußen glimmern die Hänge der Hügel smaragdgrün. Ich sitze in der Schreinerei meines Onkels Mattia und habe Dantes Komödie auf meinen aufgeschürften Knien liegen. Doch ich bin abgelenkt, denn durch die Fenster fallen Sonnenstrahlen herein, in denen feine Staubpartikel wirbeln. In der Werkstatt ist es ruhig, die Stille wird nur vom rhythmischen Tanz des Hobels gestört, während blonde Holzlocken sanft zu Boden gleiten. Ich schaue fasziniert zu. *Euch ward bestimmt, nicht wie das Vieh zu leben. Nach Größe, nach Erkenntnis sollt ihr streben*[1], ermahnt mich mein Onkel, indem er einen Vers der Komödie zitiert, als er mich unkonzentriert ertappt. Ihm liegt es am Herzen, dass ich in der Schule fleißig bin. *Es wäre schön, wenn du nicht wieder eine Sechs nach Hause bringen würdest*, rät er mir mit seinem gutmütigen Lächeln.

«Also, wie lautet deine Antwort?», fragt mich zappelnd Frau Müller und reißt mich in die Gegenwart zurück.

«Gerne.»

«Wenn du willst, können wir gleich morgen anfangen. Sagen wir um sechs?»

«Wunderbar.»

Munter wie ein junges Mädchen begibt sie sich zum Ausgang. Unverständlich, dass ihr Sohn sie in ein Heim stecken möchte.

Viel zu langsam vergehen die Stunden in der Arbeit. Die hässliche, grüne Uhr an der Wand tickt unaufhörlich und erinnert mich dran, dass mir die Zeit entgleitet und ich mein Leben versäume. Schon komisch, denke ich: Einerseits vergeht die Zeit so langsam, andererseits verrinnt sie so schnell, dass man gar nicht richtig zum Leben kommt.

Ich gähne, und für eine Weile verblasst die Welt um mich herum, bis plötzlich der alte Ludwig vor mir steht, auch Attila genannt, weil er mit seiner ständigen Nörgelei an unseren Nerven zehrt.

Heute mustert er mich verstohlen.

«Haben Sie gestern Abend die Sternschnuppen gesehen?», fragt er mich, während ich seinen mageren Einkauf einscanne. «Zehn Stück habe ich gezählt. Aber

---

[1] Dante Alighieri: *Die Göttliche Komödie*, Dt. von Hugo Friedrich Odysseus in der Hölle (Dantes Inferno XXVI). In: H.F.: Romanische Literaturen. Aufsätze II: Italien und Spanien, Frankfurt/M., 1972.

was mache ich damit, wenn ich nicht mal weiß, was ich mir wünschen soll?»

Komisch. Er ist einer der reichsten Menschen der Region, und ihm fehlt auch nichts, außer guter Laune und Fröhlichkeit. Wieder ein Beweis dafür, dass Geld allein nicht glücklich macht.

Irgendwie tut er mir leid. Ich lächle ihn höflich an. Um nicht gefühllos zu wirken, lege ich eine angemessene Pause ein, ehe ich flüstere: «Es macht zehn Euro fünfundsiebzig.»

Gleich wird er mürrisch.

«Zehn Euro? Für die paar Sachen? Sind Sie verrückt?»

«Ich bin nicht diejenige, die die Preise festlegt.»

«Unglaublich, ich muss meine Rente aufbrauchen, um Brot und Käse zu kaufen.» Brummelnd durchstöbert er sein Portemonnaie. «In was für einer Welt leben wir eigentlich? Während des Krieges mussten wir hungern, weil es nichts zum Essen gab, jetzt gibt es alles im Überfluss, doch dafür müssen wir unverschämt viel zahlen. Eine Schande ist das!»

Er schöpft Atem für den nächsten Angriff, und ich nutze die Gelegenheit, um ihm zuvorzukommen.

«Entschuldigung, aber hinter Ihnen sind Kunden, die warten.»

Er dreht sich um, schaut die Leute an, in der Hoffnung, einen Verbündeten zu finden, doch meinem Glück scheint ihm niemand Beachtung zu schenken.

Enttäuscht reicht er mir das Geld.

«Eines verspreche ich Ihnen!», zischt er ruppig und rückt näher, um seinen Worten mehr Nachdruck zu verleihen. «Ich werde nie wieder einen Fuß in diesen

Laden setzen!»

Knurrend begibt er sich Richtung Ausgang.

«Nie wieder!», faucht er, und seine Litanei über das viel zu teuere, moderne Leben prasselt weiter auf mich ein, bis er und sein Gezeter von der Schiebetür verschluckt werden.

Ich würde ihm gern glauben, allerdings weiß ich genau, dass er morgen mit demselben Drehbuch hier auftauchen wird - als wollte er immer dasselbe Stück proben, um sich im Hinblick auf eine große Bühnenvorstellung zu verbessern.

Was mache ich noch hier?

Ich versuche meine Gedanken zu befreien und rufe mir fröhliche Bilder meiner Jugend ins Gedächtnis. Ich überfliege die Hügellandschaft im Oltrepò, kämpfe mich mit meinem Fahrrad einen steilen Anstieg hinauf und erobere die Spitze. Dort lasse ich den Blick über das Umland schweifen: sanft abfallende Hänge, verziert von den parallel verlaufenden Reihen der Rebstöcke. Dann rase ich den Weg hinunter und genieße den Wind, der meine Haare durchwühlt. Ich erreiche den Fluss Aversa, wo ich mich mit geschlossenen Augen auf eine Wiese im Schatten der Weinstöcke lege.

«Grüß Gott», überrumpelt mich barsch die Stimme Gudruns, einer jungen Frau, etwa in meinem Alter. Wie immer steht sie mit einer Flasche Wodka vor mir. Ihre eiskalten Augen schweben haltlos im Nebel des letzten Rausches, der noch nicht allzu lange zurückliegen dürfte. Sie hat wieder zu wenig Geld dabei, um zu zahlen, will aber trotzdem die Flasche mitnehmen.

«Bitte, Gudrun, du weißt doch….», beginne ich

meine übliche Predigt, als sie plötzlich zusammenbricht. Wie versteinert starre ich auf sie hinunter, während sie bereits ohnmächtig auf dem Boden liegt. Dann erwache ich aus meiner Starre und schreie in Panik: «Ruft einen Krankenwagen!» Ihr blutleeres Gesicht lässt mich für einen Moment fürchten, dass es dieses Mal ernst ist.

Die Sanitäter legen sie auf die Trage und bringen sie ins Krankenhaus, obwohl sie inzwischen wieder zu sich gekommen ist. Erst jetzt merke ich, dass meine Beine heftig zittern.

Drei Stunden.

Noch drei Stunden bis zum Ende meiner Schicht.

Endlich zu Hause, lasse ich mich aufs Bett fallen. Die Decke umarmt mich mit der milden Wärme ihrer Daunenfüllung.

Ich bin erschöpft.

Noch schlimmer. Ich fühle mich leer.

Ich sehne mich den ganzen Tag danach, dem Lärm und dem Trubel zu entfliehen, doch gleichzeitig fürchte ich mich davor, allein zu sein. Wenn alles so leise und dunkel ist, kann ich nicht einschlafen.

Die Stille meiner Wohnung weitet die Leere. Meine Gedanken kreisen um Eleonora, meine Mutter, und um ihre Vergangenheit, auf deren Suche ich diese Reise nach Deutschland unternommen habe und am Ende hier in Bayern gelandet bin.

Ich höre noch immer den Knall. Die Bilder jener Nacht zerreißen und quälen mich in meinem Bett. Ich sehe Schatten, die Eleonoras Gesicht verhüllen, während sich ihr Lebenssaft in einen Graben ergießt.

SAG ES AUF DEUTSCH

Ich kann nicht aufhören, an jene Nacht zu denken. Als ich plötzlich wach wurde.

Beunruhigt riss ich die Augen weit auf. Die Zeiger des Weckers leuchteten in der Dunkelheit.

Es war zwei Uhr morgens, das weiß ich noch genau.

Ein unheimliches Gefühl hinderte mich daran, wieder einzuschlafen.

Als die zwei Carabinieri einige Stunden später an der Tür klingelten, brauchte ich kein Wort zu hören. Ich ließ mich einfach zum Unfallort bringen, schweigsam und wie betäubt.

Dort glitt mein Blick langsam über die Spuren ihres Abschieds auf dem Asphalt: die Glassplitter, verstreut auf der Straße, das Auto im Graben.

«Ihre Mutter hat hier die Herrschaft über den Wagen verloren», teilte mir einer der zwei Carabinieri trocken mit.

In jenem Moment war ich mir sicher, dass sich auch

mein Leben in diesem Graben überschlagen hatte.

Monatelang sperrte ich mich in mein Zimmer ein, aß kaum und ließ mich von der unendlichen Traurigkeit packen, die sich in mir eingenistet hatte. Der Unfall rüttelte an den Fundamenten meines Daseins. Ich konnte mir keinen Weg mehr in die Zukunft vorstellen. Doch ein Gedanke keimte langsam in jenen verwahrlosten Tagen und stellte mich schließlich wieder auf die Beine.

Mein Vater.

Ich hatte vielleicht noch einen Vater, wenn auch in einem abgelegen Eckchen der Welt verschollen.

Eleonora hatte mir nichts von ihm erzählt, und niemals wagte ich, die Grenzen ihres Geheimnisses zu verletzen. Aber der Unfall hatte mein Leben unweigerlich aus der Bahn geworfen. Das Verlangen, diesen Mann zu finden, wurde allmählich zu einer Besessenheit.

Meine Großeltern konnten mir leider nicht helfen, da sie genauso ahnungslos waren wie ich. Trotzdem gaben sie mir einen wichtigen Hinweis: Gabi, eine Freundin meiner Mutter, war womöglich die einzige Person, die etwas darüber wissen konnte. Sie war dabei gewesen, als die damals schwangere Eleonora nach Peru flüchtete, um Kilometer zwischen sich und ihre Vergangenheit zu bringen.

Von Gabi besaß ich nur eine alte, vergilbte Postkarte aus Bayern. In meiner Erinnerung ähnelte sie einer Walküre, aus deren Kopf eine feuerrote Mähne wucherte, rau wie das *ichu*-Gras der Anden. Ich hatte sie erst ein einziges Mal getroffen. Damals war ich fünf Jahre alt und lebte noch in Cusco. Gabi war nach Peru gekommen, um sich die Fortschritte des Entwicklungsprojektes anzuschauen, an dem Eleonora arbeitete. Während ihres Aufenthaltes sprachen wir immer nur Deutsch, eine Sprache, die mich meine Mutter seit meinem dritten Lebensjahr zu lernen zwang. Sie hatte sogar bestimmte Zeiten festgelegt, während der ich weder Italienisch noch Spanisch benutzten durfte. *Sag es auf Deutsch, sonst antworte ich dir nicht,* fuhr sie mich streng wie eine Lehrerin an.

Mit Gabi reisten wir nach Patagonien, was auch als erster Urlaub meines Lebens bezeichnet werden kann. Damals war ein solches Reiseziel nicht besonders touristisch und die Erforschung dieser Gegend eher ein strapaziöses und abenteuerliches Unterfangen, doch das entsprach genau dem Charakter meiner Mutter. Sie war immer der Meinung gewesen, dass ich nicht in Watte gepackt leben, sondern die wahre Welt kennenlernen sollte. Ich muss allerdings zugeben, dass ich nicht mehr viel von dieser Reise weiß. Nur einige abgerissene Momentaufnahmen von Bergen und unendlichen Weiten kommen mir immer wieder in den Sinn. Eine Szene ist aber noch ganz scharf und klar, ein Bild so stark, als hätte es sich auf der Netzhaut eingebrannt: Eleonora weint, während sie das erhabene Naturschauspiel der blauen Gletscherzungen bestaunt, die mit bedrohlichem Getöse abbrechen und in die Gewässer des Lago Argentino donnern.

Zurück von dieser Reise, blieb Gabi nur noch wenige Tage in Südamerika. Dann, ohne sich zu verabschieden, war sie unerwartet fort.

«So ist sie. Einfach verschroben», pflegte meine Mutter über sie zu sagen.

ITALIENISCHUNTERRICHT
(Dezember 2004)

Nel mezzo del cammin di nostra vita
Mi ritrovai per una selva oscura
Ché la diritta via era smarrita

Es war in unseres Lebensweges Mitte
als ich mich fand in einem dunklen Walde
denn abgeirrt war ich vom rechten Wege[2]

Ich schaue sie an, mit ihren silbernen Haaren und winzigen Ohren, und denke an eine Fee. Sie möchte nicht Frau Müller genannt werden, Ulli gefällt ihr besser.

Obwohl über neunzig, ist sie immer noch so lebendig, als hätte die Zeit sie vergessen. Klein und schmal, bewegt sie sich schnell und geschmeidig, mit anmutigen Schritten.

Ulli pflegt voller Sorgfalt ihre Schönheit. Ihre Haut

---

[2] Dante Alighieri: *Die Göttliche Komödie*, erster Gesang, Vers 1-3, Dt. von W.G. Herzt, Artemis und Winkler, München, 1957.

ist leicht durchsichtig, besitzt aber noch eine gesunde und strahlende Farbe – meiner Meinung nach ein offensichtlicher Beweis für die Wirkung der zahlreichen Schönheitscremes und Kosmetikprodukte, die ihr Badezimmer in Beschlag genommen haben und sicher regelmäßig benutzt werden.

Die Haare hat sie zu einem Knoten gebändigt, die Wangen sind mit Rouge gepudert und auf den Augenlidern trägt sie einen Azurton, der ihre tiefgründigen, saphirblauen Augen zur Geltung bringt. Wenn sie dich anschauen, enthüllen sie einen intelligenten und aufmerksamen Blick, dem nichts entgeht.

Sie ist wie eine zweite Oma für mich geworden. Dabei ähnelt sie so ganz und gar nicht meiner italienischen Großmutter, die nie auf ihr Äußeres Wert gelegt hat: Obwohl sie gut fünfzehn Jahre jünger ist als Ulli, hat das Alter bei ihr sehr deutliche Spuren hinterlassen. Sie ist zwar so schlank wie Ulli und sogar um einiges größer, inzwischen jedoch leicht buckelig, und auf ihrem Gesicht haben sich tiefe Furchen eingegraben. Aus Bequemlichkeit bevorzugt sie seit jeher einen kurzen, praktischen Haarschnitt, der ihr einen ehrlichen, wenngleich schroffen Charme verleiht. Ich habe sie noch nie geschminkt gesehen, und sie hat es auch nie gutgeheißen, dass Eleonora mich ermutigte, Make-up zu benutzen. Ihr Alltag bestand immer aus Knochenarbeit. Besonders als sie jung war und auf den Reisfeldern schuftete, kam es ihr bestimmt nicht in den Sinn, sich vor einem harten Arbeitstag noch hübsch zu machen. Ich denke, dass Ulli ein ganz anderes Leben geführt hat, weniger von körperlichen Anstrengungen geprägt als das von Oma

Paola. Das ist wohl auch der Grund, warum sie so gut in Schuss bleiben konnte.

Ich habe bis jetzt erst drei Nachmittage bei ihr verbracht, merke aber schon, dass ich auf diese Treffen nicht mehr verzichten möchte: Momente, in denen ich mich komplett von meiner Ruhelosigkeit befreien kann. Sie lindert den Schmerz, der mich täglich so treu begleitet.

Ulli lebt in einem hübschen Haus, bei dem der Putz an den Außenwänden schon ein wenig bröckelt. Die Fensterläden sind fuchsiarot gestrichen, die Eingangstür aus Holz ist von einem jetzt kahlen Rosenstock umrankt und der Außenrahmen mit bizarren Tierfiguren dekoriert. Der ungepflegte Garten, der das Haus umgibt, weist - ganz untypisch für Deutsche - auf Nachlässigkeit hin.

Verborgen zwischen zerzausten Sträuchern, existiert ein winziger Teich, der jetzt unter einer dicken Eisschicht ruht.

Die Räume im Haus haben sehr hohe, von Spinnweben gesäumte Decken, und die großen Fenster ermöglichen es dem Licht, die Zimmer zu überfluten.

An den Stellen, wo das Parkett aus dunklem Eichenholz nicht vom Teppich geschützt ist, zeichnen sich helle, ausgebleichte Streifen ab.

Trotz der Vielzahl an Möbeln, Gemälden und feinsäuberlich in Vitrinen platzierten Dekoartikeln wirkt das Haus dennoch leer. Es ist wohl auch zu geräumig für Ulli, seit sie alleine dort wohnt. Sie hat zwei Kinder und vier Enkelkinder, die sie selten sieht, weil sie im Ausland leben. Aus diesem Grund schenkt sie mir all ihre überschüssige Liebe.

Während unserer Treffen lesen wir ein paar Verse

aus der *Göttlichen Komödie*, dann plaudern wir auf Italienisch über die alltäglichen Verpflichtungen und Erfahrungen. Da sie, was das Leben betrifft, über mehr Weisheit verfügt, lausche ich gerne ihrer silberhellen Stimme, die über Liebe und Krieg, Skandale und Abenteuer erzählt, und unterbreche sie nur gelegentlich, um sie zu verbessern. Nebenbei genieße ich die Kuchen, die ausschließlich für meine Besuche gezaubert werden. Ich mache mir große Sorgen, sollte sie in ein Altenheim kommen, aber sie selbst nimmt es locker. Das lasse sich nun mal nicht ändern. Für sie sei es eben an der Zeit, sagt sie. Der Sonnenuntergang sei genau so natürlich wie die Morgendämmerung.

«Es war sehr freundlich von dir, Gudrun zu besuchen», lobt mich heute meine auserwählte Oma. Ich wundere mich gar nicht erst, woher Ulli das schon wieder weiß. Sie ist einfach allwissend.

Dabei war es nicht gerade eine meiner besten Ideen, Gudrun im Krankenhaus zu besuchen, das Ergebnis hätte nicht bitterer ausfallen können. Im Grunde genommen kenne ich sie ja gar nicht - abgesehen von unserem gemeinsamen Ritual an der Kasse, wenn sie taumelnd, mit einer Flasche Alkohol in der Hand ein paar Münzen in ihrem ausgefransten Geldbeutel zu finden versucht, während ich genervt zuschaue. Sie verkehrt mit sehr fragwürdigen Männern. Soviel ich weiß, ist sie mit einem Italiener zusammen, der gerade aus dem Gefängnis entlassen wurde.

Es ist auch schon mal passiert, dass ich sie abends vor einem Restaurant oder auf den Stufen einer Kirche gesehen habe, vom Alkohol völlig außer Gefecht gesetzt. Wie die meisten Fußgänger habe dann auch ich einen Umweg gemacht, um eine Begegnung mit ihr zu vermeiden. Seit sie aber an dem Nachmittag im Supermarkt vor meinen Augen elend zusammengebrochen ist, beherrscht ein Bild meine Gedanken: das von Eleonora, meiner Mutter, die während der feuchtkalten Winter der Lombardei Essen und Decken an die Obdachlosen verteilte. Dieses Bild hat mich eben während der ganzen Schicht verfolgt.

Meine Mutter war eine vorbildliche Person. An meiner Stelle wäre sie sofort zu Gudrun geeilt, um sich mit ihr solidarisch zu zeigen und ihr am Krankenbett beizustehen - auch ohne sie zu kennen. So war Eleonora.

Und ich? Ich fragte mich besorgt, ob ich mich wirklich zu einem so asozialen Mensch entwickelt hatte. War mir denn das Schicksal meiner Mitmenschen gleichgültig?

Diese schlimme Schlussfolgerung entsetzte mich so sehr, dass ich mich entschied, sie im Krankenhaus zu besuchen.

Ich konnte sie lange nicht finden und entdeckte sie schließlich in der Gynäkologie. Da lag sie, allein in einem großen Zimmer, reglos auf dem blassen Laken. Ihr Gesicht war aschgrau, und ihr Bauch zeichnete sich prall unter dem Pulli ab. Dass sie schwanger war, hatte ich bis zu jenem Moment nie bemerkt. Verdattert starrte ich sie an.

Gudrun hatte mit meinem Besuch wohl nicht gerechnet und war sichtlich darüber wenig erfreut: Es war unmöglich, den Peitschenhieb zu ignorieren, den sie mir mit ihrem Blick versetzte.

Dann wandte sie sich dem Fenster zu, so dass ich nur entrüstet ihr knochiges Rückgrat anstarren konnte.

Trotz ihrer ablehnenden Reaktion schlich ich mich leise zu ihr ans Bett und blieb dort ein paar Minuten. Erst da fielen mir die violetten Stiche auf ihren blassen Armen auf. *Verpiss dich!* schrie sie mich plötzlich an. Das war auch das Einzige, was sie während der ganzen Zeit zu mir sagte.

«Verurteile sie nicht zu hart», bittet mich Ulli nun. Sie erklärt mir, dass Gudrun ein sehr liebes Mädchen sei. Sie habe nur das Pech gehabt, in einer reichen Familie aufzuwachsen, in der keiner Zeit für sie hatte, weil das Geschäft, ein sich seit Generationen in Familienbesitz befindliches Brauhaus, Priorität hatte.

«Die Familie Ludwig. Reich wie die Ölscheichs, mit der Illusion der Glückseligkeit. Aber was es tatsächlich bedeutet, glücklich zu sein, das wissen sie nicht. Die sollen erst mal versuchen, das Leben zu genießen, was sie aber wegen ihrer Habgier nicht können. Schon immer werden die Kinder in jener Familie eher als lästige Anhängsel betrachtet, und zwar bereits von Geburt an. Zumindest bis zu dem Tag, an dem sie das ganze Vermögen erben. Gudrun ist anders, deswegen hat man sie ausgegrenzt. Bestimmt wurde sie vom Herrn Ludwig fortgeekelt.»

Der Name ist mir vertraut. Ich frage, ob es der mürrische Herr ist, der oft an meiner Kasse steht.

«Ja, das ist ihr Großvater, der reichste Mann in der Stadt, aber mindestens ebenso bekannt für seinen Geiz.»

Ulli macht eine kurze Pause, bevor sie ohne eine Spur von Bescheidenheit hinzufügt: «Als ich noch jung war, gehörte er zu meinen Verehrern. Zugegeben, ich war ein hübsches Ding, mit einem Körper wie Sofia Loren!»

Dann steht sie auf und zeigt mir ein Foto von sich als Mädchen. Sie hat nicht übertrieben, sie war wirklich wunderschön.

«Für kein Geld der Welt hätte ich diese griesgrämige Person geheiratet. Außerdem hatte ich zu der Zeit schon meinen Prinzen gefunden.»

Ich folge ihrem verträumten Blick, der an mir vorbeistreift und an dem Schwarzweißfoto auf einem Regalfach neben dem Kachelofen hängenbleibt. Es zeigt einen Trapezkünstler, der über den erstaunten Köpfen der Zuschauer akrobatische Kunststücke vollbringt.

«Ich schaute ihm verzückt zu, wie er so geschickt voltigierte, und hoffte, er würde in meine Arme fallen. Als hätte er meinen Wunsch gehört, stürzte er direkt auf mich. Die Helfer sagten, ich hätte eine Gehirnerschütterung erlitten. *Es ist Liebe*, flüsterte ich ihm ins Ohr, bevor sie ihn mir entrissen. Er folgte mir gleich ins Krankenhaus, um sich zu vergewissern, dass es mir gut ging. Am ersten Tag schenkte er mir Blumen, am zweiten Pralinen und in den darauffolgenden Jahren zwei Kinder.»

Es ist das Romantischste, was ich je gehört habe - abgesehen von der Tatsache, dass sie die Geschichte vielleicht etwa zu fantasievoll wiedergegeben hat.

«Ich rede zu viel, Melissa. Jetzt will ich etwas über dich erfahren», sagt sie und bietet mir noch ein Stück Kuchen an.

«Da gibt es nicht viel zu berichten, falls du dich auf mein Liebesleben beziehst», gestehe ich, während ich die Kirsche vom Boden aufhebe, die mir vom Teller gerollt ist.

«Erzähl mir von dir. Wo in Italien bist du geboren?»

«Ich bin in Italien aufgewachsen, aber geboren bin ich in Cusco, Peru.»

«Das hört sich spannend an.»

«Na ja, es ist eine ziemlich lange Geschichte.»

Ulli nimmt gemütlich auf dem alten, abgenutzten Samtsofa Platz.

«Ich liebe lange Geschichten.»

ICH BIN 1982 GEBOREN

«Sie kriegen uns nicht mehr!», jubelt Präsident Pertini auf der Tribüne nach dem dritten Tor der Italiener.

Vor dem Fernseher teilen meine Großeltern und Onkel Mattia seine Begeisterung und applaudieren jauchzend, als das Bild zu flackern anfängt.

Nicht jetzt, fleht Mattia, während er an der Antenne herumfuhrwerkt. Um nichts in der Welt will er den Erfolg der Bearzot-Jungs verpassen. Glücklicherweise wird das Bild wieder klar, die ergreifende Stimme von Reporter Nando Martellini kommentiert die letzten Spielsequenzen, dann spricht er endlich die langersehnte Zauberformel aus.

Weltmeiser, Weltmeister, Weltmeister!

Opa und Onkel Mattia explodieren förmlich, jubeln, umarmen und küssen sich vor überschwänglichem Glück. Oma öffnet euphorisch den besten Wein, obwohl sie vom Fußball nichts versteht.

Ziemlich genau zu dieser Zeit, aber meilenweit

entfernt, schrie auch meine Mutter, aber mehr vor Schmerz als vor Freude. Als sie schließlich verstummte, war es um mich herum zum ersten Mal hell geworden, und ich fing zu weinen an. Allerdings weiß niemand mehr, ob ich vor Glück, Angst, Kälte oder Unbehagen schrie, oder weil das Zimmer, das ich erblickte, ziemlich schäbig war. Sicher scheint nur, dass mein Gejohle nichts mit Fußball zu tun hatte.

So kam ich 1982 zur Welt, in einem kleinen Zimmer in Cusco, nichts ahnend von dem Sturm, der zu meiner Geburt geführt hatte, und von der hastigen Flucht, die mich in Amerika auf die Welt kommen ließ.

Zu der Zeit half Mutter in Peru bei einem Projekt von zwei aufgeschlossenen Franzosen, Yvonne und Roger, denen die Probleme der Quechua am Herzen lagen. Um den Mittellosen die Möglichkeit zu geben, eine einträgliche Arbeit auszuüben, hatten die beiden ein Hotel eröffnet, das von angelernten quechua-stämmigen Einheimischen geführt werden sollte.

Als Yvonnes Mann starb, blieb sie die Hauptverantwortliche des Unternehmens. Meine Mutter hatte nach dem Abitur eine Zeitlang als freiwillige Helferin dort gearbeitet und sie dadurch kennen und schätzen gelernt. Von da an hielten sie stets Kontakt, und Jahre später, als Eleonora ihr Leben nicht mehr im Griff hatte, beschloss sie, sich in Cusco niederzulassen und mich dort aufzuziehen.

Die ersten sechs Jahre meines Lebens lief ich spielend durch die Straßen Cuscos, entlang der Inkamauern oder der hübschen Häuser mit ihren weißen Fassaden und Naturholzbalkonen am wunderschönen Hauptplatz, beherrscht von imposanten und prächtigen Bauten. Oft führten mich die steilen Wege der Stadt bis zu einem Aussichtspunkt, von dem aus man eine atemberaubende Sicht über rote Dächer, Kuppeln und Glockentürme genießen konnte.

Ich verbrachte die Tage mit Jeanine, Yvonnes Tochter, und mit vielen Straßenkindern, die in der Stadt lebten.

Das Leben jener Jugendlichen war erbärmlich und unsicher, bedauerlicherweise auch schwer veränderbar. Um ein paar Münzen zu ergattern, fristeten sie mühselig ihre Existenz und rackerten sich als Schuhputzer oder Dienstmädchen bei reichen Familien ab. Viele von den Kindern besuchten die Herberge, weil sie wussten, dass sie bei uns eine warme Mahlzeit und einen Schlafplatz bekamen - und auch Hilfe, falls nötig. Wir waren in gewisser Weise ihre Familie.

Unser Alltag war selten heiter und sorglos, sondern häufig durch Probleme gekennzeichnet. Viele Ereignisse aus der Zeit haben mich stark geprägt. Wenn ich zurückblicke, geht mir besonders eines nicht mehr aus dem Kopf.

Pedro, ein sechsjähriger Schuhputzer, marschierte an einem sonnigen Augusttag in mein Leben, als er seine vierzehnjährige Schwester Norma zu uns brachte. Sie wurde vom Hausherrn, für den sie arbeitete, belästigt und misshandelt. Auch wenn die Filmspule meiner südamerikanischen Erinnerungen alt ist und die Umrisse unscharf und verblichen sind, gelingt es mir dennoch, die Bildfolge wachzurufen, in der Norma verschüchtert zur Tür hereinkam. Meine Mutter trat auf sie zu und enthüllte ihren malträtierten, gepeitschten Rücken. Die Verletzungen waren ihr unter eisigem Wasser zugefügt worden, weil sie sich ihrem Herrn nicht unterwürfig gezeigt hatte.

Yvonne und meine Mutter, die darüber sehr empört waren, zeigten den Täter an. Es begann eine lange Zeit gerichtlicher Kämpfe, teils durch Hoteleinnahmen, teils durch Spenden von Touristen und Organisationen finanziert. Leider wurde der Mann trotz eindeutiger Beweise freigesprochen und Norma gezwungen, zu ihm zurückzukehren. Yvonne und Mutter ließen sich durch diesen absurden Urteilsspruch aber nicht unterkriegen und erarbeiteten einen Plan.

Einige Zeit später kam Normas Peiniger tobend zu uns und verlangte sie zurück. Ausgerechnet in dieser Notlage befand ich mich alleine mit meiner Mutter in der Herberge. Er packte Mutter mit hasserfülltem Blick am Hals und schrie drohend, europäische Schlampen wie sie würden ein böses Ende finden. Er schleuderte sie zu Boden und versuchte, ihr die Wäsche vom Leib zu reißen, doch sie schaffte es, sich von ihm zu befreien. Inzwischen fast ohnmächtig vor Angst, kniff ich die Augen festzusammen und versuchte mir die Ohren zuzuhalten, um mir dieses Grauen zu ersparen. Ich war wie erstarrt.

Ich atmete nicht mehr.

Unendliche Sekunden.

Eine Ewigkeit.

Plötzlich wandte sich der Angreifen mir zu: Er packte mich so grob am Arm, dass ich das Gleichgewicht verlor und hart mit dem Gesicht auf den Boden knallte. Ich bekam sofort starkes Nasenbluten und schmeckte einen metallischen Geschmack im Mund. Der Anblick brachte meine Mutter in Rage. Wutentbrannt trat sie ihn seitlich ans Knie. Er ließ mich los, stolperte und fiel die Treppe hinunter. Sein Kopf prallte mit voller Wucht auf die Stufen. Sofort breitete sich eine angespannte Stille aus.

Keiner von uns bewegte sich.

Als Yvonne uns fand, standen wir noch unter Schock. Sie rief einige *Campesinos* zur Hilfe herbei, die den schweren, reglosen Körper wegbrachten.

Zum Glück war er nicht tot, und nach jenem Tag tauchte er nie wieder bei uns auf.

Norma befand sich in einem Versteck bei uns im Haus, das wusste ich ganz genau. Ich sah, wie meine Mutter regelmäßig mit Vorräten in den Keller ging, und prüfte das natürlich. Dort unten entdeckte ich das Mädchen, hinter alte Holzkisten und Säcke gekauert. Wenn ich an diese schreckliche Situation zurückdenke, erscheint mir Norma wie ein hilfloses Kätzchen, das panische Angst davor hatte, weitere Gewalt erleiden zu müssen. Gleichzeitig konnte ich in ihren traurigen Augen sehen, dass sie bereits der Meinung war, nichts wert zu sein. Sie wusste genau, dass Frauen wir ihr dieses Schicksal drohte.

Um sie zu beschützen, leugneten wir gegenüber der Polizei, ihren Aufenthaltsort zu kennen.

Ein paar Nächte später verreiste Eleonora mit einem Bündel auf der Schulter. In jener Vollmondnacht konnte ich von meinem Fenster aus ihre dunkle Silhouette erkennen, gefolgt von einer kleineren, schmächtigeren. Die beiden stiegen in ein Mini-Taxi. Eleonora kam erst zwei Tage später zurück.

Wir verloren kein Wort mehr über dieses Ereignis. «Vergessen wir es einfach», lautete Eleonoras Weisung.

Ich konnte das aber nicht.

An jenem Tag tat sich in meiner Seele ein Abgrund auf, der mit den Jahren immer tiefer wurde.

Meine Mutter hatte Norma geholfen zu entfliehen. Sie bemerkte damals jedoch nicht, dass auch ich ihre Hilfe brauchte und traumatisiert war. Es gibt Sachen, die ein Kind nie erleben dürfte.

Während ich erzähle, wird mir bewusst, dass mich die Erinnerungen voll im Griff haben und ich kurz davor bin, in Tränen auszubrechen. Meine Gefühle überwältigen mich.

Ulli mustert mich forschend. Ich hätte so Lust, mich ihr zu öffnen. Ich spüre, dass ich ihr vertrauen könnte. Sie hört mir geduldig zu und beobachtet, wie ich mich selbst hintergehe und den angestauten Groll gegenüber Eleonora wieder totschweige, anstatt mich ein für alle Mal damit auseinanderzusetzen.

Dennoch sperre ich mich.

«Ich rede nicht gerne über die Beziehung zu meiner Mutter.»

«Es ist nicht immer leicht mit der Familie», sinniert Ulli.

EUROPA

Ein Jahr nach Gabis Besuch überfiel Eleonora die Sehnsucht nach Italien. Inzwischen war ich schon sechs.

«Wir kehren heim!», verkündete sie an einem Aprilvormittag überraschend.

Heimkehren? Damals empfand ich Italien nicht als meine Heimat, sondern nur als Stiefel auf dem Globus. Natürlich hatte ich einen besonderen Bezug zu diesem Land: Immerhin wohnten dort meine Großeltern und Onkel Mattia, die ich trotz der Entfernung unendlich liebte, obwohl ich sie bis zu jenem Zeitpunkt nur ein einziges Mal in meinem Leben getroffen hatte, als sie uns im Peru besuchten. Dennoch hatte ich nicht das Gefühl, meine Wurzeln auf dem alten Kontinent zu haben. Die Aussicht umzuziehen löste in mir einen unerträglichen Schmerz aus. Eleonora war aber fest entschlossen, Südamerika zu verlassen, und wie immer würde sie ihr Vorhaben durchsetzen, ohne Rücksicht darauf, wie sich ihre stürmischen Entscheidungen auf mich auswirkten.

Es war ein Feiertag, als ich am 25. April italienischen Boden betrat. Nach einem endlosen Flug kamen wir erschöpft in Mailand an und nahmen sofort ein Taxi, das uns über die Umgehungsstraße ins Oltrepò-Gebiet bringen sollte. Ich weiß noch, dass mir dieser erste Anblick Italiens keinen berauschenden Eindruck meiner neuen Heimat vermittelte. Nach einer Weile schlief ich im Taxi ein. Zum Glück erwartete mich beim Erwachen eine Überraschung: der grauenhafte Zement der Großstadt war abgelöst worden von einer welligen, bukolischen Landschaft, die mit tausenden Farbnuancen auftrumpfte, von terrakottafarbenen Feldern bis hin zu dunkelgrünen Wäldern.

Das Dorf, in dem meine Familie wohnt, liegt auf einer Anhöhe eines ländlichen Tals, gesäumt von kleinen Kirchen aus Stein und alten Landhäusern. Es ist ein Kleinod, einhüllt in Aromen von Barbera und Bonarda, umgeben von silbrigen Olivenhainen, bunten Blumenwiesen und lieblichen Weinbergen, die sich die sanften Hänge hinaufziehen.

Meine Großeltern besitzen ein hübsches altes Bauernhaus mit einer großen, sonnigen Terrasse, geschützt durch eine von Wein überwucherte Pergola, die zum Tal zeigt und im Sommer zur Arena für die Konzerte der Zikaden wird.

Ich verliebte mich sofort in mein neues Zuhause und genauso bedingungslos in meine neue Familie.

Als ich an jenem Tag die Schotterstraße hinauflief, sah ich sie in der Ferne auf der Terrasse sitzen. Sie warteten auf uns. Nie werde ich die herzlichen Umarmungen von Opa Giovanni und Oma Paola vergessen. Onkel Mattia kam später mit einem Geschenk für mich: einer alten Ausgabe des *Kleinen Prinzen*. Ihm verdanke ich meine Leidenschaft für das Lesen und meine Büchersammlung.

Verbunden mit diesem Tag gibt es eine kleine Anekdote. Wir gingen alle spazieren und erreichten den Marktplatz, wo sich eine Traube von Menschen zusammengedrängt hatte, um anlässlich des Tages der Befreiung eine Rede des Bürgermeisters zu hören. Er begann mit einer Begrüßung der Partisanen, die zum Widerstand beigetragen und somit Italien vom Faschismus befreit hatten. Sofort ertönte Beifall und Jubelgeschrei aus der Menge.

«Was soll man von ihm auch anderes erwarten, er ist schließlich ein Roter», sagte eine Frau ein paar Schritte von uns entfernt.

Noch wenig in Geschichte bewandert, missverstand ich diese Aussage. Ich war davon überzeugt, dass die Frau über die amerikanischen Indianer gesprochen hatte, und mir erschien es gar nicht so abwegig, dass diese die gleiche Reise wie ich unternommen und sich auf einem anderen Kontinent niedergelassen hatten. Lange Zeit hegte ich diese Fantasie. Während meiner Wanderungen in den Wäldern malte ich mir aus, Sioux oder Apachen zu treffen, und zu Hause berichtete ich dann von fantastischen Abenteuern mit den Indianern. Mattia war immer höchst vergnügt, meine Erzählungen zu hören. Eines Tages verriet ich ihm, dass auch der Bürgermeister einer von ihnen war. Da verstand mein Onkel die Fehldeutung, die sich in meinem Kopf festgesetzt hatte. Aber erst Jahre später erklärte er mir, dass das mit den "Roten" ein anderes Kapitel der Geschichte sei.

Mein Unbehagen über den Abschied von Peru legte sich überraschend schnell. Es begann eine ruhige Phase meines Lebens, reich an Zuneigung und Aufmerksamkeit – etwas, das ich in Cusco von meiner Mutter nur mit der Pipette bekommen hatte, da sie immer mit irgendeinem Kreuzzug gegen die Ungerechtigkeit der Gesellschaft beschäftigt gewesen war. Durch meine Großeltern wuchs ich in einer sorglosen und stabilen Umgebung auf, ohne verzogen zu werden. Ich lernte schwimmen, erhielt mein erstes Fahrrad und gewann viele neue Freunde. Vor allem aber verlor ich die Angst vor der Unbeständigkeit, die ich aus Peru viel zu gut kannte, und gewöhnte mich an das Wärmegefühl einer Familie.

Der Umzug tat mir gut.

Nicht so meiner Mutter. Trotz der Unterstützung ihrer Eltern war sie unglücklich. Das war der einzige Makel, der diese für mich positiven Jahre trübte. Sie suchte sich sofort eine neue Arbeit und wurde von einem renommierten multinationalen Unternehmen in der nächsten größeren Stadt angestellt, was sie zu häufigen Geschäftsreisen zwang. Doch auch wenn sie sich nicht auf Geschäftsreise befand, sah ich sie trotzdem wenig, da sie für gewöhnlich das Haus ganz früh verließ, um erst spät am Abend zurückzukommen.

Eleonora war eigentlich Journalistin, aber schon während der Jahre in Peru hatte sie ihren Beruf nicht mehr ausgeübt. In Italien brauchte sie eine einträgliche Beschäftigung, denn immerhin musste sie eine Tochter ernähren. Die Jahre in Lateinamerika hatten sie zwar spirituell bereichert, aber bestimmt nicht materiell. Außerdem war sie zu stolz, um auf Kosten ihrer Eltern zu leben. Die neue Arbeitsstelle war sehr gut bezahlt, weil Mitarbeiter mit Sprachkenntnissen auf dem Markt rar waren. Ich vermutete aber immer, dass im Journalismus ihre wahre Bestimmung lag.

Für mich verging diese unbekümmerte Zeit unfassbar schnell, und unversehens erfuhr mein Leben eine verblüffende zusätzliche Beschleunigung.

Ich verbrachte heitere Tage in der Schule, mit Freunden und zu Hause, und ganz besonders in der Schreinerei meines geliebten Onkels.

Mattia wurde wegen seiner handwerklichen Geschicklichkeit im Dorf sehr geschätzt, was ihm aber wegen eines fatalen Mangels kein großes Geld einbrachte: Seine Verhandlungsfähigkeiten waren miserabel. Oft verkaufte er die Waren zu Schleuderpreisen, nur um zu vermeiden, ewig mit seinen Kunden über die Summe verhandeln zu müssen. Deswegen war klar, dass er nie reich werden würde. Ich bin übrigens überzeugt, dass ihm am Geld ohnehin nichts lag. Als „notwendiges Übel", bezeichnete er es. Wenn er versuchte, sich finanziell zu verbessern, dann nur wegen der Schulden bei seinen Eltern, die ihm geholfen hatten, den Betrieb zu starten. Er selber war ein Traumfischer und liebte die Literatur. «*Der Reichtum liegt im Wissen und in der Erkenntnis, Melissa*» ermahnte er mich, wenn ich mich über die Schule beschwerte. Er brachte mir bei, konsequent zu sein, und half mir immer beim Lernen, vor allem in den Fächern, in denen ich schwach war. Als Belohnung durfte ich alle seine Bücher lesen, eine beneidenswerte Sammlung, für die er große Holzregale mit wunderschönen Intarsien gebaut hatte, die heute immer noch die Hälfte des Hauses meiner Großeltern in Beschlag nehmen.

Wenn ich an diese unbeschwerte Phase denke, muss ich jedes Mal unter Tränen lächeln. Ich kann auf den Tag genau das Datum nennen, an dem die Aufstiegsparabel meines Lebens ihren Scheitelpunkt erreichte, ins Stocken geriet und sich zu einem katastrophalen Gravitationskollaps wandelte.

Am vierten Mai 1997.

Es war, als Mattia beschloss, sich der Herstellung von ausgefallenen Möbeln zu widmen und zusammen mit dem Geschäftsmann Achille De Pretis, der sich um die Vermarktung seiner Kreationen kümmern sollte, eine Firma gründete.

Von unserer ersten Begegnung an fand ich Achille widerlich: Ich war gerade von der Schule nach Hause gekommen, schweißgebadet nach einem kleinen Radrennen mit meinen Freunden, und wollte in der Küche Wasser holen. Er saß schon am Tisch und, während er Mattia auf die Schulter schlug, erklärte er Großvater in messianischem Ton, dass man in der Geschäftswelt nicht von Prinzipien lebe und er ein Profi sei, weswegen er den Erfolg bereits riechen könne.

Er hatte die leicht ergrauten Haare mit Gel nach hinten gekämmt, was die Falten auf seiner gebräunten Stirn und seine Adlernase noch mehr betonte. Vor seiner Brust hing – über einem sehr engen weißen Hemd - eine auffällige Spiegelbrille, und auch die dicke Gürtelschnalle, die seine helle Jeans zierte, ließ auf einen Hang zu teuren Accessoires schließen.

Großmutter nahm an der Konversation nicht aktiv teil, sie war damit beschäftigt, den Kaffee vorzubereiten. Ich hatte das Gefühl, dass Achilles

Anwesenheit ihr unangenehm war. Aus der Miene ihres Mannes schien dieselbe Missbilligung zu sprechen.

Ich wurde von Achille überhaupt nicht wahrgenommen. Nicht dass mich das gekränkt hätte. Was mich wirklich in Harnisch brachte, war seine Reaktion, als meine Mutter den Raum betrat. Beim bloßen Gedanken daran spüre ich wieder die wilde Wut jenes Tages in mir aufsteigen.

Er erhob sich und funkelte sie mit einem durchdringenden Blick an, begleitet von einem lasziven Grinsen. Dann stellte er sich ihr vor, ohne Mattia Gelegenheit dazu zu geben, und musterte sie ständig von oben bis unten, solange sie sich in der Küche aufhielt. Achille verströmte einen unangenehm süßlichen Geruch, den ich nicht ausstehen konnte. Es quälte mich zu sehen, wie sehr Eleonora dagegen von diesem anstößigen Mann fasziniert war. Bevor er ging, drückte er ihr die Hand. Dabei beschlich mich eine unheimliche Vorahnung, als hätte dieser Händedruck einen Pakt besiegelt, der meine Existenz bedrohen würde.

Die Anwesenheit jenes Mannes bei uns wurde zu einer Konstante, auch bei Tisch. Er verdarb unseren Alltag mit seiner Aufdringlichkeit. Wenn meine Großeltern sich besorgt über Achille äußerten, verteidigte ihn Mattia jedes Mal: Er betrachtete ihn als eine fähige und seriöse Person, die seinen eigenen Mangel am Geschäftssinn ausgleichen sollte. Er vertraute ihm blindlings das Finanzmanagement an, während er selbst sich Tag und Nacht um neue Kreationen kümmerte.

Aber der ersehnte Erfolg blieb immer noch aus.

Eines Tages kam Achille mit einem Vorschlag: Er habe Kontakte in Brasilien, über die man hochwertige Holzarten für wenig Geld erwerben könne, und er sei sicher, dass ihnen damit der Durchbruch gelingen werde. So schickte er Mattia nach Südamerika.

In den Wochen vor der Reise saß ich stundenlang mit meinem Onkel zusammen, um ihn beim Lernen der portugiesischen Sprache zu unterstützen. Es war sehr lustig, mit ihm die Nasalklänge des Tonbandes zu wiederholen. Ich glaube, er fand unsere Bemühungen ebenfalls amüsant, auch wenn sie ihn vermutlich nicht recht weiterbrachten. Wahrscheinlich musste er sich in Brasilien mit Händen und Füßen verständigen.

Er blieb dort für zwei Monate, in denen wir nur sehr selten von ihm hörten. Schließlich kam er zurück, ohne auch nur ein einziges Geschäft abgeschlossen zu haben, weil für den aktuellen Stand seiner Finanzen die Risiken und Kosten für den Transport nach Europa einfach zu hoch waren.

Was tatsächlich auf dieser Reise passiert ist, hat er mir auch später nie erzählt. Einmal belauschte ich ein Gespräch zwischen ihm und meinen Großeltern, die versuchten, ihn davon abzubringen, wegen einer Frau nach Brasilien zu übersiedeln, die er nicht einmal gut kannte. Aber er war davon überzeugt, dass sie die Richtige war.

Die Liebe. Was für eine lästige Klemme.

Ich würde mich nie verlieben, da war ich mir damals sicher. Meine Schulkameradinnen hatten schon längst angefangen, sich zu schminken. Am Sonntag saßen sie dann auf einer Mauer neben der Kirche, in der Hoffnung, dass die Jungs unserer Klasse vorbeikommen würden. Ich belächelte sie als blöde

Gänse. Mir war es lieber, Fußball auf dem Platz zu spielen oder Streiche zu organisieren. Dass ich mich nicht für Jungen interessierte, schien meiner Großmutter ganz gut zu gefallen. Sie ermahnte mich ständig, mich nicht wie ein „Schmetterling" zu benehmen. Das bedeutete in ihrer Sondersprache, dass ich nicht mit Jungs kokettieren sollte, weil sie das extrem unanständig fand.

Wie ein Schmetterling gebärdete sich zum Beispiel meine Mutter mit Achille.

Die zwei hatten angefangen, regelmäßig miteinander zu verkehren, aus welchem Grund auch immer. Meiner Meinung nach hätte Eleonora jemand Besseren verdient als diesen aalglatten, schmierigen Kerl. Dass auch meine Großeltern so dachten wie ich, war inzwischen klar. Mehrmals hatten sie versucht, ihrer Tochter diesen Mann auszureden. Aber natürlich war Eleonora nicht der Typ, der sich von anderen beeinflussen ließ. Aus der Sicht einer Fünfzehnjährigen brauchte meine Mutter nur jemanden, um nicht allein zu sein. Von Liebe, davon war ich überzeugt, konnte nicht die Rede sein. Eines musste man ihm aber lassen, er machte ihr wirklich den Hof, schenkte ihr ständig Blumen und lud sie am Wochenende oft zu Ausflügen ein, mit dem Ergebnis, dass ich sie noch weniger sah.

Dessen ungeachtet war es mir recht, ihn nicht zu treffen. Ich mied ihn - soweit wie irgend möglich. Wenn er zu uns kam, nahm ich mein Fahrrad und lieferte mir wilde Rennen mit meinen Nachbarn, die ich zu gefährlichen Talfahrten über steile Hänge herausforderte.

Ich fing an, mich für den Radsport zu begeistern. Im Fernsehen schaute ich mir den *Giro d'Italia* an und verfolgte live die Wettbewerbe, welche in unserer Gegend veranstaltet wurden.

Für gewöhnlich begleitete mich mein Großvater. Indem er mir seine Aufmerksamkeit schenkte, ersetzte er mir den Vater, den ich niemals kennengelernt hatte. Bei ihm fühlte ich mich wichtig. Ich liebte seine rundliche Figur, die in solch krassem Kontrast stand zu der für damalige Zeiten ungewöhnlich hageren Statur seiner Frau. Mit seinen buschigen Augenbrauen, den behaarten Ohren und dem leichten Bauchansatz wirkte er auf mich so kuschelig, dass ich ihm den Kosenamen „Bärli" gab.

Als ich ein Kind war, nahm er mich immer mit, wenn er von Zuhause fortging. Er stülpte sich seinen unverwechselbaren Filzhut über den Kopf, lud mich auf die Mittelstange seines Fahrrads - ein Bianchi, worauf er besonders stolz war - und fuhr mit mir ins Dorf. Einer seiner Lieblingsorte war der Club der sozialistischen Partei, wo er seine Freunde traf. Die Männer spielten bei einem Glas Wein Karten, meistens Briscola oder Scopa, und rauchten Zigarre. Manchmal schrien sie laut, wenn sie der Meinung waren, dass jemand geschummelt hatte, und oft erhitzten sich die Gemüter, vor allem wenn sie über Fußball sprachen. Dort lernte ich, was Politik ist: dass es eine Linke, eine Rechte und ein Zentrum gibt und dass es grundsätzlich darum geht zu streiten. Wenn sich die Lage zu sehr aufheizte, brachte mich mein Großvater weg, damit ich keine schlimmen Ausdrücke zu hören bekam. Diese Treffen waren für mich immer sehr unterhaltsam, und insgeheim dachte ich, was für ein Pech es war, als Frau zur Welt gekommen zu sein. Das weibliche Geplauder fand ich viel zu öde.

Mein Großvater meldete mich dann auch beim Radrennclub des Dorfes an und kaufte mir ein Rennrad, dessen Schönheit mir den Atem raubte. Es war Türkis und sah aus wie das des berühmten Radrennfahrers Coppi, den ich und Opa sehr verehrten.

Anfangs war es nicht einfach, von der Gruppe akzeptiert zu werden, immerhin war ich das einzige Mädchen. Doch irgendwann, ohne dass es einen besonderen Anlass dafür gab, begannen sie mich als ihresgleichen zu betrachten und sprachen mit mir, als wäre ich einer der Jungs. So verbrachte ich diese Zeit meiner Pubertät auf eine geschlechtslose Art, während die Klassenkameradinnen ihre ersten Vernarrtheiten erlebten.

An den Sommerabenden nutzte ich die Tatsache, dass es so lange hell blieb, um zu trainieren. An einem dieser Abende passierte etwas Fürchterliches. Ich sah Eleonora und Achille zusammen spazierengehen und folgte ihnen, ohne dass sie mich bemerkten. Schließlich setzten sie sich auf eine Bank. Auf leisen Sohlen schlich ich mich hinter einen Busch, nur wenigen Meter von ihnen entfernt. Was als harmloser Spaß anfing, endete in einem Drama. Ich konnte gut hören, was gesprochen wurde. Achille umschmeichelte meine Mutter mit einer unerträglichen, honigsüßen Liebeserklärung. Als wäre das nicht schon schlimm genug gewesen, kam es plötzlich zu einem Tiefpunkt, den ich mir nie im Leben gewünscht hätte: Er machte ihr einen Heiratsantrag.

Ich fühlte mich nach unten sacken. Dann betete ich. Ich betete, wie ich noch nie im Leben gebetet hatte, entschuldigte mich bei Gott, weil ich so oft an ihm gezweifelt hatte.

«Wenn es dich wirklich gibt, dann mach, dass sie Nein sagt!»

Womöglich hatte Gott gerade keine Zeit für mich.

ELIANA ZINI

SKURRILE ENTSTEHUNG EINER FREUNDSCHAFT
(Dezember 2004)

Der Angriff erwischt mich unvorbereitet, ein wüster Schwall an gezischten Wörtern klatscht auf mich ein. Gudrun steht nur einen Schritt von mir entfernt und keift mich unaufhörlich an.

«Du hältst dich wohl für was Besseres? Was glaubst du eigentlich, wer du bist? Ich brauche weder deine Hilfe noch die von den anderen Besserwissern, die meinen, eine gute Tat würde sie direkt ins Paradies befördern!»

Es hätte ein Arbeitstag wie alle anderen sein können, aber nein, die Zicke will die Stimmung wohl etwas beleben.

Meine Kolleginnen starren uns neugierig an. Ein Kunde wechselt vor lauter Schreck zur nächsten Kasse. Ich versuche mich zu wehren, indem ich stammle: *«Was hast du für ein Problem?»*. Doch sie bombardiert mich weiter mit Vorwürfen.

Demnach passt es ihr nicht, dass man sie bemitleidet. Aus welchem Grund ich sie im

Krankenhaus besucht habe, obwohl wir uns ja nicht einmal kennen, will sie wissen. Außerdem, die einzige bemitleidenswerte Person bin ich, findet sie. Wie viele Stunden sitze ich in diesem Supermarkt? Sechs, acht Stunden am Tag? Und draußen, habe ich da vielleicht ein Leben, Freunde, eine Familie? Nein, ich bin mutterseelenallein, genau wie sie.

Es sieht so aus, als wüsste sie einiges über mich.

«Du bist eine Versagerin!», grinst sie zum Abschluss. «Du bist nicht besser als ich.»

Das war zu viel. Die Wut überkommt mich unkontrolliert und explodiert ebenso heftig wie ihre. Ich kann es nicht fassen, dass sie während meiner Schicht wie eine Verrückte hier auftaucht und über mein Leben Sprüche klopft.

«Du bist ja noch bescheuerter, als ich dachte! Es tut mir leid, dass ich versucht habe, dir ein bisschen menschliche Wärme zu schenken. Wahrscheinlich hat dich keiner außer mir im Krankenhaus besucht, nicht mal deine Eltern waren da, oder täusche ich mich? Weißt du was? Inzwischen kann ich verstehen, warum sich keiner um dich kümmert, bei so einem Charakter! Ich bedauere, dass du Mutter wirst, ein Kind verdient etwas Besseres!»

Die beunruhigte Stimme meiner Kollegin erreicht mich von hinten.

«Hast du den Verstand verloren, der Direktor ist hier, der wirft dich raus!»

«Ist mir egal!», schreie ich wütend. «Ich halte es hier drinnen ohnehin nicht mehr aus!». Zitternd und kraftlos lasse ich mich zurück auf den Stuhl fallen. Es kommt mir vor, als hätte ich alle Energie verbraucht, um meine Unzufriedenheit aus mir hinauszubrüllen.

Übrig bleibt nur Ratlosigkeit angesichts meiner Existenz, die gleichgültig an mir vorüberzieht.

Ich bin eine Versagerin! Stimmt das? Hat sie womöglich ins Schwarze getroffen? Was mache ich noch hier?

Ich wirke wohl ziemlich leidend, da sie mich plötzlich besorgt mustert, als sei ihr gerade bewusst geworden, dass sie mich zutiefst verletzt hat.

Jetzt ist sie es, die das Schweigen bricht. Diesmal schlägt sie jedoch einen besänftigenden Ton an.

«Wann hast du Schluss?»

«Was geht dich das an? Willst du draußen auf mich warten und die Fäuste sprechen lassen?»

«Hast du Lust auf einen Kaffee?»

«Bitte?!?», stottere ich, während ich mich umsehe - unsicher, ob die Einladung tatsächlich mir galt.

«Hättest du Lust, mit mir einen Kaffee trinken zu gehen?»

«Willst du mich auf den Arm nehmen?»

«Warum sollte ich?»

«Erst machst du mich nieder und dann lädst du mich ein? Findest du das normal?»

«Ich habe nie behauptet, normal zu sein. Denkst du, dass du es bist?»

Die Unverschämtheit dieser Frau kennt keine Grenzen. Aber ich muss zugeben, dass sie etwas Anziehendes an sich hat.

«Na gut, um vier Uhr bei mir Zuhause», schlage ich vor, ohne groß nachzudenken. Ich will auch so schnell wie möglich dieser öffentlichen Aufführung ein Ende setzen. «Ich habe eine Espresso-Maschine».

«Gut, dann bis später.» Grinsend fügt sie hinzu: «Ich weiß, wo du wohnst.»

Ich sehe ihr lange nach. Gleichzeitig versuche ich zu verstehen, was eigentlich passiert ist und warum ich ihr zugesagt habe. Und vor allem: Wie kann sie so viel über mich wissen?

Wir sind jetzt alleine, sie und ich in meiner Küche.

«Ich hätte gerne einen Cappuccino», kommt sie mir zuvor, ohne zu warten, dass ich ihr etwas anbiete. Nun gut, vergessen wir die guten Manieren, die Situation könnte ja sowieso nicht absurder sein.

«Danke», flüstert sie mir zu, als ich ihr die Tasse reiche, «ich meine, danke für deinen Besuch im Krankenhaus.»

Wenn man bedenkt, dass sie vor ein paar Stunden keifend in den Supermarkt gekommen ist, um mich zu beleidigen, wirken wir jetzt wie eine absurde Karikatur zweier guter Freundinnen. Ich kann mir immer noch nicht erklären, warum ich sie zu mir eingeladen habe, es gibt keinen logischen Grund. Sind meine Tage tatsächlich so langweilig, dass ich solch eine skurrile Abwechslung brauche?

«Ulli sagt, dass du anders bist», höre ich meinen ungewöhnlichen Gast erklären. «Sie meint, dass wir uns ähnlich sind. Sie hat mich überredet, zu dir zu gehen.»

Die Urheberin dieser Komödie ist also Ulli. Bestimmt wurde Gudrun wegen ihrer Undankbarkeit mir gegenüber von Ulli zurechtgewiesen, nachdem sie auf meinen netten Besuch im Krankenhaus so unmöglich reagiert hatte. Ich vermute, dass Ulli ihr geraten hat, sich bei mir zu entschuldigen - aber bestimmt nicht, mir vor Publikum eine derartige Szene zu machen.

Du bist anders. Wie soll ich das jetzt verstehen?

«Es gibt nicht viele Leute, denen meine Gesundheit am Herzen liegt», fügt sie hinzu, während sie an einer Haarsträhne herumnestelt. «Im Grunde genommen ist es auch meine eigene Schuld. Ich bin keine Heilige!»

Ich bleibe still, ich werde aus dieser abstrusen Person noch nicht schlau.

Unterdessen durchstöbert sie mit ihrem Blick neugierig meine Bude, vielleicht in der Hoffnung, Details zu finden, die von meinem Leben erzählen. Sie deutet ein ironisches Grinsen an, als sie die Regalbretter sieht, die sich unter der Last der vielen Bücher biegen. Dann richtet sie ihr Augenmerk auf meine Foto-Ausstellung, die ich wild durcheinander mit Wäscheklammern an einem kleinen Fischernetz befestigt habe. Ihr Blick bleibt an dem Foto von Mark und mir hängen. Eine Liebe ohne Zukunft, die ich besser vergessen sollte, auch wenn die Glut dieser Leidenschaft noch nicht ganz erloschen ist.

Zum Glück verzichtet sie auf indiskrete Fragen. Stattdessen hebt sie die Augen in Richtung Dachfenster, das von massiven Balken eingerahmt ist und einen wolkenverhangenen Himmel zeigt. Von dort gleitet ihr Blick zum Bananenbaum hinüber, der das Fensterbrett ziert und dem fahlen Licht draußen ein frisches, leuchtend grünes Blatt entgegenreckt.

«Warum bist du ins Krankenhaus gekommen?»

Eleonora ist schuld, könnte ich sagen. Sie würde es aber nicht verstehen, deshalb beschränke ich es auf ein: «Ich dachte, es würde dir Freude bereiten.»

«Ich habe gemerkt, wie du meinen Arm angestarrt hast. Ich hasse Leute, die urteilen. Wer mich ansieht, macht es mit Verachtung!»

«Aber ich tue so was gar nicht», wehre ich mich.

«Wo kommst du her?», fährt sie fort, als hätte sie meine Antwort nicht gehört.

«Aus der Mailänder Gegend.»

«Eine Norditalienerin also. Mein Ex behauptet, dass ihr alle Rassisten seid, im Norden…»

«Es ist nicht schön zu verallgemeinern, findest du nicht auch? Wenn es dir recht ist, entziehe ich mich dieser Kategorie.»

Sie steht vorsichtig auf, um nicht gegen die Decke zu stoßen, die an diesem Punkt schräg über ihrem Kopf verläuft, und wandert in meiner Küche unruhig auf und ab. Sie trägt einen Strickpulli, dessen Maschen über ihrem gewölbten Bauch spannen, so dass ihre Schwangerschaft noch deutlicher auffällt. Sie wirft einen nachdenklichen Blick durchs Fenster nach draußen.

Ich beobachte sie fasziniert.

Gudrun.

Dieser Name aus einer alten nordischen Sage könnte nicht geeigneter sein. Hart wie die scharfen Umrisse der Berge, die uns umgeben, hat er etwas Geheimnisvolles an sich. Er passt gut zu diesem großen, blonden Mädchen mit den nahezu perfekten, kantigen Gesichtszügen und den kalten himmelblauen Augen, die so unergründlich scheinen wie die einer Göttin.

Ihre Stimme holt mich zurück aus meinen Grübeleien.

«Dem Kind geht es gut, aber im Krankenhaus haben mich die Ärzte gewarnt. Ich darf nicht so weitermachen, ich muss es, das Kind …» Sie verstummt mitten im Satz und faltet zärtlich die Hände um den Bauch. Ihr Gesicht wirkt plötzlich schmerzverzerrt.

«In welchem Monat bist du denn?»

«Im fünften. Der Vater ist aus Italien, weißt du das?»

«Ja, Ulli hat es mir erzählt.»

«Nicht dass es ihn übermäßig interessieren würde. Genau genommen scheint es niemanden zu interessieren, nicht einmal meine Eltern», erklärt sie verbittert. «Das habe ich davon, dass ich eine „Wilde" bin. So nennen Sie mich. Naja, ganz unrecht haben sie damit wohl auch nicht. Wenn jemand einen Annährungsversuch wagt, werde ich aggressiv», fährt sie gedankenverloren fort.

Auf einmal wirft sie mir einen verstohlenen Blick zu.

Überraschenderweise empfinde ich ihr gegenüber in diesem Moment eine starke Empathie. Fast kommt es mir vor, als sähe ich mich im Spiegel. Sie scheint genauso zu leiden wie ich. Mir geht durch den Kopf, dass das, was uns quält, bestimmt in unserer Kindheit verborgen liegt.

Ich stelle mir zwei Mädchen vor, die beide nach Aufmerksamkeit betteln: nach mehr Zuneigung von Eltern, die zu sehr mit ihrer Arbeit beschäftigt sind, um das eigene Kind wahrzunehmen, oder von einer Mutter, deren Blick nach vorne gerichtet ist, losgelöst von den Bedürfnissen einer unsicheren Tochter.

Vielleicht sind unsere Existenzen gleichermaßen chaotisch und zersplittert, auch wenn die jeweiligen Geschichten unterschiedlicher nicht sein können. Ist es das, was Ullis feiner Spürsinn gewittert hat? Versucht sie gerade, unsere Lebensbahnen zu verweben, weil sie eine Möglichkeit sieht, dass zwei Schiffbrüchige sich gegenseitig helfen könnten? Ich bin schon gespannt darauf, von ihr zu hören, was sie sich von diesem Treffen versprochen hat.

«Das Leben bietet mir einen Ausweg an», platzt Gudrun in das Schweigen. Linkisch stellt sie die Tasse in die Spüle und lässt das Wasser laufen, bis sie voll ist.

«Es ist spät, ich muss weg», teilt sie mir nun unvermittelt mit.

Sie ist bereits im Begriff zu gehen, hält jedoch an der Schwelle inne. Zaghaft wendet sie sich zu mir um, als ob sie Mut sammeln müsste, um noch etwas zu sagen.

«Denkst du wirklich, dass ein Kind etwas Besseres verdient? Bin ich deiner Meinung nach unwürdig, Mutter zu werden?»

Ich schnappe nach Luft, die Frage hat mich wie ein Fausthieb erwischt. Sie hat das tatsächlich gehört und darüber nachgedacht. Ich fühle mich elend.

Zum Glück hilft sie mir aus der Verlegenheit, indem sie weiterspricht.

«Ich werde alles wiedergutmachen. Ulli hat mir eine Adresse empfohlen, sie meint, dort können sie mir helfen. Es ist eine Klinik...»

Ich hätte nicht geglaubt, dass sie bereit ist, sich helfen zu lassen. Vor lauter Rührung tue ich etwas, das mich selbst total erstaunt: Ich kritzle meine Telefonnummer auf einen Zettel und reiche ihn ihr.

«Ich kann dich begleiten, wenn du willst.»

Eine halbe Stunde nach Gudruns Abreise verlasse ich ebenfalls das Haus und mache mich auf den Weg zu Ulli.

Heute begrüßt sie mich ganz in Lila gehüllt. Sie

sieht wie Zuckerwatte aus.

In der Luft schwebt ein warmer, einladender Duft nach Fleisch und Gewürzen. Mein Magen rumort.

«Liebe Melissa, komm herein! Ich bereite gerade ein Gulasch vor.»

Während sie an den Töpfen herumhantiert, erkundige ich mich, ob es Neuigkeiten über ihren Umzug gibt. Sie weiß, worauf ich hinaus will.

«Im Moment nicht, ich bin immer noch selbstständig», antwortet sie ausweichend. «Hättest du Lust, mit mir zu essen?»

Diesem verführerischen Geruch kann ich nicht widerstehen. Letztendlich erwartet mich zu Hause ein fast leerer Kühlschrank und höchstens eine vergessene Packung Tiefkühlkost zum Erwärmen in der Mikrowelle.

So zartes Fleisch habe ich selten gegessen. Es zergeht förmlich zwischen Zunge und Gaumen, und die Semmelknödel schmecken ausgezeichnet zu der cremigen Sauce.

Ulli beobachtet mich zufrieden und genießt ihren kulinarischen Triumph. Ich gratuliere ihr zu dem himmlischen Mahl.

«Jetzt übertreib nicht so! Und über die Kalorien denken wir heute mal nicht nach!», kichert sie verschmitzt.

Danach nehmen wir auf dem Sofa Platz und trinken einen Kaffee. Sie genießt ihn in kleinen Schlückchen mit der Noblesse einer aristokratischen Dame aus der viktorianischen Zeit. Nur schade, dass sie den angeschlagenen Tassenrand dabei mit dem exzentrischen Lippenstift verschmiert, den sie heute trägt.

Ich schildere ihr, wie mein Treffen mit Gudrun verlaufen ist, und sie bittet mich, ihr zu verzeihen.

«Sei mir nicht böse, Melissa. Ich wollte mich nicht einmischen, aber manchmal braucht das Schicksal einen kleinen Schubs. Ich kenne euch beide und habe das Gefühl, dass zwischen euch eine wunderschöne Freundschaft entstehen könnte.»

«Dieser Ort, den du ihr vorgeschlagen hast...»

«Es ist eine sehr gute Entzugsklinik. Würdest du sie wirklich begleiten?», will sie wissen.

«Klar, ich habe es versprochen», bestätige ich und drücke ihr einen Kuss auf die Wange. Niemals könnte ich ihr böse sein.

Auf dem Rückweg fühle ich mich unerklärlicherweise erleichtert. Vielleicht, weil es mir überhaupt nichts ausmacht, dass Ulli sich eingemischt hat. Ganz im Gegenteil, es freut mich sogar.

Schließlich sind meine Tage zu einem dürren, nüchternen Kern zusammengeschrumpft, seit Gabi und Mark Deutschland verlassen haben.

WIE DER ERSTE SCHULTAG

(Dezember 2004)

Die Klinik ist eingebettet in ein ruhiges, schläfriges Wäldchen, und der Schnee dämpft die Geräusche der Stadt.

Für Gudrun fängt heute eine harte Probe an: Sie wird hier drinnen die nächsten Monate verbringen. Frühestens wenn die scheuen Schneeglöckchen aus den Wiesen hervorlugen werden, kann sie mit ihrer Entlassung rechnen und die Kur auf ambulanter Basis weiterführen - zumindest wenn alles so läuft wie geplant. Sie ist noch nicht so tief gesunken, dass keine Hoffnung mehr besteht. Und sie hat das Glück gehabt, eine tolle Person wie Ulli kennenzulernen, die ihr Mut gemacht hat, diesen Schritt zu wagen. Ihre Eltern dagegen wollen nichts mit ihr zu tun haben, solange sie in diesem Zustand ist, auch wenn sie für die Kosten des Entzugs aufkommen.

Wir treffen viel zu früh ein und setzen uns in die Cafeteria. Leider sind wir nicht allein hier, es gibt keine Privatsphäre in diesem Fegefeuer gequälter Seelen. Wir sind umgeben von anderen Familien, mit anderen verzweifelten Geschichten von Sucht. Neben uns sitzt ein älteres Paar, zusammen mit einem Mann, der um die dreißig sein könnte. Die Frau, vermutlich die Mutter, wirft ihm besorgte Blicke zu. Als er das merkt, knurrt er etwas für mich Unverständliches, worauf die Frau zusammenzuckt, zunächst noch versucht zu antworten, aber dann doch verstummt, weil ihr Tränen übers Gesicht laufen. Ich versuche mich abzulenken und wende meine Aufmerksamkeit anderen Leuten zu.

Das hilft leider auch nicht: Spannung liegt in der Luft. Ich kann den gehetzten und hoffnungslosen Ausdruck, der sich auf vielen Antlitzen abzeichnet, kaum ertragen. Die Atmosphäre bedrückt mich so sehr, dass ich Gudrun am liebsten wieder mitnehmen und wegbringen würde. Ich könnte sie davon überzeugen, dass sie den Aufenthalt hier nicht braucht, sondern es auch allein schaffen wird.

Dann bereue ich meine Gedanken und frage mich, was ich mir dabei gedacht habe. Warum habe ich denn überhaupt angeboten, sie zu begleiten, wenn ich nicht imstande bin, ihren Mut zu schätzen? Wie soll ich ihr so eine Stütze sein?

Womöglich ist das hier ihre einzige Chance, wieder *clean* zu werden. Ich habe nicht das Recht, an ihrer Entscheidung zu zweifeln.

Während ich an meinem Kakao nippe, spüre ich einen Kloß im Hals, der nicht verschwinden will. Gudrun wirkt ebenfalls sehr angespannt, auf der ganzen Herfahrt hat sie nichts anderes gemacht, als an den Nägeln zu kauen und meine Fragen einsilbig zu beantworten.

Endlich ist es so weit: Wir gehen zur

Patientenaufnahme, wo uns eine kräftig gebaute, blonde Krankenschwester mit blassem Gesicht und geröteten Wangen empfängt.

«Ich zeige Ihnen sofort Ihr Zimmer», teilt sie Gudrun apathisch mit und greift nach deren Koffer, bevor sie sich auf den Weg macht. Wir folgen ihr.

Ich kann mein Unbehagen nicht überspielen. So fühlt sich wahrscheinlich eine Mutter am ersten Schultag, wenn sie ihr Kind den Händen Fremder überlassen muss.

«Dann mache ich mich mal aus dem Staub… Wenn du etwas brauchen solltest, ruf mich an», flüstere ich, aber die Krankenschwester hat mich gehört und informiert mich grob, dass es in den ersten Wochen nicht erlaubt ist zu telefonieren. Das gehört zur Therapie. Ich schaue Gudrun an und zucke die Schultern, aber sie lächelt beruhigend.

«Du kannst jetzt wirklich gehen, es ist alles in Ordnung», beteuert sie.

Doch ich schaffe es nicht, meine Füße sind auf dem Boden wie angewurzelt.

«Es wird wie ein Urlaub sein: Gymnastik, Diät und frische Luft. Sie werden dich wie eine Königin behandeln», scherze ich pathetisch.

Bereits im Gehen begriffen, hält sie inne und starrt mich an.

«Danke, du bist wirklich eine Freundin», sagt sie schließlich und umarmt mich. Dabei lässt sie einen Umschlag in meine Tasche gleiten. «Das ist eine Kleinigkeit für dich.»

Dann flitzt sie in ihr Zimmer.

Der Abschied ist geschafft, aber ich kann mich noch immer nicht bewegen. Als es mir endlich gelingt, mich loszureißen, eile ich im Laufschritt hinaus. Ich setze mich auf eine Bank und genieße mit geschlossenen Augen die Wärme auf meiner Haut. Dann hole ich den Brief aus der Tasche und öffne ihn.

Es ist ein Set für Bleigießen.

Ich weiß nicht warum, aber ich bin bewegt. Ein paar blöde Tränen laufen mir über die Wange.

DIESE EHE DARF NICHT GESCHLOSSEN WERDEN[3]

(September 1997)

Achille und Eleonora gaben der Familie ihre Hochzeit erst bekannt, nachdem sie den Termin schon festgelegt hatten: den elften September. Als ich das hörte, bebte ich vor Wut. Auch wenn ich erst fünfzehn war, kannte ich die jüngere Geschichte Südamerikas ziemlich gut. Es war der Tag, an dem man dort des Militärputsches von Pinochet gegen Salvador Allende in Chile gedachte. Schon als Kind hatte ich durch Yvonne viel von ihm gehört, er war für sie ein Held, genauso wie Che Guevara für meine Mutter, die dessen rote Fahne in ihrem Zimmer gehisst hatte. Yvonne lag besonders viel an besagtem Datum, da sie sich zur Zeit des Staatsstreichs selbst in Santiago aufgehalten hatte und somit Zeugin dieser Gewalttat geworden war. Jedes Jahr organisierte sie ein Mittagessen in Cusco, bei dem sie dann für gewöhnlich eine Rede über die Demokratie hielt, eine Staatsform, betonte sie ständig,

---

[3] „Questo matrimonio non s´ha da fare" (Zitat aus Alessandro Manzoni: *I promessi Sposi*, Mailand, 1840).

die höchst fragil sei und behütet werden müsse. Eleonora pflegte dieses Ritual jahrelang auch in Europa und lud alte Kommilitonen von der Uni ein, mit denen sie dann den ganzen Tag verbrachte.

Jetzt wollte sie ausgerechnet am elften September heiraten. Ich fand das respektlos. Es sollte ein Gedenktag bleiben und nicht als Termin für eine Feier herhalten müssen. Damals konnte ich natürlich nicht ahnen, dass dieses Datum Jahre später wieder in den Schlagzeilen landen würde.

Ich muss aber ganz ehrlich sein und zugeben, dass mir jeder Termin unpassend erschienen wäre: Der springende Punkt war, dass ich Achille als Stiefvater nicht akzeptieren wollte, trotz seiner ständigen Versuche, meine Zuneigung zu gewinnen.

Meine Proteste kratzten Eleonora nicht im Geringsten. Ihre Antwort klang unumstößlich. «Was soll ich denn deiner Meinung nach machen? Jeden Tag erinnert man sich irgendwo auf der Welt an etwas Trauriges. Es gibt keinen perfekten Tag.»

Ich unterdrückte meine Missbilligung und begleitete sie sogar, als sie sich ein Brautkleid kaufte.

Bei dieser Gelegenheit sah ich sie plötzlich aus einem ganz neuen, für mich überraschenden Blickwinkel: Sie war nicht nur meine Mutter, sondern auch eine unglaublich schöne Frau. Groß und schlank, bewegte sie sich geschmeidig vor den Spiegeln, angetan mit schlichten, eleganten Kleidern aus Samt und Taft. Die schimmernden Stoffe brachten ihren elfenbeinfarbenen Teint zum Strahlen.

Ich fing an, mit offenen Augen zu träumen. Sie war die Prinzessin einer Märchenwelt und wartete auf ihren Prinzen, meinen Vater… meinen wahren Vater.

An ihn hatte ich früher nie wirklich gedacht. In meiner Kindheit war Eleonora mein Ein und Alles, und auch später, im Kreis meiner italienischen Familie, hatte ich nie das Bedürfnis verspürt, ihn kennenzulernen. Aber in den letzen Monaten, vor allem seit Achilles´ Erscheinen, schmuggelte sich der Gedanke mit immer mehr Nachdruck in meinen Kopf. Ich wünschte mir, jener geheimnisvolle Mann möge zurückkommen, um die Farce zu beenden und uns endlich von diesem böswilligen Schicksal zu befreien, bevor meine Mutter das verdammte Ja-Wort aussprechen konnte. Wie ungerecht war es, dass ich einen so verhassten Stiefvater akzeptieren musste, ohne je die Möglichkeit gehabt zu haben, meinen echten Vater zu treffen!

Eleonora darauf hinzuweisen kam nicht in Frage. Ich fürchtete, sie könnte beleidigt sein und denken, dass sie mir nicht genügte. Womöglich würde sie mich dann einfach zurücklassen, um mit ihrem neuen Mann loszuziehen. So albern das auch klingen mag, aber ich hatte damals ehrlich Angst davor, dass sie lieber auf mich verzichten würde als auf Achille.

Über meinen Vater hatte Eleonora nie ein Wort verloren. Nie. Andererseits hatte sie mir auf diese Art auch keine Lügen erzählt. Das Thema blieb von einem Vorhang des Schweigens verhüllt, den ich nicht zur Seite zu ziehen wagte. Nur einmal war etwas geschehen, das mich verwirrt hatte. Beim heimlichen Versuch, mein Geburtstagsgeschenk vorzeitig in ihrer Garderobe aufzuspüren, hatte ich eine Schachtel gefunden, in der sie alte Fotos aus ihrer Jugend aufbewahrte. Ein Bild war vor der Uni in Mailand aufgenommen: Man konnte sie und Gabi erkennen, beide in lustigen Schlaghosen. Eleonora trug dazu den legendären grünen Parka, der sich immer noch im Schrank befand und nach Naphthalin roch. Es gab auch Bilder mit einem exotischen Hintergrund, die ich mit Eleonoras Vergangenheit in keinerlei Verbindung bringen konnte. Eines davon fiel mir besonders ins Auge, es zeigte sie mit einem unbekannten Mann auf einem großen Felsblock vor einer Tempelruine. Der Fremde hatte beide Arme um ihre Taille geschlungen. Er war älter als sie, zumindest erschien er mir so, und seine zerzausten Haare umrahmten ein nettes, lächelndes Gesicht.

In meinem Inneren glomm eine überraschende Hoffnung auf. *War er mein Vater?*

Ich nahm ihn lange unter die Lupe, um in seinen Zügen Ähnlichkeiten zu finden, doch die Suche blieb ergebnislos. Er hatte weder meine wulstige Nase noch meine vollen Lippen, und die markanten Wangenknochen konnte ich bei ihm auch nicht entdecken. Dasselbe galt für die olivfarbene Haut, die mich so von Eleonora unterschied und die laut meinem Großvater auf einen spanischen Vorfahren zurückzuführen war.

Nach einer Weile wurde mir bewusst, dass ich kein Recht hatte, in ihrer Vergangenheit zu stochern. Deshalb schloss ich die Schachtel und legte sie in die staubige Ecke des Schrankes zurück, in der ich sie vorgefunden hatte. Ohne Fragen zu stellen.

Der Lauf eines Lebens wird ständig von kleinen Entscheidungen verändert, die uns zunächst harmlos vorkommen. Rückblickend kann ich nicht aufhören zu denken, dass ich damals zu ihr hätte gehen sollen, um herauszufinden, ob ich richtig lag. Wenn ich mehr Mut gehabt hätte, wären vielleicht manche Sachen anders gelaufen. Wer weiß.

Aber was nutzt dieses sinnlose Bedauern jetzt noch? Das Leben ist ohnehin eine Sammlung von *Wenns* und verpassten Wegen, die sich in Luft auflösen, sobald wir sie links liegen lassen.

Am Morgen der Hochzeit riss mich das schrillende Klingeln des Telefons aus dem Schlaf. Wie oft schon hat dieser ungestüme Klang mein Aufwachen überstürzt.

Es war mein Onkel, der aufgeregt und außer sich vor Wut aus der Bank anrief. Achille war mit seinen ganzen Ersparnissen verschwunden, und Mattia hatte keine Ahnung, wo er ihn suchen sollte.

«Danke, Gott!», schrie ich überglücklich, «du hast doch auf mich gehört!»

Meine Freude war natürlich das egoistischste und selbstsüchtigste Gefühl, das ich in solch einem Moment empfinden konnte. Aber mein sehnlichster Wunsch war in Erfüllung gegangen, die Hochzeit wurde gestrichen.

Worüber ich mir keine Sorgen gemacht hatte, waren die Folgen von Achilles` Verbrechen. Er hatte sowohl meinen Onkel als auch meine Mutter betrogen.

Einige Zeit danach teilte uns die Polizei mit, er habe sich mit dem Geld nach Afrika abgesetzt, und dort hätten sie seine Spur verloren, höchstwahrscheinlich weil er seinen Namen geändert habe. Sie vermuteten, dass er das Ganze von Anfang an geplant hatte. Womöglich gehörte auch die Hochzeit zur der Inszenierung, mit der er das Vertrauen meiner Familie gewinnen wollte. Mattia war wegen seiner

Gutmütigkeit das ideale Opfer gewesen, da er Achille bevollmächtigt hatte, seine Finanzen zu verwalten. Während alle auf Hochtouren die Hochzeit vorbereiteten, hatte der betrügerische Geschäftspartner das Chaos ausgenutzt, um sich aus dem Staub zu machen.

„Der Partner: nicht nur ein Roman von John Grisham", betitelte ein Journalist seinen demütigenden Artikel in der Lokalzeitung. Er hatte sich dabei von einem kurz zuvor erschienenen Buch inspirieren lassen und berichtete in sarkastischem Ton die ganze Geschichte samt Namen. Meine Familie wurde Gegenstand des Dorfklatsches.

Für meine Oma, die immer darauf bedacht war, ja keine Aufmerksamkeit auf sich zu lenken, und sich ständig über die Meinung der anderen Gedanken machte, bedeutete das einen herben Schlag. Die Sache war ihr so peinlich, dass sie und Opa eine Weile nicht mehr wagten, das Haus zu verlassen.

Mein Onkel aber war am Boden zerstört. Es ging nicht nur um das Geld und die Schulden, sondern um Vertrauen. Seine Wertschätzung für die Mitmenschen erlitt einen irreparablen Schaden, was zur Folge hatte, dass er sich charakterlich zu verändern begann. Er fing zu trinken an und ließ sich gehen. Seine Laune schwankte innerhalb weniger Minuten gewaltig, vom Höhepunkt der Euphorie bis zum Abgrund der Depression. Dass er sogar mich zu vernachlässigen begann, brach mir das Herz.

Nur noch ganz selten richtete er das Wort an mich, und wenn er es doch einmal tat, steckte er mich mit seinem Pessimismus an.

«Wir sind die übelsten Feinde unserer eigenen

Spezies. Vertraue niemandem, Melissa. Niemals.»

Diese Sprüche habe ich nie vergessen. Ich glaube, dass sie unbewusst meine Beziehungen noch heute stark beeinflussen.

Eine geraume Weile wurde ich von einigen Schulkameraden schikaniert, was mir sehr unangenehm war, doch ich dachte, dies sei der Preis, den ich für die Erfüllung meines Wunsches zahlen musste. Außerdem versicherte mir Eleonora, dass irgendwann alle Geschichten altern und in Vergessenheit geraten oder durch neue, interessantere Skandale ersetzt werden, mit denen sich die Leute dann beschäftigen können.

Wider Erwarten schien sie die Einzige zu sein, die sich nicht großartig um den Vorfall scherte, auch weil sie, anders als meine Großmutter, imstande war, das Gerede der Leute ohne Probleme von sich abperlen zu lassen. Ich nannte sie insgeheim die lustige Witwe, obwohl Achille sie weder geheiratet hatte noch verstorben war.

Ich erklärte mir ihre Reaktion ganz anders, als die meisten Leute es taten. Meiner Meinung nach stand sie überhaupt nicht unter Schock, wie viele behaupteten. Ich war vielmehr davon überzeugt, dass sie durch den Lauf der Dinge aus einer Schlinge befreit worden war, die sie allein nicht hätte lösen können. Ob sie ihr Ja nicht sogar schon am Abend des Heiratsantrags bereut hatte?

Da ich der Auffassung war, dass sie sich nach Achilles´ Verschwinden erleichtert fühlte und die Ereignisse der letzten Wochen hinter sich lassen wollte, überraschte es mich nicht, als sie mir plötzlich einen Vorschlag unterbreitete: eine Reise.

«Für uns zwei? Wohin?», fragte ich aufgeregt.

«Zurück zu den Anfängen. Nach Peru.»

ZURÜCK ZU DEN ANFÄNGEN
(September 1997)

Nach Peru zurückzukehren fühlte sich an, als würde sich eine Brücke in eine andere Dimension spannen, in der sich flüchtige Erinnerungen und irreale Landschaften in einem wirren Durcheinander überschnitten. Es gab sogar Tage, an denen ich bezweifelte, je irgendwo anders gelebt zu haben als auf meinen Hügeln im Oltrepò. Aber jetzt war es soweit: Ich würde die unendliche Wasserfläche überfliegen, welche die zwei Kontinente meiner Kindheit trennte.

Doch vor unserer Abreise versank ich in Verzweiflung. In meinen Kopf hatte sich der Verdacht eingeschlichen, dass diese Reise nur eine Ausrede war und meine Mutter in Wirklichkeit vorhatte, wieder dauerhaft nach Südamerika umzusiedeln, weil sie sich einem Leben entziehen wollte, in dem sie die ersehnte Ruhe nicht fand. Es war natürlich unfair von mir, ihr zu unterstellen, dass sie so egoistisch sein würde, mich des Glückes zu berauben, das ich mir so mühsam aufgebaut hatte.

Aus heutiger Sicht kann ich meine Einstellung gegenüber Eleonora klar interpretieren: darin zeigten sich ganz deutlich die beiden Seiten unserer Beziehung. Eleonora war für mich in erster Linie die wichtigste Person auf der Welt, meine Mutter, mein einziger Elternteil. Auf der anderen Seite war sie aber auch diejenige, gegen die ich tiefstes Misstrauen hegte. Schließlich ließ sie mich mit ihrem unergründlichen Schweigen im Dunklen über ihre Vergangenheit, die immerhin auch mich betraf. Ihr beharrliches Schweigen hatte eine Barriere zwischen uns errichtet.

Während das Flugzeug auf die Piste rollte, dachte ich in meiner gedrückten Stimmung über die Möglichkeit nach, mich hinauszuwerfen und so an meiner vertrauten Welt festzuhalten, die stattdessen langsam unter uns verblasste. «Hast du mich lieb, Mama?», fragte ich sie dann mit belegter Stimme. Sie schenkte mir ein sanftes Lächeln. «Was für eine Frage!» antwortete sie.

Doch die Distanz zwischen uns wollte nicht weichen. Es war, als würde uns eine unüberwindliche Grenze für immer trennen. Dabei hätte es auch ganz anders sein können, das spürte ich - genauso wie ich spürte, dass Eleonora mir gegenüber verschlossen blieb. Zu mir war sie nicht so warmherzig wie zu den Leuten, denen sie so oft half, wie zum Beispiel den Straßenkindern in Peru oder den Obdachlosen in den Städten. Diese Widersprüchlichkeit konnte ich nicht ignorieren, sie verursachte zwangsläufig schmerzhafte Risse in meiner Seele.

Womöglich war ich damals auch eifersüchtig, schließlich war ich nur ein Kind.

Leider habe ich mit meiner Mutter nie offen über

meine Gefühle gesprochen, so kann ich auch nicht sagen, ob ihr das bewusst war.

Teilweise denke ich, dass sie versuchte, sich zu schützen: Meine bloße Anwesenheit war der lebendige Beweis für eine Vergangenheit, die sie lieber vergessen hätte. Vielleicht rief meine Liebe in ihrer Seele Schuldgefühle hervor, die sie zu Balanceakten auf einem wackeligen Seil zwangen. Andererseits konnte sie mich, die eigene Tochter, nicht einfach ausblenden.

Wir landeten mit zwei Stunden Verspätung in Lima. Über unseren Köpfen spannte sich der bleierne Schleier der *Garua*, die typische Wolkenschicht der Westküste Südamerikas. Wir stiegen in einen Bus und durchquerten einen Wirrwarr von heruntergekommenen Häusern und Elendsquartieren, bevor wir endlich die Vorstadt hinter uns ließen und auf die Panamericana zusteuerten. Bislang war mir die Mondlandschaft draußen ziemlich fremd.

Bei der ersten Rastpause stiegen wir aus, um uns die Beine zu vertreten. Ein ärmlich gekleideter Junge eilte herbei, um Kaugummi zu verkaufen. Eleonora fing an, mit ihm zu plaudern. Er hieß Nestorcito, war elf Jahre alt und hatte gerade erst die Mutter verloren. Den Vater hatte er nie kennengelernt. Während ich mitfühlend seiner Geschichte lauschte, spürte ich plötzlich einen Kloß im Hals. Es ist erstaunlich, wie klar sich die Gefühle jenes Tages in mein Gedächtnis eingegraben haben: Nestorcitos Worte verschlugen mir den Atem, denn ich versetzte mich automatisch in ihn hinein. Sollte Eleonora etwas zustoßen, würde ich genau in der gleichen dramatischen Lage landen.

Nachdem wir wieder im Bus saßen, überfiel mich ein beklemmendes Unbehagen. Ich schaffte es nicht mehr, die Tränen einzudämmen: Rasch wandte ich das Gesicht ab, weil ich nicht wollte, dass meine Mutter mich weinen sah. In der Spiegelung des Fensters vermischten sich meine Tränen mit den Streifen der eingestaubten Scheibe, während wir der Panamericana nach Süden folgten.

«Wir sind angekommen!», verkündete Eleonora einige Stunden später mit kribbeliger Stimme.

Schon der erste Blick rief bei mir alte Eindrücke wach. Die flachen Bilder meiner Kindheit gewannen wieder Plastizität, und die Erinnerungen füllten sich mit neuem Leben. Ich erkannte die Gassen der Stadt, die *Mamitas*, die dort Pullis aus Alpaca verkauften, die Kirche, in der Vater Alvaro den Gottesdienst hielt. Bekannte Düfte und Aromen kitzelten meine Nase. Wir liefen den Markt entlang, der von Touristen und Einheimischen bereits wimmelte, und überquerten den Hauptplatz mit seiner prachtvollen Kathedrale und der exzentrischen Kirche der Jesuiten. Schließlich gingen wir den gepflasterten Weg zur Herberge hinauf, wo Yvonne schon auf uns wartete.

Das Hotel sah noch genauso aus wie früher: Die dreistöckige beige Fassade ragte mit ihren grünen Fenstern und Balkonen aus einem kleinem Hügel empor und warf ihren Schatten auf ein Vorgärtchen, voller struppiger Sträucher mit Blütenkelchen in schillernden Farben. Um zum Haupteingang zu gelangen, musste man eine breite Treppe aus Steinplatten hinaufsteigen, an deren Seiten sich niedrige Kakteen reihten. Dort standen an dem Tag Yvonne und ihre Tochter Jeanine, inzwischen eine junge Frau mit den ersten schüchternen Rundungen eines Busens, die sich auf die Zehenspitzen stellte, um uns in der Menschenmenge aufzuspüren. Als die beiden uns entdeckten, platzte aus ihnen ein einstimmiger Freudenschrei heraus, dem sich Eleonora sofort anschloss. Nach zahlreichen Küssen und Umarmungen wurden wir zu unserem Zimmer begleitet, einem gemütlichen, frisch renovierten Raum mit blauen Wänden, einer dunklen Holzdecke und einem bequemen großen Bett, das wir sofort für ein Nickerchen nutzen.

Nachdem wir uns ein wenig ausgeruht hatten, versammelten wir uns noch am gleichen Abend mit den anderen Gästen in der Küche. Unter den Touristen war auch ein Vertreter von Unicef, der extra angereist war, um die Lebensgeschichte von Yvonne zu hören. Er wolle ein Buch über sie schreiben, hieß es.

Jeanine servierte das Essen, das ihre Mutter vorbereitet hatte. Erst als wir alle versorgt waren, entschloss sich Yvonne, den Herd zu verlassen und sich zu uns zu gesellen.

Der Mann von Unicef bat sie, uns über ihr Leben und ihre Erfahrungen zu berichten, und zog dabei einen Notizblock aus der Tasche heraus.

Da Jeanine jede Einzelheit der Geschichte kannte, kümmerte sie sich ums Abräumen. Ich wollte ihr helfen, aber meine Mutter empfahl mir, sitzen zu bleiben.

«Es lohnt sich zuzuhören», flüsterte sie mir ins Ohr.

Nachdem Yvonne fertig war, verstand ich endlich, weshalb meine Mutter diese französische *Gringa* so sehr schätzte.

HERAUSFORDERUNGEN

Als die beiden Frauen sich zum ersten Mal trafen, empfand Eleonora großes Mitleid mit Yvonne. Allein mit ihrem Kind und weit entfernt von der Heimat, musste sie sich mühsam durchschlagen, um ein solch aufwendiges Projekt zu leiten, ein schier unmögliches Unterfangen. Es war sehr schwierig für eine Ausländerin, sich in einem fremden Land zu behaupten und einen Weg durch alle möglichen Vorurteile zu bahnen. Doch Mitleid, merkte Eleonora schnell, war nicht das, was Yvonne brauchte. Sie besaß die Stärke und Entschlossenheit, gegen jede Wand anzustürmen, um ihren Willen durchzusetzen. Schließlich war das nur eine der vielen Herausforderungen, die das Leben für sie vorgesehen hatte.

Seit ihrer Kindheit hatte sie nichts anderes getan als zu kämpfen. Sie wurde zu einer unglückseligen Zeit geboren, nämlich als Deutschland in Frankreich einmarschierte, am Anfang des zweiten Weltkriegs. An ihre Eltern besaß sie keinerlei Erinnerungen, weil beide während der Besatzungszeit dem französischen Widerstand angehörten und bei einem Sabotageakt verhaftet und erschossen wurden. Die Hinrichtung wurde, als Abschreckung für die Bevölkerung, von der Wehrmacht demonstrativ öffentlich durchgeführt, und die kleine Yvonne wohnte ihr in den Armen ihrer Tante bei, welche sich von jenem Moment an um die Waise kümmerte. Über diese Tragödie sprachen sie in den darauffolgenden Jahren nur ganz selten. Da Yvonne noch so jung war und die Ereignisse kaum verstanden und womöglich auch verdrängt hatte, hielt die Tante es wohl für besser, die schmerzhafte Erinnerung nicht wachzuhalten. Dennoch war Yvonne davon überzeugt, dass dieses Drama nicht spurenlos an ihr vorübergegangen sein konnte. Tatsächlich hatte sie lange Zeit Albträume, in denen immer eine seltsame Szene vorkam: Zwei Wassermelonen wurden von einem Pistolenschuss zerfetzt, und die roten Spritzer befleckten ihr weißes Schürzchen.

Die kleine Yvonne wuchs bei ihrer alten Tante auf, die das Kind nach festen katholischen Prinzipien erzog. Sie war eine strenge Frau, ohne jedes Verständnis für das lebhafte Temperament der Nichte. Jede Art von Rebellion wurde mit harten Methoden bestraft. In diesen Jahren formte sich Yvonnes eiserner Wille, der ihr mehrmals im Leben zu Hilfe kam. Trotz der Härte ihrer Erziehung, wuchs sie zu einer fröhlichen und optimistischen Person heran. Der Tante muss man als Verdienst anrechnen, die Ausbildung der Nichte finanziert zu haben, dank der Yvonne eine Stelle als Lehrerin bekam. Noch ganz jung, lernte sie ihren ersten Mann kennen, einen

Kollegen namens Bertrand, den sie kurz nach ihrer ersten Begegnung heiratete.

«Wie naiv», pflegte Yvonne zu sagen, wenn sie sich an die Eile jener Liebe erinnerte. Es war nämlich eine überstürzte Entscheidung gewesen, und wenig später trennten die beiden sich einvernehmlich wieder. Ihre Zusammenarbeit aber wurde dadurch immer schwieriger, vor allem nachdem Bertrand begann, sich mit einer anderen Lehrerin zu treffen.

Dann griff plötzlich das Schicksal ein und rettete Yvonne von ihrem eigenen Stolz. Der Schuldirektor, der kurz vor seiner Pensionierung stand, erzählte ihr, er wolle in Peru, dem Land seiner verstorbenen Frau, eine Schule für Straßenkinder eröffnen.

«Ich komme mit», überraschte ihn Yvonne. Schon bald war sie mit einem halbleeren Koffer unterwegs, in dem sich neben einigen lateinischen und griechischen Klassikern nur ein paar warme Jacken befanden, die sie vor den rauen Wintern der Anden schützen sollten. Roger, der Schuldirektor, freute sich über ihre Gesellschaft, weil er wusste, dass dem Erfolg seines Vorhabens viele Hindernisse im Weg standen und er jede Unterstützung brauchen konnte.

Er war seit langer Zeit verwitwet und führte in Frankreich ein einsames Leben, ohne Kontakt zu den eigenen Kindern. In Yvonne sah er eine Verbündete, gepackt von derselben Begeisterung. Nie hätte er zu denken gewagt, dass mit ihr auch etwas anderes möglich wäre. Dennoch, und wohl unerwartet für beide, kam die Liebe. Trotz des Altersunterschieds schmiedeten die Hindernisse und Schwierigkeiten sie eng zusammen, und als sie mit dem Projekt fertig waren, wohnte Yvonne der Einweihung der Schule hochschwanger bei.

Ihr Glück war jedoch nur von kurzer Dauer: Roger verstarb einige Monate später. An seinem Krankenbett versprach sie ihm, noch ein weiteres gemeinsames Projekt durchzuführen: eine Herberge, die von Einheimischen geführt werden sollte, um ihnen die Chance zu bieten, ihre Arbeitsmöglichkeiten zu verbessern. Die Idee war, Quechua-Indianer einzustellen und sie auszubilden, damit sie in Zukunft ihren eigenen Leuten helfen konnten. An Waisenkinder wurde dabei besonders gedacht: Sie sollten dort kostenlos leben können, allerdings unter der Bedingung, dass sie gelegentlich in der Herberge mithelfen mussten. Es sollte eine große Familie werden, im Zeichen des gemeinsamen Eigentums und der Solidarität. Um die Trauer zu verarbeiten, widmete sich Yvonne mit Leib und Seele der Realisierung dieses Zentrums, wurde aber ständig mit Feindseligkeit und Argwohn konfrontiert. Es waren Jahre großer Unruhe, politischer Krisen und sozialer Spannungen. Dass Yvonne zugunsten der unteren Gesellschaftsschichten Position bezog, stellte für viele Leute eine Provokation dar, vor allem für diejenigen, die kein Interesse daran hatten, den Status quo zu ändern. Es kamen häufig anonyme Drohbriefe und beunruhigende Warnungen, die sie aber nicht entmutigten. Dank der Hilfe einiger Diözesen und freiwilliger Helfer, die jedes Jahr an dem Projekt mitarbeiteten, vervollständigte sie ihr Werk.

Yvonne gönnte sich keine Pausen, ihr Pioniergeist war nie gesättigt und brauchte ständig neue Ziele, die meistens mit der Verbesserung der Lebensqualität der Quechua-Bevölkerung zu tun hatten. So kämpfte sie in zahlreichen Auseinandersetzungen mit dem Gesetz für die Rechte der Indigenen, sie sammelte Geld für den Bau von neuen Heimen für die Ärmeren oder für Straßen, die manche Andendörfer aus ihrer Isolation befreien sollten.

1980 stand sie jedoch im Begriff, alles aufzugeben, nachdem ihr Sohn Alain unter dubiosen Umständen spurlos verschwunden war. Manche sagten, so etwas sei zu erwarten gewesen, die Gringa habe sich schließlich in Sachen eingemischt, die sie nichts angingen.

War das also der Dank für ihr langjähriges Engagement in diesem Land?

Obgleich ein stechender Schmerz in ihre Seele eingezogen war, wollte Yvonne ihren Glauben an die Gerechtigkeit nicht aufgeben. Die Liebe der Leute, denen sie geholfen hatte, verlieh ihr Kraft. Außerdem kam erneut Bertrand, der Ehemann, ins Spiel. Er reiste überraschend nach Cusco, um sie wieder zu erobern. Nach Jahren voller enttäuschender Liebesgeschichten sei ihm klar geworden, behauptete er, dass er sie immer noch begehre. Doch das war keine Liebe, und Yvonne wusste das. Trotzdem brauchte sie ihn, oder vielleicht fürchtete sie sich vor der Einsamkeit. Mit vierzig wurde sie wieder schwanger, was in ihrem Alter ein Risiko darstellte, aber dem Kind fehlte nichts: Jeanine wurde gesund geboren.

Leider fehlte Bertrand das Durchhaltevermögen für diese fordernde Existenz. Nach einer Weile versuchte er Yvonne zu überreden, mit ihm nach Paris zurückzukehren.

Er hatte nicht begriffen, wie sehr die Jahre voller Leiden, aber auch Erfolge Yvonne geprägt hatten. Ihr Leben war inzwischen mit dem Schicksal dieses

Landes verflochten, für das sie so viel opfern musste, von dem sie aber auch viel bekommen hatte. Yvonne war ohne Peru nicht mehr denkbar, sie und das Land waren untrennbar miteinander verwoben. Es war zu ihrer Energiequelle geworden.

Wie nicht anders zu erwarten, blieb sie mit ihrer Tochter dort. Bertrand dagegen verließ Südamerika - allein und mit gebrochenem Herzen.

«Ich glaube nicht, dass ich imstande wäre, mich wieder in die sogenannte Erste Welt zu integrieren. Hier bin ich daheim», klärte sie uns auf.

VON OBEN

Yvonne beendete ihre Erzählung. Die um den Tisch versammelten Leute verharrten in andächtiger Stille. Alle starrten sie an, die Blicke waren erfüllt von Bewunderung. Wahrscheinlich hätte keiner von uns das Schweigen gebrochen, wenn uns nicht eine Begrüßung aus dem Nebenzimmer zurück in die Gegenwart gezwungen hätte.

Es war eine raue und heisere Stimme, begleitet von einem unwillkürlichen Überschlagen, wie es bei Jungen in der Pubertät typisch ist.

Wie alle anderen drehte auch ich mich um. Unerwartet durchströmte mich ein unbezwingbares Feuer, und ein nervöses Flirren sauste von meinen Füßen bis hinauf zu den Ohren, die schlagartig zu brennen begannen. Mein Gesicht lief wahrscheinlich feuerrot an.

Jeanine erwiderte den Gruß. Erst da erkannte ich in dieser etwas plumpen Gestalt meinen alten Freund Pedro.

Oft habe ich gedacht, dass Eleonora nicht

unbedingt die klassische Mutter war und mich nicht richtig kannte, zumindest nicht so, wie eine Mutter es sollte. Doch in dieser Hinsicht lag ich falsch. Denn obwohl ich mich bemühte, den Hormonsturm zu verheimlichen, der mich schüttelte, bemerkte sie das ohnehin gleich.

«Du magst Pedro, nicht wahr?», erkundigte sie sich zwinkernd am nächsten Tag.

«Hör bitte auf!», knurrte ich verlegen.

«Es ist nichts Schlimmes dabei, und ich stimme dir zu: Er ist unglaublich gutaussehend.»

«Mag sein, aber nicht mein Typ», fuhr ich stur fort. Wie peinlich, dass sie mich ertappt hatte. Vor allem schien sie sich merkwürdigerweise wirklich für meinen Gemütszustand zu interessieren.

Zum ersten Mal erblickte ich einen Schlitz in der Wand, die uns seit jeher trennte. Ich hätte die Risse als Ansatzpunkt für einen Hebel ausnutzen sollen, um die Mauer einzureißen, doch meine erste Reaktion auf Eleonoras Benehmen war Misstrauen: Ich war auf ihre plötzliche Offenheit so wenig vorbereitet und verspürte eine Art von Angst und Unsicherheit. Wenn ich mein Gewissen prüfe, muss ich gestehen, dass die Distanz zwischen uns nicht nur von ihr ausging. Womöglich war sie teilweise eine Folge meiner Sturheit, die mich darauf beharren ließ, die Rolle der unverstandenen Tochter zu spielen.

«Ich habe ihn eingeladen, zu unseren Ausflügen mitzukommen. Stört es dich?», fragte sie unverblümt, und fügte sofort hinzu: «Er kennt sich mit der Geschichte seiner Vorfahren ziemlich gut aus, er könnte den Cicerone für uns spielen.»

«Wie du meinst», bemerkte ich in gelangweiltem

Ton, um Gleichgültigkeit vorzutäuschen, aber insgeheim war ich ihr ungeheuer dankbar.

In vielerlei Hinsicht fand ich Pedro so ganz anders als meine Freunde in Italien. Er war rein und selbstlos. Er konnte sich für die Schönheit der Natur begeistern, war wegen jeder kleinen Geste der Höflichkeit bewegt und schätzte die Traditionen seines Volkes. Außerdem hatte er die seltene Gabe, männliche Eigenschaften mit einer gewissen Sanftheit zu verbinden. Ich fühlte mich bei ihm beschützt, und war berauscht von jeder Bewegung, die er tat, und von jedem Wort, das er sprach.

Eleonora erlaubte mir, viel Zeit mit ihm zu verbringen, sie dachte sich sogar Tricks aus, um uns allein zu lassen. In ihren Augen war Freude zu lesen: Ich konnte spüren, wie sehr sie sich wünschte, dass ich glücklich war. Sie beobachtete uns zufrieden, wenn wir Hand in Hand spazieren gingen und Pedro mir die Geschichte des ungezähmten Manco Capac erzählte, jenes mythischen Herrschers der Inkas und Gründers der Stadt Cusco. Diese ungewöhnliche Komplizenschaft zwischen Eleonora und mir war etwas Neues – etwas, das ich bisher noch nicht erlebt hatte.

Am Ende unseres unvergesslichen Urlaubs fuhr sie mit Pedro und mir nach Nasca, in den Süden Perus, um dort die berühmten, riesigen Scharrbilder zu besichtigen, die sich scharf in der Wüste abzeichnen. Sie zwang uns, eine Piper zu besteigen, um einen besseren Blick darauf zu haben. Als sich das Kleinflugzeug taumelnd in die Luft erhob, lief mir ein kalter Schauer über den Rücken. Doch schon nach kurzer Zeit vergaß ich meine Ängste vollständig und bestaunte fasziniert die Linien unter uns: Von oben waren die Geoglyphen tatsächlich besser zu erkennen.

«Beeindruckend, nicht wahr? Unten sah man nur Rinnen, gezogen auf einem ausgedörrten Grund. Von hier aus dagegen kann man die Figuren in ihrer Vollständigkeit erfassen. Das könnte auch das Geheimnis des Lebens sein: Das Gesamtbild aus der Entfernung zu betrachten, um es zu verstehen», erklärte uns Eleonora, wobei ich mir nicht sicher war, ob die Bemerkung tatsächlich uns galt. Damals konnte ich den Sinn ihres Spruchs noch nicht richtig deuten.

Mit diesem Ausflug ging unser Urlaub zu Ende, und am nächsten Tag reisten wir ab.

Der Abschied fiel mir schwer: Ich küsste Pedro auf seine aufgesprungenen Lippen und versprach ihm, das wir uns wiedersehen würden. Er wurde rot und hauchte: «Ich werde es nicht vergessen.»

Trotz meines Liebeskummers freute ich mich, meine Hügel wiederzusehen. Ich konnte nicht ahnen, dass mich dort eine Neuigkeit erwartete, die meine kleine, sichere Welt zerschmettern würde.

SPLITTER
(November 1997)

Die Ärzte bestätigten, dass es keine Hoffnung mehr gab. Sie versuchten es weder mit Chemo noch mit anderen Therapien, es hätte nichts gebracht. Die Krankheit war schon zu weit fortgeschritten.

Nur wenige Monate später, an einem Vormittag im November, durchbohrte Omas spitzer Schmerzensschrei meinen Schlaf. Der hinterhältige und tückische Krebs hatte Mattias Widerstand gebrochen und ihn umgebracht.

Auf seinen Verlust reagierte ich mit einer wilden Wut, die ich nicht in den Griff bekommen konnte. Ich wollte es nicht wahrhaben.

Als meine Mutter mich in die Arme schloss, um mir die traurige Nachricht zu überbringen, vergrub sie ihr bestürztes Gesicht in meinem Haar. Ich befreite mich sofort mit Gewalt aus ihrer Umarmung. Mein unberechenbarer Zorn ergoss sich auf die herumliegenden Gegenstände. Ich tobte in meinem Zimmer herum und warf Bilder, Bücher und Hefte in die Luft, bis ich eine bunte Vase aus Keramik traf, die mir mein Onkel aus Brasilien mitgebracht hatte. Sie fiel zu Boden und zerbarst in tausend Stücke. Beim Klirren der Scherben wurde mir plötzlich klar, dass ich den Schmerz freilassen musste. Erst dann begannen meine Tränen lautlos durchzubrechen.

Ich beugte mich hinunter, um die Bruchstücke einzusammeln.

«Bei den Guaranì», schluchzte ich und starrte sie an, als wären unter ihnen auch Splitter meines Herzen verstreut, «er hatte sie bei den Guaranì-Indios gekauft.» Und wie sehr ich mich auch bemühte, ich konnte die Teile nicht mehr zusammenfügen.

Nach Mattias Tod fiel ich in ein zeitloses Loch. Die Tage schlugen einen langsamen, quälenden Takt, und mir schien es, dass wir uns im Kreis bewegten und nicht vorankamen. Wir waren wehrlos gegenüber der Unabwendbarkeit des Schmerzes, in den jene Tragödie uns alle versinken ließ. Die milchige Watte, die das Leben in jenen Novembertagen umhüllte, verstärkte das Gefühl der Einsamkeit.

Das war mein erster, großer Zusammenprall mit einer unbeschreiblichen Leere, die sich nicht greifen und nicht begreifen lässt und die man auch in keiner Weise beeinflussen kann. Ich verstand nicht sofort die ganze Reichweite der Folgen seines Todes und musste lernen, was es hieß, den Verlust Tag für Tag neu zu messen. Es war ein langwieriger und zermürbender Prozess, der stufenweise verlief und mich immer wieder bei den verschiedensten Tätigkeiten des Alltags überfiel - zum Beispiel, wenn ich von der Schule nach Hause kam und meinem Onkel eine gute Note zeigen wollte, oder beim Tischdecken, wenn ich automatisch seinen Platz vorbereitete. Obwohl mir sein Tod bewusst war, ließen sich die alten Gewohnheiten nicht einfach wegwischen.

Aus Angst, ihn zu vergessen, gewöhnte ich mir an, allein in seine Bibliothek zu gehen und dort stundenlang seine staubbedeckten Bücher zu lesen. Mir schien es, als könnte ich ihm in seinen Notizen am Rand der Seiten begegnen, die er überall in dieser typischen gotischen Schrift dorthin geschrieben hatte.

Dank dieser neuen Gewohnheit entdeckte ich eine verborgene Leidenschaft. Mir gefiel das Schauspielern: Ich lernte Texte von Shakespeare auswendig und gab sie mit herzzerreißendem Pathos auf meinem Bett stehend, springend, stampfend, sitzend und liegend wieder.

Eines Tages lauschte Eleonora an der Tür.

«Du hast Talent, du solltest deine Begabung nutzen. Ich melde dich zu einem Kurs an!», schlug sie begeistert vor.

Ich begann tatsächlich einen Schauspielkurs zu besuchen, der, wie sich herausstellte, ein ausgezeichnetes Ventil für meinen Schmerz war. Ich konnte mich leicht in andere Personen und deren mitreißende Emotionen versetzen, aber genauso leicht konnte ich mich wieder daraus entziehen.

Der Lehrer war sehr liebenswert und entwickelte für mich sofort Sympathie. Dank seiner Geduld und Kompetenz lernte ich, meine Fähigkeiten zu verfeinern. Am Ende war ich so gut geworden, dass ich die Hauptrolle in *Hamlet* bekam. Ich war begeistert.

Allerdings passierte dann etwas, das meine soeben gewonnene Freude erneut zerschellen ließ.

Der Lehrer hatte sich in meine Mutter verliebt. Ich

ertappte die beiden einige Stunden vor der Premiere miteinander. Wobei sie gar nichts Verbotenes taten. Mir reichte es aber, seinen Blick zu sehen, um zu verstehen, dass er an ihren Lippen hing. Meine Schlussfolgerung war, dass ich die Rolle nur ihretwegen bekommen hatte, und nicht dank meines Talents. Ein Albtraum, schon wieder. Warum musste meine Mutter mir ständig alles kaputt machen? Sie hatte es erneut geschafft, alles zu beschmutzen. Immer wieder verletzte sie mich. Tobend stürmte ich aus dem Theater und ließ meine Kolleginnen im Stich, auch wenn Laura, meine Vertreterin, nicht besonders unglücklich darüber war, endlich im Scheinwerferlicht zu stehen.

Schreiend raste ich die Treppe zu meinem Zimmer hinauf.

Ich hasse sie, ich hasse sie, ich hasse sie!

Zu jenem Zeitpunkt raffte sich meine Oma aus der Trägheit der Trauer auf und kam mir zu Hilfe.

Bislang war sie im Schatten geblieben und hatte mich und Eleonora unauffällig beobachtet. Sie war vom Charakter her eher zurückhaltend und mischte sich nicht in unsere Angelegenheiten ein, oder höchstens - und dann auf sehr diskrete Art - wenn es ihr schien, dass sich unsere Welten zu sehr auf Kollisionskurs befanden.

Ich persönlich hatte nie mit ihr über die Komplikationen der Beziehung zu meiner Mutter gesprochen, weil ich der Meinung war, dass sie sich nicht freuen würde, so etwas zu hören.

Erstaunlicherweise gab sie an jenem Abend ihre übliche Zurückhaltung auf und redete offen mit mir.

«Erzähle mir, was ist denn passiert?», ermunterte sie

mich besorgt.

Das ließ ich mir nicht zweimal sagen. Ich brauchte ganz dringend jemanden, dem ich mein Herz ausschütten konnte, denn ich war geladen wie ein Sprengkörper und seit langer Zeit bereit für den Knall. Ich begann mit dem Lehrer, der sich in sie verliebt hatte. Dann kramte ich alle möglichen Enttäuschungen heraus, die ich durch sie erlitten hatte. Ich sprach mit Oma über jene Jahre, die von Schweigen geprägt gewesen waren, über Geheimnisse und vor allem über jene Distanz, die wir einfach nicht zu füllen vermochten. Schließlich brach ich in Tränen aus - was selten vorkam -, weil ich das Gefühl hatte, meiner Mutter gleichgültig zu sein. Es schien in ihrem Leben immer Ideale zu geben, die mehr wert waren als ich.

Ich konnte mich so richtig abreagieren und merkte erstaunt, wie viel Bitterkeit sich in meiner Seele angestaut hatte.

«Sie wollte mich nicht!», keuchte ich am Ende.

«Bitte, sag das nicht, Schatz. Es wäre nicht fair. Eleonora ist eine leidenschaftliche Frau und hat immer an Utopien geglaubt, für die sie sich mit Leib und Seele eingesetzt hat, das stimmt. Aber ihr ist klar, dass du das Wichtigste bist, wofür es sich zu leben lohnt. Nur schafft sie es nicht, es dir zu zeigen. Interpretiere nicht ihre Unfähigkeit, Gefühle auszudrücken, als Gleichgültigkeit. Du würdest einen großen Fehler begehen. Weißt du, als wir erfahren haben, dass sie schwanger war, geriet dein Großvater in Panik: Er meinte, sie sei noch nicht reif genug. Ich dachte das Gegenteil: Sie hatte immer so viel Liebe zu geben, und ich war unbesorgt, weil ich wusste, dass sie bereit war, Mutter zu werden. Sie liebt dich, nur auf ihre eigene, besondere Art.» Sie machte eine Pause, dann nahm sie den Faden wiederauf: «Eleonora soll zuerst ihre eigenen Dämonen bekämpfen. Dann wird sie deine Fragen beantworten.»

Plötzlich wurde mir klar, dass meine Großmutter meine Unruhe verstand und meine Seele durchschaute.

«Ich bin stolz auf dich», fuhr sie fort und legte sich neben mich aufs Bett. «Du bist klug und hast viele Talente. Vergeude sie nicht. Eines Tages werden wir vor das Angesicht Gottes treten, und er wird dich fragen: *Melissa, ich habe dir so viele Gaben geschenkt, was hast du damit gemacht?* Es wäre schade, antworten zu müssen: *Nichts.* Meinst du nicht auch? Es wäre wirklich schade.»

Später kam Eleonora nach Hause, und ich hörte, wie die zwei im Wohnzimmer lebhaft diskutierten. Gesprächsfetzten drangen zu mir herüber, doch ich war so ausgelaugt, dass ich schnell in einen tiefen Schlaf versank.

IN DER DUNKELHEIT
(Januar 2005)

Das Jahr 2005 hat begonnen. Ich bin still und heimlich hineingerutscht, weil ich nicht in der richtigen Stimmung für Feierlichkeiten war. Zu Ulli sagte ich, es gehe mir nicht gut, obwohl sie bestimmt wusste, dass es nur eine Ausrede war. Am Tag danach fand ich an der Tür ein Päckchen, in dem zwei hübsche Schaumweingläser und eine Flasche Prosecco mit einer goldfarbenen Schleife steckten. Dazu eine kleine Nachricht.

Ruf mich an, wenn du deine Höhle verlassen möchtest. Ulli behauptet, dass ich in einer Art freiwilligem Exil lebe und versuche, jegliche Emotion aus meinem Leben zu verbannen. Sie mag recht haben, aber ich kann im Moment nicht anders.

Schließlich war ich nicht die Einzige, die keine große Lust zu feiern verspürte: Die entsetzlichen Bilder des Tsunamis in Asien hatten alle ziemlich schockiert.

Immerhin öffnete ich das Geschenk von Gudrun,

das Set fürs Bleigießen, und beschäftigte mich mit dieser Wahrsagekunst. Nachdem ich die Stückchen in einem Löffel über einer Kerze erhitzt und dann ins kalte Wasser gegossen hatte, bildeten sich bizarre Formen. Leider scheint meine Phantasie ausgetrocknet, da ich darin keinerlei Hinweis auf die Zukunft entdecken konnte. Das Orakel schweigt.

Heute habe ich versucht, Gudrun zu besuchen, aber man ließ mich nicht zu ihr. Sie dürfe noch niemanden empfangen, die Isolierung gehöre zur Kur, zumindest am Anfang, hieß es. So viel haben sie mir dann doch mitgeteilt: Gudrun sei stark und motiviert, vor allem dank ihres Kindes, und sie reagiere ziemlich positiv auf alle Therapien.

Nun habe ich eine ganze Woche frei, sitze herum und finde nichts, womit ich den Tag totschlagen kann. Paradoxerweise ist meine Tätigkeit an der Kasse, die ich grundsätzlich hasse, auch die einzige Beschäftigung, die mich von meiner inneren Unruhe bewahrt. Als bräuchte ich ausgerechnet den Lärm und das Gemurmel im Supermarkt, um die Leere zu füllen, die sonst noch voluminöser wird.

Ich versuche, viel zu lesen, und wenn ich gelangweilt bin, gehe ich auf den Hochberg. Von dort lasse ich den Blick bis zum sonnengesprenkelten Chiemsee schweifen. Die Luft ist eiskalt, scharf wie ein Messer. Ich sauge sie jedes Mal tief ein und spüre das Brennen in meinem Brustkorb, was meine Rastlosigkeit für eine Weile lindert.

Gestern Nacht, als ich noch am Lesen war, fiel das Licht aus. Es gab einen totalen Black-out, die ganze Stadt war in Dunkelheit versunken. Ich fand das irreal und gleichzeitig so romantisch, dass ich unbedingt raus musste. Obwohl ich kaum etwas sehen konnte, wanderte ich durch die menschenleeren Straßen.

Wir sind an Dunkelheit überhaupt nicht mehr gewöhnt. Wir sind faul geworden und kaum noch in der Lage, zu unseren Urinstinkten zurückzufinden. Ich beschloss zu warten, bis sich meine Augen der Lage angepasst hatten. Mir schien, als könne ich spüren, wie sich meine Iris dehnte, um Lichtspuren einzufangen und Umrisse zu erkennen. Dann rannte ich los wie eine Verrückte, ungeachtet aller Hindernisse, gegen die ich hätte stoßen können. Mir war klar, dass ich nicht an den Schmerz denken durfte, den solche Zusammenstöße verursachen würden, sonst hätte mich die Angst gelähmt.

Der Adrenalinpegel stieg, und ich kam richtig in Fahrt.

Es war schön. Ich fühlte mich wie in meiner Kindheit, als ich während eines Radwettbewerbs immer wieder dieselben beschwörenden Worte wiederholte: - *Halte durch, Melissa! Wenn du das schaffst, passiert morgen etwas Schönes.*

Hinterher war ich völlig atemlos, und mein Herz hämmerte wie verrückt, aber ich fühlte mich leicht.

LUKAS
(Mai 2005)

Gudrun erwartet mich ungeduldig, ich sehe sie schon von Weitem, sie sitzt im *Caffè Venezia* und trommelt nervös mit den Fingern auf den Tisch.

«Du bist spät dran!», faucht sie verständnislos.

Seit sie die Klinik verlassen hat, ist sie hyperaktiv geworden. Allmählich bedrückt mich ihre Energie, denn ich bin noch nicht richtig vom Winterschlaf aufgewacht. Kaum zu glauben, dass es sich um dasselbe Mädchen handelt, das an der Kasse zusammengebrochen ist. Das erscheint mir wie ein Wunder.

Nein, ermahne ich mich. Es wäre ungerecht von mir, diese Wandlung einem unnatürlichen Ereignis zuzuschreiben: Das Lob gilt ausschließlich ihr, sie hat eine beneidenswerte Stärke gezeigt, die ich ihr nie zugetraut hätte.

Es war nicht einfach: Sie hat mir oft von finsteren Tagen berichtet, in denen sie mit dem Gedanken spielte aufzugeben. Doch die Erfahrung, in einer

Gemeinschaft zu leben, die ihr Verständnis entgegenbrachte, erwies sich als hilfreich. Sie musste sich ihren eigenen Schwächen stellen, aber mit dem Bewusstsein, dass sie nicht allein war.

Auch körperlich hat sie sich unglaublich erholt: keine Spuren mehr von Alkohol- oder Drogenrausch, sie sieht jetzt völlig gesund und gepflegt aus, und auch der kugelförmige Bauch steht ihr gut. Sie muss natürlich immer wieder zur ambulanten Beratung, wagt allerdings bereits zu sagen, dass sie es geschafft hat. Heute trägt sie ein farbenfrohes Hemd mit einem großzügigen Dekolleté, das ihre blühende, neuentdeckte Fülle besonders betont.

Wir machen uns auf den Weg zu Ulli, die schon auf dem Platz ist, um dem Maibaumaufstellen beizuwohnen. Sie ist in ein Dirndl geschlüpft und schaut mich enttäuscht an, weil ich mir immer noch keins besorgt habe.

Um uns herum drängt sich eine laute Menschenmenge, fast alle sind in Tracht erschienen: eine fröhliche Versammlung von Lederhosen, Lodenwesten, Hemden mit Perlmuttknöpfen, Wollstrümpfen bis zum Knie, Hüten mit Gamsbart, Schürzen, Schmuckanhängern, Broschen und Nadeln. Das ist Bayern, einfach unverwechselbar.

Heute ist der erste Mai, die warme Jahreszeit steht vor der Tür. Die Blaskapelle hat aufgehört zu spielen, und man hört jetzt deutlich die Stimmen der kräftigen Männer, die den Maibaum aufrichten.

«Es handelt sich um eine heidnische Sitte», erklärt mir Ulli, «wahrscheinlich einen Kult der Kelten, der in enger Verbindung mit der Verehrung der Erdmutter betrieben wurde...»

Ich bin abgelenkt, denn ich habe gerade bemerkt, dass Gudrun von meiner Seite gewichen ist. Ich bitte Ulli, hier auf mich zu warten, und suche meine Freundin. Schließlich erspähe ich sie liegend auf einer Bank.

Nur noch wenige Meter von ihr entfernt, höre sie verzweifelt schreien: «Die Fruchtblase ist geplatzt!», doch ich reagiere nicht.

«Melissa, die Fruchtblase ist geplatzt!», wiederholt sie. Endlich erwache ich aus meiner Schockstarre.

«Haben schon die Wehen eingesetzt?», erkundige ich mich.

«Nein, aber ich habe mit der Hebamme telefoniert, sie meint, ich muss umgehend ins Krankenhaus. Kannst du mich begleiten?»

«Bist du dir sicher, dass die Fruchtblase...»

Mit einem verärgerten Blick schneidet mir Gudrun das Wort ab und zeigt auf einen Fleck an ihrer Strumpfhose.

«Mein Gott, ich hole das Auto!»

In der Eile vergesse ich sogar, Ulli zu benachrichtigen, und in weniger als zehn Minuten sind wir im Kreißsaal.

«Der Mann?», fragt eine Hebamme, als die Entbindung unmittelbar bevorsteht.

«Es gibt keinen Mann», teilt ihr Gudrun prompt mit. «Kannst du mit hineinkommen, Melissa?»

Obgleich ihre Bitte mich nicht begeistert, tut sie mir so leid, dass ich ihr meine Unterstützung nicht verweigern kann. Ich bleibe neben ihr und reiche ihr meine Hand, damit sie meine Nähe spürt. Allerdings merke ich sofort, dass dies ein Fehler war, weil sie meine Hand pausenlos quetscht.

Ausgerechnet an dieser Hand trage ich einen schönen Ring, den ich mir letztes Jahr beim Tollwood-Fest in München gekauft habe. Er besteht aus ziemlich scharfkantigen Silberstreifen und ist mit geometrischen Mustern verziert. Ich weiß noch, dass der Verkäufer aus Senegal kam. Es machte mir damals Spaß, mit ihm über den Preis zu verhandeln, auch wenn ich ihm anschließend ein so großzügiges Trinkgeld gab, dass ich letztendlich fast doppelt so viel bezahlte wie ursprünglich verlangt. Das war es mir wert, ich fand das lustig. Im Moment aber bereue ich zutiefst, dass jenes schöne Lächeln aus Afrika mich dazu verleitet hat, ihn zu kaufen.

Gudrun, inzwischen schon in der Pressphase, schreit aus Leibeskräften, und ich würde am liebsten einstimmen, nicht aus Solidarität, sondern weil der Ring wie eine Säge in mein Fleisch schneidet. Allmählich fürchte ich, dass ich mich von meinem Mittelfinger verabschieden muss. Nach einer Ewigkeit höre ich jemanden sagen, man sehe bereits den Kopf. Die Frau, die gesprochen hat, stürzt sich auf Gudrun, und wenn ich mich nicht täusche, hält sie ein Bistouri in der Hand. Um Gottes willen, sie schneidet! Mir wird schwindelig. Wahrscheinlich hilft sie dem Baby herauszukommen, aber ich kann es nicht mit ansehen. Gudrun dagegen scheint es kaum zu merken. Dieser kleine Schnitt ist womöglich gar nichts im Vergleich zu dem Schmerz, den sie schon die ganze Zeit empfindet.

Ich zwinge mich, regelmäßig zu atmen, aber die Luft steht im Raum. Ich fühle mich wie in einer Folterkammer.

Bitte beeile dich, Kleines!

Endlich, entscheidet sich Lukas, seinen Einzug in

diese Welt zu wagen. Er wiegt dreieinhalb Kilo, und seine ersten Schreie füllen den Raum. Die Hebamme legt ihn auf Gudruns Bauch.

Ich kann einfach nicht mehr, ich muss sofort raus. Sobald ich es geschafft habe, das Zimmer zu verlassen, verfinstert sich plötzlich mein Blickfeld. Als ich wieder zu mir komme, beugt sich gerade eine Schwester über mich. Sie hilft mir aufzustehen und bietet mir ein Glas Wasser an.

«Normalerweise sind es die Männer, die so reagieren. Stellen Sie sich vor, wie das mal wird, wenn Sie selbst dran sind», kichert sie.

«Wie bitte?», murmle ich benommen, während ich die Stelle an meinem Kopf tätschle, die ich mir im Fallen angeschlagen habe.

Ich Mutter? Was für eine Vorstellung! Nein, das könnte ich nie. Ich hätte Angst, mein Kind zu enttäuschen.

FÜNF MINUTEN
(Juni 2005)

Während er schläft, zieht Lukas hin und wieder lustige Grimassen, die ihm süße Grübchen auf die Wangen zeichnen. Ich beobachte ihn seit Stunden unermüdlich: Aufgrund der Suchtprobleme in der Anfangsphase von Gudruns Schwangerschaft musste er seit seiner Geburt verschiedene Untersuchungen durchstehen. Glücklicherweise hat diese traurige Zeit im Leben seiner Mutter bei ihm keine schwerwiegenden Folgen hinterlassen. Gudrun hat nicht allzu lange solche Substanzen zu sich genommen und relativ früh und zielstrebig mit der Therapie begonnen. Lukas ist ein gesundes Baby. Nach einem Monat kann man bereits so viele Veränderungen erkennen. Der weiche Flaum auf seinem Kopf ist verschwunden und durch dunkle Haare ersetzt, während die Augen pechschwarz geworden sind. Wenn er wach ist, kann er schon Bewegungen verfolgen, und manchmal habe ich das Gefühl, dass er mich anlächelt. Er ist immer ruhig und lässt nur von sich hören, wenn er Hunger hat. Ein richtiger Schatz. Trotzdem bin ich nervös, es ist das erste Mal, dass ich allein auf ihn aufpasse. Gudrun vertraut mir völlig, sie sagt, ich wäre nur zu ängstlich - im Gegensatz zu ihr, die eine bemerkenswerte Sicherheit besitzt, als hätte sie sich schon um unzählige Kinder gekümmert.

Sie hat angekündigt, bald zurückzukommen, aber mittlerweile sind drei Stunden vergangen. Vielleicht ist das ein gutes Zeichen. Sie hat ihre Eltern ewig nicht gesehen, und jetzt gibt es noch einen Grund mehr für eine Versöhnung.

Ich setze mich ans Fenster, das den Sommeranfang einrahmt. Aus der Ferne erreichen mich die fröhlichen Trillerpfeifen der Schüler, die das überstandene Abitur feiern. Der Wald riecht nach Bärlauch. Auf den Balkonen der Nachbarn quellen bunte Geranienkaskaden aus ihren Kübeln, und ich freue mich, dass ich endlich die warme Jahreszeit genießen kann. Dieser Winter war sehr hart und viel zu lang für meine mediterrane Veranlagung.

Endlich erspähe ich Gudrun, begleitet von ihrer Mutter. Die beiden wirken fröhlich.

«Du bist im Begriff, offiziell in die Familie aufgenommen zu werden», flüstere ich Lukas zu und öffne die Tür. Als Mutter und Tochter an der Wiege stehen, ziehe ich es vor, ihnen ein bisschen Intimität zu gewähren, und verschwinde nach draußen.

Ich gehe zum Fluss hinunter, lege mich auf einen großen Felsblock in die Sonne und lausche der zarten Brise, die durch die Blätter rauscht.

Und ich denke, fünf Minuten würden mir reichen, nur um ein letztes Mal mit dir zu sprechen, Eleonora.

BERGAUF

Jedes Mal, wenn ich an die Vergänglichkeit unseres Daseins denke, schaudere ich.

Ich stelle mir das flüchtige Profil einer Welle vor, die bis ans Ufer vordringt und im Nu die Spuren eines langen Weges verwischt. Auch die Errungenschaften eines Lebens können in einem einzigen Augenblick getilgt werden, vielleicht durch einen hinterlistigen Streifen Asphalt, der dein Auto in einen Abgrund lockt, oder eine meuternde Zelle, die sich dir unerwartet widersetzt.

Meine Großeltern sind immer gläubige Christen gewesen. Sogar beim Tod ihrer eigenen Kinder haben sie sich der Kirche anvertraut und im Glauben Trost gefunden.

Für mich war es schwieriger. Die Worte der Priester, die unser Haus besuchten, verstärkten nur meine Feindseligkeit gegen einen unerschütterlichen und gleichgültigen Gott. Nach Eleonoras Unfall duldete ich ihre Anwesenheit bei uns immer weniger, weil meine Wut durch dieses Ereignis viel radikaler und verzweifelter geworden war.

Wenn sie zu uns kamen, zog ich es vor, mich zu verdrücken und in mein Zimmer einzusperren. Ich öffnete dann das Fenster, sog tief die Luft ein, die hereinwehte, und stellte mir vor, dass der Tod kein Ende war, sondern eine Verwandlung, und dass meine Liebste sich in tausend Moleküle aufgelöst hatte und nun in der Luft herumschwirrte, die ich einatmete - endlich frei. Diese Idee schenkte mir vorübergehende Auszeiten von meiner Trauer.

Trotzdem hielt die Erleichterung nicht lang an.

Der einzige Antrieb, der wieder Lebensenergie in meine Adern pumpte, war der Wunsch, meinen Vater kennenzulernen.

Am Tag meiner Abreise nach Deutschland, es war Anfang März 2004, wachte ich voller Zuversicht auf. Ich war überzeugt, die richtige Entscheidung getroffen zu haben. Ich musste den Mann finden, dem ich meine Existenz verdankte. Oma und Opa sahen das nicht so optimistisch, dessen war ich mir bewusst. Sie fürchteten, dass mich eine herbe Enttäuschung erwartete. Dennoch hielten sie mich nicht auf und liehen mir sogar ihren alten Fiat Panda. Als sie sich an der Schwelle der Haustür von mir verabschiedeten, versuchten sie krampfhaft, sich ihre Sorge nicht anmerken zu lassen. Ich musste mich zwingen, nicht dauernd in den Rückspiegel zu blicken, während sie dort immer kleiner wurden.

Auf der Autobahn ging es mir dann besser. Vorgeschriebene Fahrrichtung: ausschließlich vorwärts.

Als ich mich dem Brenner näherte, betrachtete ich

die Bergkette vor mir mit dem Gefühl, dass sie so etwas wie eine Trennlinie darstellte - nicht nur geographisch, sondern auch zwischen meiner Vergangenheit und meiner Zukunft. Es würde nicht alles nahtlos verlaufen, das war mir bewusst, aber ich vertraute auf meinem Glückstern, der mich allerdings an diesem Tag ziemlich früh im Stich ließ: Die Straße, die ständig bergauf führte, und mein grober Fahrstil, der Opas Auto unbarmherzig bis an seine Grenzen forderte, stellten den Panda auf eine harte Probe, der er nicht gewachsen war. Kurz nachdem ich Österreich erreicht hatte, gab er den Geist auf.

«Schrott», teilte mir der Mechaniker, der mir zur Hilfe gekommen war, herzlos mit. Der düstere Klang jenes deutschen Wortes, das ich damals noch nicht kannte, ließ mich ein endgültiges Todesurteil erahnen.

Zumindest war der Mann so freundlich und fuhr mich zum nahegelegenen Bahnhof, wo ich den nächsten Zug in Richtung Deutschland nahm. Ich hatte absolut nicht vor, wegen dieses kleinen Zwischenfalls kehrtzumachen.

Seit meiner Abfahrt in Italien waren zwölf Stunden vergangen, als der Zug endlich Bayern erreichte. Er raste durch einen Schneesturm. Die Landschaft draußen flog wirr und verschwommen an den Fenstern vorbei.

Nach all diesem Durcheinander kam ich total erschöpft am Zielbahnhof an. Die Schneeflocken wirbelten in Wellenbewegungen durch die Luft.

Wie betäubt stieg ich aus dem Zug. Abrupt verlor ich den Boden unter den Füßen. Meine Beine fanden keinen Halt mehr, ich sackte nach unten, und mein Gesäß schlug dumpf auf die festgetrampelte

Schneeschicht. Ich brach in hysterisches Gelächter aus. Ein junger Mann, der die Szene verfolgt hatte, half mir wieder hoch. Auf diese Art lernte ich Hans kennen, dem ich bis heute so viel verdanke. An jenem Abend begleitete er mich zu seinen Eltern, die noch freie Ferienwohnungen hatten.

Ich erinnere mich, dass ich die Matratze als einen Segen empfand: Ich ließ mich fallen und schlief sofort ein, nachdem ich meinen Großeltern eine kurze SMS geschickt hatte (*alles gut, abgesehen vom Panda, morgen folgt Erklärung*). Am nächsten Tag stand ich erst auf, als das Sonnenlicht mein Zimmer bereits vollends durchflutete. Auf dem Flur erinnerte mich der Duft des Frühstücks daran, dass ich seit mehr als vierundzwanzig Stunden nichts gegessen hatte.

In der Küche erwartete mich eine opulente Mahlzeit: Schinken, Käse, Eier, frisch gebackenes Brot, Croissants, Butter, Marmelade, Speck. Mein Riesenappetit erschreckte die Gastgeber, die befürchteten, nicht genügend Vorräte für mich zu haben.

Nach dem Frühstück sprach ich wieder mit Hans und erklärte ihm, dass ich auf der Suche nach einer bestimmten Person sei. Ich zeigte ihm den einzigen Hinweis, den ich besaß, eine alte Postkarte, die Gabi meiner Mutter geschickt hatte. Auf dem Bild waren Häuser mit schneebedeckten Dächern zu sehen, und auf der Rückseite stand eine kurze Nachricht.

Liebe Ele,

das bunte Häuschen in der Mitte gehört jetzt mir. Wenn du genau hinschaust, ist es mit religiösen Motiven bemalt. Erscheint es dir nicht wie ein Sakrileg, dass ausgerechnet ich da drinnen

wohne?
Gabi

Zu meiner Überraschung reichte es Hans, die Karte zu sehen, um zu wissen, wo er anrufen musste. So groß war die Stadt letztendlich nicht. Und wie ich dann später erfuhr, war Gabi in vielerlei Hinsicht berühmt.

Nach nur einer dreiviertel Stunde klopfte es an der Tür. Eine Frau mit roten Haaren trat ein und starrte mich verblüfft an.

Sie hatte sich überhaupt nicht verändert.

«Hallo, Gabi. Ich bin Melissa, kennst du mich noch?»

«Melissa!», schrie sie vor Glück. «Und Eleonora? Wo ist sie?»

GABI

Es war sinnlos gewesen zu erwarten, dass sie es schon wusste. Ich hätte mir keine falschen Hoffnungen machen sollen: Schließlich pflegte keiner von meiner Familie irgendwelchen Kontakt zu ihr. Die deutsche Freundin meiner Mutter gefiel meinen Großeltern nicht: zu zügellos und zu wenig angezogen für ihren Geschmack. Nicht dass sie übertrieben konservativ und bigott gewesen wären, aber sie mochten Gabi einfach nicht. Eleonora hatte es nie geschafft, daran etwas zu ändern.

Zu allem Überfluss war in der Vergangenheit auch noch etwas völlig Unakzeptables passiert: Eines Tages hatten sie Gabi und Mattia Marijuana rauchend im Bett ertappt – und das in ihrem Haus!

Wer also sonst hätte jetzt mit ihr sprechen sollen, wenn nicht ich? So sah ich mich gezwungen, ihr als Erste die traurige Nachricht von Eleonoras Tod zu überbringen.

Es war heftig: Meine Worte explodierten mitten in

ihrer Brust. Zuerst riss sie die Augen weit auf und versank in tiefes Schweigen. Dann erhob sie sich, immer noch sprachlos, und verließ das Haus.

Ihre Reaktion erschütterte mich zutiefst: Klar war ich darauf vorbereitet gewesen, dass sie es nicht gut aufnehmen würde. Aber die wahnhafte Starre ihres Blicks erfüllte mich mit Unbehagen.

Nach unserer Begegnung musste ich unbedingt raus, um etwas frische Luft zu schnappen, doch ich hatte nicht mit der außergewöhnlichen Kälte Bayerns gerechnet. Die Straßen waren glatt und rutschig. Schon nach kurzer Zeit flüchtete ich mich in die Wärme eines Lokals.

Versunken in einem Sessel aus Leder, beobachtete ich geistesabwesend ein paar Vögelchen, die Krümel von einer Schülergruppe erbettelten.

Das Leben draußen floss ruhig dahin und stand im Widerspruch zum Sturm der Gedanken in meinem Kopf, die hin und her tobten wie Wogen während eines Orkans.

Ich weiß nicht, wie lange ich zum Fenster hinaus starrte, ohne meine unmittelbare Umgebung richtig wahrzunehmen. Als ich schließlich zu mir kam, hörte ich die Akkorde einer Gitarre. Spontan drehte ich mich um, auf der Suche nach der Musikquelle. Zwei leuchtende, goldfarbene Augen mit stechender Intensität überraschten mich. Ich verharrte einige Sekunden lang wie geblendet. Als ich mich wieder in der Gewalt hatte und den Blick abzuwenden versuchte, war es zu spät. Der junge Mann mit der Gitarre stand schon neben mir.

«Stört es dich, wenn ich mich hierher setze?», fragte er mit starkem englischem Akzent.

Ich bin mir sicher, dass ich in jenem Moment errötete, denn ich konnte meine Ohren brennen spüren. Während ich verlegen verneinte, bemühte ich mich, keinerlei weitere Gefühlsregung zu zeigen, aber bestimmt hatte meine Miene mich schon verraten.

Der Musiker fing an, ein Stück zu proben.

Mit samtweicher Stimme begann er, die Melodie zu summen. Mein Blick heftete sich an sein schönes Gesicht. Ich fühlte mich wie magnetisiert von seinen edlen Zügen, seiner hohen Stirn, der leicht gebräunten Haut und den fein gezeichneten Lippen, die er sinnlich kräuselte. Seine langen, kastanienbraunen Haare waren von hellen Strähnen durchzogen und im Nacken zu einem Pferdeschwanz gebunden. Während er spielte, runzelte er konzentriert die Stirn. Dabei bildeten sich unzählige Fältchen, die ihn noch unwiderstehlicher machten. Als er die richtige Melodie gefunden hatte, entspannte er sich wieder, und seine Züge bekamen eine strahlende, anziehende Aura.

Mein Herz ritt im wilden Galopp. Ich konnte das berauschende Kribbeln in meinem Körper kaum im Zaum halten. Als ihm mein unbändiges Interesse auffiel, lächelte er mich ungezwungen an.

In jenem Moment wäre ich am liebsten im Erdboden versunken. Ich kippte meinen Kakao hinunter, bat stammelnd um die Rechnung und verabschiedete mich hastig.

Und weil mir die bisherigen Aufregungen genügten, die ich in so kurzer Zeit erleben durfte, verbrachte ich den Rest des Tages auf dem Zimmer.

Eine ganze Woche musste ich mich gedulden, bevor Gabi endlich beschloss, erneut Kontakt zu mir aufzunehmen. Diesmal lud sie mich zu sich ein. Ich ging mit einer gewissen Nervosität hin. War sie immer noch so aufgewühlt? Außerdem gelang es mir nicht, dieses verstörende Unbehagen abzuschütteln, das ich seit unserem letzten Treffen mitschleppte.

Zu meiner großen Erleichterung erwiesen sich meine Sorgen als unbegründet, Gabi wirkte ruhig und gefasst. Wahrscheinlich hatte sie die traurige Neuigkeit erst allein verarbeiten müssen.

Wir verbrachten angenehme Stunden zusammen, erinnerten uns an die Reise nach Patagonien, die Wochen in Peru, den Sprachunterricht. Sie lobte mich begeistert, ihrer Meinung nach sprach ich immer noch ein sehr gutes Deutsch. Sie erzählte mir viele Anekdoten über meine Mutter, die ich nicht kannte, die mir aber halfen, Eleonora besser zu verstehen.

Den wahren Grund meines Besuchs enthüllte ich erst am Abend.

«Ich bin mir nicht sicher, ob ich dir da behilflich sein kann», gestand sie mit Bedauern. «Ich kannte deinen Vater nicht persönlich, aber ich werde versuchen, dir alles zu erzählen, was ich weiß.»

Ich fühlte mich von Verzweiflung übermannt. Wenn mir Gabi nicht sagen konnte, wer mein Vater war, sah ich keine Möglichkeit, ihn aufzuspüren.

«Sei unbesorgt», fügte sie hinzu, nachdem sie meine Verzagtheit bemerkt hatte, «du könntest inzwischen zu uns ziehen, damit du keine Miete zahlen musst.»

«Uns?»

«Ja, ich wohne hier mit meinem Lebensgefährten, er heißt Mark und wird sich über einen Gast bestimmt freuen.»

«Es ist sehr großzügig von dir, danke, ich nehme dein Angebot gern an», erwiderte ich mit neuem Mut.

Mark, ihr Lebenspartner, kam später nach Hause.
Als ich ihn sah, traf mich fast der Schlag. Wir kannten
uns schon: Er war der Musiker, den ich in der Bar so
angestarrt hatte. Zum Glück reagierte er auf meine
Anwesenheit ganz gelassen, sogar amüsiert, und nach
kurzer Zeit hatte sich auch meine Befangenheit gelegt.

Ich fühlte mich schnell wohl bei ihnen. Wir blieben
die ganze Nacht wach und tranken schottischen
Whisky vor einem knisternden Kaminfeuer. Ich schob
vorübergehend meine Gedanken und den Zweck
meiner Reise beiseite und lauschte neugierig ihren
Lebensgeschichten. Sie hatten viel Gemeinsames:
Beide waren Nonkonformisten, frei, rebellisch, verliebt
in ihren alten VW-Bus und künstlerisch veranlagt,
wenn auch auf unterschiedlichen Gebieten, Gabi in
der Malerei und Mark in der Musik.

Gabi hatte in Mailand an der Akademie der
Schönen Künste studiert und arbeitete als
Restauratorin. In der Wohnung hing ständig der herbe
Geruch des Verdünnungsmittels, in das sie die Pinsel
nach dem Malen eintauchte. Die Wände ihres Ateliers,
welches auf einem Hängeboden über dem
Wohnzimmer lag, waren mit ganz hervorragenden
Skizzen verkleidet, von denen mir eine besonders ins
Auge stach: ein sinnlicher Frauenfuß, der sanft
zwischen den Falten eines Leinentuchs im Spiel von
Licht und Schatten lag. Gabis Sinn für Ästhetik war in
allen Ecken des Hauses spürbar, vor allem aber im
Wohnzimmer, einem offenen Raum, der zwei
Stockwerke einnahm. Um den Kamin herum hatte sie
ein beeindruckendes Fresko gemalt, das bis zur Decke
reichte. Es zeigte mit surrealen Szenen aus glänzenden
Farben und geometrischen Formen, wie Gabi sich die

Entwicklung des Universums vorstellte, angefangen bei der bunten Big-Bang-Explosion, gefolgt von der Entstehung des Lebens auf der Erde mit ausgesprochen detaillierten Tier- und Menschengestalten bis hin zum Ende, repräsentiert durch eine schwarze Kugel, die alles einzusaugen schien. Der beschauliche Garten hinter ihrem Haus war mit Skulpturen übersät. Gabi liebte es, einzigartige Kunstobjekte zu besitzen, die sie sorgfältig auswählte, und hatte ein außergewöhnliches Talent, vielversprechende Künstler zu entdecken, bevor sie bekannt wurden. Ihr Gespür auf dem Gebiet war unfehlbar. Einige Jahre zuvor hatte sie bei einem damals noch unbekannten Bildhauer zerklüftete Holzskulpturen gekauft, die im Garten thronten. Heute ist der Künstler eine Berühmtheit in der ganzen Welt, und Gabis Kollektion ist sehr wertvoll geworden. Es kam übrigens des Öfteren vor, dass ein Kunstsammler bei ihr vorbeischaute und versuchte, die Skulpturen zu erwerben. Gabi geriet aber nie wegen Geld in Versuchung, für sie war jedes einzelne Stück ihrer Kollektion wie ein eigenes Kind.

Verstreut über das ganze Haus fanden sich Musikinstrumente jeglicher Art, die Mark gehörten: eine mahagonifarbige Sitar auf der Eckbank in der Küche, Flöten mit unterschiedlichen Formen an den Wänden, außerdem ein Bongo, dessen Fell ziemlich abgenutzt schien, und die unersetzbare Gitarre, die Mark ständig mit sich herumtrug.

Die zwei hatten sich in Marokko kennengelernt, wo Gabi auf der Suche nach Inspiration war und er mit einer Gruppe Nomaden herumreiste, um deren Melodien zu studieren.

Es war Liebe auf den ersten Blick.

Ich muss zugeben, dass ich die beiden beneidete. Sie lebten unbekümmert das Leben, das sie wollten, während ich mich abrackerte, um das Puzzle meiner durcheinander geratenen Existenz wieder zusammenzufügen.

Sie waren sehr nett zu mir und bestanden darauf, dass ich sofort bei ihnen einzog.

Das tat ich dann auch am folgenden Tag.

Schließlich war Gabi die einzige Option, die ich hatte: In erster Linie brauchte ich Zeit, um meinem Vater in Ruhe auf die Spur zu kommen. Und ehrlich gesagt wollte ich mich von der Welt fernhalten, die mich verletzt hatte. In Italien wartete auf mich die Uni, die Psychologische Fakultät, aber ich konnte mich im Moment nicht auf das Studium konzentrieren.

Als ich meine Siebensachen packte, traf ich Hans und bat ihn um Hilfe. Eine Arbeit brauchte ich schließlich auch, da ich ja vorhatte, mich hier für eine Weile niederzulassen.

Er fand für mich eine Stelle an der Kasse eines Supermarktes.

MEIN VATER

Ich hatte keineswegs das von den vielen Jahren ausgeblichene Bild vergessen, das ich vor langer Zeit in Eleonoras Sachen gefunden hatte. Vor meiner Abfahrt aus Italien hatte ich es der Dunkelheit des Schrankes entrissen und in ein Kästchen gepackt, in welchem ich auch meine anderen Schätze aufbewahrte: lauter Dinge, die meiner Mutter gehört hatten und von mir nun wie wertvolle Heiligtümer gehütet wurden.

Auf jenem Foto, davon war ich überzeugt, war mein Vater abgebildet. Wie vermutet, bestätigte Gabi meinen Verdacht.

Als ich es ihr zeigte, hellte sich ihre Miene auf. Sie folgte mit dem Finger dem Profil der zwei vertrauten Gesichter.

«Das ist er, dein Vater, Klaus. Mein Gott, wie viel Zeit ist vergangen!», flüsterte sie geistesabwesend vor sich hin. Sofort erstarb das Lächeln wieder, das kurz zuvor auf ihren Lippen erblüht war.

Ich fing an, diesen Namen innerlich zu

wiederholen, als handelte es sich um die chemische Geheimformel des Glücks. Immerhin war mein Vater nicht mehr nur ein abstrakter Gedanke, der durchscheinend wie ein Geist in meinen Träumen schwebte. Er besaß endlich ein Gesicht und einen Namen. Ich begriff jetzt auch den Grund, warum meine Mutter darauf bestanden hatte, dass ich Deutsch lernte: Es war seine Sprache, die Sprache meines Vaters.

Gabi erzählte mir, wie die Beziehung der beiden begann. Sie hatten sich Anfang der Achtziger in Vietnam kennengelernt, wo eben dieses Foto aufgenommen wurde.

«Sie passten gut zusammen, sie waren sich in vielerlei Hinsicht sehr ähnlich. Beide besaßen einen starken Charakter, der sie unerschütterlich durch die Schwierigkeiten des Lebens führte. Sie glaubten an den Journalismus, den sie nicht nur als Beruf, sondern als Berufung sahen. Und sie waren kompromisslos gegen jede Art von Unterdrückung. Aber vor allem eins hatten sie gemeinsam: eine Liebe, die unbesiegbar schien.»

ES REGNET ÜBER DER STADT[4]
(Vietnam 1981)

Eleonora hatte sich für den Journalismus entschieden, als auf Indochina amerikanische Bomben herabregneten.

Der Konflikt in Vietnam war der erste, der über ein neues Medium, das Fernsehen, dokumentiert wurde. Die apokalyptischen Szenen, die eine nach der anderen über den Bildschirm flimmerten, entsetzten die junge Eleonora maßlos. Sie wusste vom Krieg nur, was ihr Vater vom Zweiten Weltkrieg berichtet hatte. Vor allem aber empfand sie besondere Bewunderung für die Journalisten, die ihr Leben aufs Spiel setzten, um die Grausamkeiten der Gewalt zu bezeugen. Langsam beschlich sie jedoch der Verdacht, dass man nicht alles glauben durfte, was man im Fernsehen sah. Die TV-Berichte wurden ihrer Meinung nach manipuliert und geschönt, bevor sie ausgestrahlt wurden. In Wirklichkeit war die Lage bestimmt drastischer. Deswegen hielt Eleonora eine unabhängige

---

[4] "Il pleut sur la ville". (Zitat aus Paul Verlaine: *Il pleure dans mon coeur*, 1874).

Information durch Zeitungen für unentbehrlich. Die Bürger hatten ein Recht darauf, hinter die Kulissen zu blicken und die ganze Wahrheit zu erfahren. Es sollte doch Ziel jedes engagierten Journalisten sein, ihnen das zu ermöglichen, fand sie. So begann sie, sich für den Beruf zu interessieren.

Nach dem Gymnasium schrieb sich Eleonora an der Fakultät für fremdsprachlichen Philologien ein, und im Anschluss an ihr Studium begann sie ein Praktikum bei einem Radiosender. Inzwischen war der Vietnamkrieg vorbei, aber ihre Begeisterung für diese Art Journalismus ließ nicht nach. Die erste bezahlte Stelle, die sie in einer Redaktion bekam, war allerdings nicht besonders reizvoll: Sie musste Artikel über Tagesereignisse in der Provinz schreiben. Das Gehalt war dürftig und die Arbeit entsprach nicht ihren großen Träumen.

Doch sie stand kurz vor einer Wende, die sie sofort als solche erkannte, als sie die Stimme ihrer alten deutschen Freundin Gabi am Telefon hörte.

«Deine Mutter hatte das Zeug dazu, Karriere zu machen, aber in dieser kleinbürgerlichen Redaktion war ihr Talent verschwendet. Ich kannte sie gut, nachdem wir uns während unserer Studienjahre eine winzige Wohnung in Mailand geteilt hatten. Als ich sie traf, waren wir beide mittellose Studentinnen, die sich in die turbulenten Siebziger hineinwagten. Wir sind sozusagen gemeinsam zu Frauen geworden. Ich wusste, dass sie zu Wichtigerem berufen war.

Während sie Artikel über Streiche und Streitigkeiten zwischen Nachbarn schrieb, gesellte ich mich stattdessen zu interessanten Leuten. Meistens landeten wir im Bett. Auf die Art lernte ich einen Regisseur kennen, der im Begriff war, nach Vietnam zu fliegen. Er hatte gerade von der sozialistischen Republik die Erlaubnis bekommen, einen Dokumentarfilm über den Konflikt zu drehen, der jenes Land zehn Jahre lang geplagt hatte. Der Mann wollte ein Team zusammenstellen, bestehend aus Fotografen und Journalisten, das ihn begleiten sollte. Ich schlug ihm Eleonora vor.»

Angetrieben von unstillbarer Abenteuerlust und einem ehrlichen Interesse für das Schicksal jenes Landes, zögerte meine Mutter keine Sekunde, als dieses Angebot kam.

Zum Team gehörten auch Journalisten, die schon den Krieg erlebt hatten und eine unschätzbare Erfahrung besaßen. Für Eleonora war es eine ausgezeichnete Gelegenheit, um ihre Bildung zu erweitern.

Sobald sie dort eintraf, wurde ihr die Aufgabe zugeteilt, das Filmmaterial in den Archiven zu durchforsten. Das lieferte ihr die Möglichkeit, die reellen, ungeschönten Bilder des Krieges zu sehen. Mit der Gruppe begab sie sich oft zu Orten, die Schauplatz von besonders entscheidenden Momenten in der Entwicklung des Konfliktes geworden waren. Dabei konnte sie auch viele interessante archäologische Stätten besuchen, unter anderem My´Son, eine Tempelstadt in Zentral-Vietnam, wo sie Freudschaft mit einem polnischen Archäologen schloss, der sich im Land gut auskannte und gerade einen idyllischen Ort namens Hoi An entdeckt hatte.

Es handelte sich um einen alten Handelshafen, der seit mehr als einem Jahrhundert in Vergessenheit geraten war. Heute ist das Städtchen eine

Standardetappe jeder Vietnamreise. Als aber Eleonora Anfang der Achtziger dort ankam, schlummerte es noch im Dornröschenschlaf.

In Hoi An begeisterte sie sich auf der Stelle für die entzückende Architektur der zweistöckigen Häuser aus dunklem Holz mit ihren verborgenen Innenhöfen und den aufwendig geschmückten Altären zur Verehrung der Vorfahren; die überdachte Brücke, laut Tradition auf dem Herzen eines Drachen erbaut, welche das chinesische mit dem japanischen Viertel verband; die nur durch rote Seidenlampen schemenhaft beleuchteten stillen Straßen, an denen sich die Läden der einstigen Händler reihten. Wie betäubt von jener Schönheit schlenderte Eleonora den ganzen Tag durch die verschlafenen Gassen.

So vertieft war sie in ihre Bewunderung, dass sie nicht einmal das bevorstehende Gewitter bemerkte. Ein heftiger Platzregen setzte ein, und Eleonora war im Nu völlig durchnässt. Sie suchte trotzdem keinen Schutz, dafür war es ohnehin zu spät. Stattdessen ging sie weiter spazieren. Das Wasser verlor sich in kleinen Rinnsalen auf ihrem Gesicht.

Plötzlich hielt sie an, nachdenklich, blieb mitten auf der Straße stehen und schaute in den bleiernen Himmel hinauf.

In diesem Zustand sah mein Vater sie zum ersten Mal.

Klaus war ein altbewährter Journalist und Kriegskorrespondent. In den Siebziger Jahren hatte er in Vietnam die letzte Phase des Konfliktes miterlebt. Diese Erfahrung hatte ihn tief mit diesem Teil der Welt verbunden. Seitdem verbrachte er viel Zeit im Südosten Asiens und kehrte nur selten in seine Heimat

Deutschland zurück. Nach dem Krieg wollte er sich mit eigenen Augen von den Fortschritten der neuen Sozialistischen Republik überzeugen, musste allerdings feststellen, dass die Lage nicht so positiv war, wie er es sich erhofft hatte. Vielmehr waren die Langzeitfolgen des Krieges weiterhin stark zu spüren: Die Landschaft und viele historische Gebäude trugen noch immer Spuren der Bombardierungen. Besonders traurig war es für ihn, sehen zu müssen, wie ständig Kinder mit Fehlbildungen geboren wurden: Diese zeugten von der Verwendung des Entlaubungsmittels *Agent Orange* durch die Amerikaner. Es forderte auch nach Jahren noch unzählige Opfer. Das Land war außerdem von einer dramatischen wirtschaftlichen Krise betroffen, die viele Familien in die Knie zwang. Zu allem Übel hatte die Regierung eine Verfolgungskampagne gegen die damaligen Unterstützer der Amerikaner angefangen. Viele landeten in einem Umerziehungslager oder verschwanden gleich spurlos. Die Furcht vor diesem Schicksal veranlasste zahlreiche Menschen zur Flucht. Allerdings eigneten sich die Nachbarstaaten nicht als Zufluchtsort, da sie ähnliche Regierungen hatten, weswegen viele versuchten, auf dem Seeweg in fernere Länder zu gelangen. Dies erfolgte meist mit ungeeigneten und überladenen Booten und endete durch Monsunwinde oder Piraten nicht selten mit dem Tod.

Die Gewissheit, dass die neue Politik zum Scheitern verurteilt war, hatte Klaus dazu bewegt, einen sehr polemischen Artikel zu schreiben, in dem er scharfe Kritik an der neuen Macht Vietnams übte. Der Artikel war noch nicht veröffentlicht worden, aber er wusste schon genau, dass er sogleich die Sondererlaubnis verlieren würde, sich in Vietnam aufzuhalten.

Am Tag der Begegnung mit meiner Mutter genoss er seinen wahrscheinlich letzten Spaziergang in Hoi An, ehe man ihn aus dem Land hinauswerfen würde.

Zu denselben Schlussfolgerungen wie Klaus war inzwischen auch Eleonora gekommen: Ihre utopischen Vorstellung von dem, was sie als beste Regierungsform betrachtete, waren frontal gegen die Realität geprallt. Sie hatte nämlich festgestellt, dass die Presse ausgenutzt wurde, um die öffentliche Meinung zu manipulieren. Die Zensur beurteilte die Nachrichten vor der Veröffentlichung, und die Behörden saßen immer auf der Lauer, um jede Form von Kritik zu bestrafen: Eleonora hatte entrüstet entdeckt, dass in Danang die Mitglieder eines literarischen Zirkels wegen des polemischen Inhalts ihrer Gedichte verhaftet worden waren. Sie selber hatte außerdem das Gefühl, sich nicht frei bewegen zu können und ständig überwacht zu werden. War das also das Ergebnis des Kampfes für die Freiheit? Eine weitere Art Unterdrückung, nur mit anderen Farben?

Vielleicht kreisten ihre Gedanken um dieses Thema, bevor ihr Blick den meines Vaters kreuzte.

Klaus eroberte ihr Herz im Sturm. Er war der Mann, auf den sie ihr ganzes Leben lang gewartet hatte. Zusammen verbrachten sie den Abend, plaudernd im spärlichen Licht von Laternen aus roter Seide. Das Bild jenes reizenden Mannes mit ehrenwerten Gefühlen und reicher Lebenserfahrung brannte sich in Eleonoras Seele ein wie das Sonnenlicht auf einer Filmrolle. Während er ihr über seine Erlebnisse als Journalist erzählte, sank sie unaufhaltsam in einen betörenden Rausch, in dem sie sich zugleich glücklich und haltlos fühlte, seinem Charme völlig erlegen.

Am Vormittag danach, an Bord eines alten Minsk, verließen sie Hoi An, das inzwischen wegen des starken Regens komplett überschwemmt war. Sie fuhren viele Kilometer, und Klaus zeigte ihr alles, was er kannte. Nach zehn Tagen kamen sie zum Mekong Delta und erlebten den Glanzpunkt ihrer Liebesidylle in den feuchten Gebieten Südvietnams, bevor sie aus dem Land verbannt wurden. Klaus´ Artikel hatte inzwischen Staub aufgewirbelt.

Nach einigen Monaten Abwesenheit kam Eleonora kurz nach Italien, um ihren definitiven Umzug nach Thailand vorzubereiten, wo Klaus bereits in seinem Haus auf sie wartete. Sie verkündete, dass sie mit ihm den Rest ihres Lebens verbringen wolle. Nur eine Woche blieb sie bei den Eltern, danach flog sie wieder zu Klaus.

Für eine Weile hörte Gabi nichts von ihr.

Bis sie einen besorgniserregenden Anruf bekam. Eleonora teilte ihr unter Tränen mit, dass alles vorbei sei.

Sie hatte Klaus verlassen und war nach Italien zurückgekehrt.

Schwanger.

Den Grund für ihre drastische Entscheidung behielt sie für sich. Sie verkündete nur, dass sie das Kind allein erziehen und in Peru an einem Entwicklungsprojekt mitarbeiten wolle.

Meiner entsetzten Familie erschien das wie eine Wahnsinnstat.

Gabi, die als Erste davon erfahren hatte, konnte diesen Sinneswandel nicht begreifen und stürmte zu ihrer Freundin, um in Erfahrung zu bringen, was schiefgegangen war. Aber auch ihr gegenüber wollte meine Mutter keine Erklärungen abgeben. Eleonora erlaubte niemandem, sich in ihr Leben einzumischen.

Gabi blieb trotzdem bei ihr und begleitete sie sogar auf der Reise nach Cusco – einem Flug, bei dem meine Mutter mit schlimmer Schwangerschaftsübelkeit zu kämpfen hatte.

Der Grund für diese Flucht blieb letztendlich allen verborgen, und die Träume meiner Mutter glitten auf eine Nebenschiene. Unser peruanisches Abenteuer begann in einer Boeing 747 auf dem Weg nach Südamerika.

DIE KRISTALLKUGEL
(Juni 2004)

Klaus. Sonst nichts. So lautete mein einziger, ziemlich unzureichender Hinweis. Noch dazu war das einer der verbreitetesten Namen im deutschsprachigen Raum. Wie sollte ich denn unter diesen Voraussetzungen überhaupt vorgehen? Ich hätte mir eine Kristallkugel gewünscht, aber mir blieb nichts anderes übrig, als auf das Internet zu vertrauen. Daher hegte ich die Hoffnung, dass ein paar Schlüsselwörter und etwas Glück die ersehnte Lösung liefern könnten. Doch als der PC mir eine unendliche Liste von unwahrscheinlichen Ergebnissen präsentierte, zweifelte ich bereits, ob dies die richtige Methode war. Andererseits, was hätte ich sonst machen sollen? Ich wusste nicht einmal, für welche Zeitung er arbeitete, und auch die Bildersuche half mir nicht weiter. Das Foto, das ich von ihm hatte, war ja schon ziemlich alt. Wer weiß, wie sehr er sich in all den Jahren verändert hatte?

Ich bat Gabi mehrmals, sich weiter zu bemühen,

vielleicht gab es noch andere verborgene Erinnerungen in ihrem Gedächtnis, die sich ans Licht befördern ließen. Aber das war nicht der Fall, sie konnte nichts mehr zu meiner Suche beitragen. Hans, den ich täglich im Supermarkt traf, empfahl mir, einen Privatdetektiv zu engagieren, doch ich hatte kein Geld, um ihn zu bezahlen.

Es gelang mir selten, optimistisch zu bleiben.

Obwohl ich mir Mühe gab, neue Wege auszuprobieren, landete ich immer tiefer in einem Labyrinth, dessen Ausweg unauffindbar schien, und der Erfolg hielt sich hinter dem Horizont versteckt. Vielleicht war das ein Zeichen dafür, dass ich nicht weitersuchen sollte. Was, wenn er ebenfalls verstorben war? Wäre es nicht besser gewesen, es nie zu erfahren und mich ewig in der Hoffnung zu wiegen, dass er noch lebte?

Auch Gabis Einstellung hatte sich geändert. Ihr schien meine verzweifelte Suche inzwischen gleichgültig zu sein, und wenn ich wieder auf das Thema kam, wirkte sie sofort genervt. Diese Wende in ihrem Verhalten war mir unbegreiflich, aber ich schrieb es beruflichen Problemen zu. Vermutlich war sie schlecht gelaunt, weil sie zu wenige Aufträge hatte. So zumindest erklärte ich mir ihre widerspenstige Laune.

Seit meiner Ankunft in Bayern waren drei Monate vergangen, eine Zeitspanne, in der ich eine nicht unerhebliche Reihe an Misserfolgen angehäuft hatte. Meine Geduld erreichte ihre Grenzen.

Ich musste mir eine Deadline setzen.

Noch ein Monat, nicht länger. Dann würde ich aufgeben.

An einem Samstag erhielt Gabi einen Anruf aus Rom. Man hatte in einem Kloster ein Fresko freigelegt und brauchte ihren Rat, um festzustellen, ob es sich womöglich um einen Giotto handelte. Gabi hatte sich einen Ruf als Expertin der italienischen Malerei des dreizehnten und vierzehnten Jahrhunderts erarbeitet und wurde sofort aktiv.

Ich bin in Rom, vielleicht wegen eines Giotto, weiß nicht, wann ich zurückkomme, hieß es lakonisch auf einem Zettel an der Tür. Ich las ihn mit Erleichterung und dachte, dass ein bisschen Abstand uns gut tun würde.

Mark bestand darauf, dass ich mir eine Pause gönnte, und schlug vor, am Sonntag im Garten zu grillen. Ich fand die Idee toll. Eine Auszeit hatte ich mir wirklich verdient.

Es war schön, mit ihm allein zu sein. Endlich konnte ich jemandem mein Herz ausschütten und mich gehen lassen, was ich sonst selten machte. Ihm gegenüber fiel es mir leicht, mich zu öffnen, und das lag nicht nur am guten Wein: Er konnte einfach zuhören. Während des Gesprächs wunderte ich mich, dass er so viel über mich wusste, anscheinend hatte er mir in den vergangenen Monaten mehr Aufmerksamkeit geschenkt, als mir bewusst gewesen war. Jedenfalls zeigte er ehrliches Interesse und mehr Mitgefühl, als ich ihm zugetraut hätte.

Nach dem Essen entspannten wir uns in der Sonne. Mark schlief in der Hängematte ein, und ich legte mich neben ihn. Verstohlen betrachtete ich ihn. Dabei ging mir durch den Kopf, dass ich noch keinen Mann so derart anziehend empfunden hatte. Ich war so sehr seinem Bann erlegen, dass sich die Anziehungskraft, die er auf mich ausübte, immer mehr zu einer unerträglichen Last entwickelte. Zwischen uns knisterte eine ständige Spannung, die fast körperlich spürbar war. Ich fragte mich, ob Gabi es nicht merkte. Vielleicht war das der wahre Grund, weshalb sie sich mir gegenüber inzwischen so abweisend verhielt.

Marks Gesicht war mir noch nie so nah gewesen, ich konnte seinen Atem auf meinen Hals spüren. Unerwartet griff er nach meinem Handgelenk, ohne die Augen zu öffnen. In dieser Haltung verharrten wir lang, bebend vor Aufregung. Dann gewann mein Gewissen die Oberhand, er war immerhin Gabis Lebensgefährte, und ich durfte ihr Vertrauen nicht missbrauchen. Ich flüchtete so schnell ich konnte, obwohl ich mich mehr denn je nach seiner Nähe sehnte. Wir hätten reden müssen, doch stattdessen war ich feige. Natürlich interessierte es mich brennend, ob er genauso für mich empfand wie ich für ihn.

Schnell suchte ich mir eine Ablenkung und kam zu dem Ergebnis, dass Hausarbeit eine gute Wahl darstellte. Also stieg ich hinauf zum Dachboden. Gabi hatte oft geklagt, dort herrsche das reine Chaos. Die Vorstellung, mich in dem Raum lange beschäftigen zu können, gefiel mir.

Als ich die Tür öffnete, überraschte mich eine gewaltige Menge an Krimskrams: Staffeleien, Rahmen, alte Wäsche, ausgesonderte Küchengeräte, Decken, Farbeimer, Eisenstühle, Vasen und wer weiß was noch, alles unter dem Regiment einer dicken Schicht Staub.

Ich wagte mich hinein, doch beim Versuch, mir einen Weg zu bahnen, fiel mir ein schwerer Koffer auf den rechten Fuß. Sein Inhalt, bestehend aus unzähligen Blättern, landete auf dem Boden. Ich stieß einen lauten Schrei aus und krümmte mich vor

Schmerz.

«Was ist los?», hörte ich hinter mir die Stimme Marks, der besorgt herbeigeeilt war.

«Ich wollte hier aufräumen, und da ist mir ein kleines Missgeschick unterlaufen.»

«Zeig mir deinen Fuß.»

«Nein, es ist nichts.»

«Melissa, bitte.»

«Nein, es ist wirklich nichts. Hilf mir lieber, dieses Desaster zu beseitigen.»

Wir bückten uns beide nach den Blättern, die über den Boden verstreut lagen.

Da passierte es.

Der Durchbruch.

Ich griff nach einem Zeitungsausschnitt.

Der Titel sprang mir ins Gesicht. Es war der Wendepunkt meiner Suche.

Hamburg: Klaus Rilke verzichtet auf den Preis für sein Lebenswerk

WOHIN AUCH IMMER DER WEG FÜHRT
(Juni 2004)

Zufall: Unvorhergesehenes Zusammentreffen von mehreren Ereignissen ohne erkennbare Ursache. Höchst unwahrscheinlich, jedoch nicht unmöglich.

Mit dieser Erklärung habe ich gerne abwegige Situationen meines Lebens gedeutet.

Doch an jenem Tag war mir das Konzept des Zufalls zu fremd, um damit mein Glück zu begründen. Es muss eher eine indirekte Wirkung meines inneren Wunsches nach außen, die Projektion meines Willens auf die externe Welt gewesen sein.

Wie gebannt starrte ich auf das Stück Papier. Als Mark den Artikel überflog, begriff er sofort, was dieser Fund für mich bedeutete. Wortlos streichelte er meine Wange und ließ mich allein.

Merkwürdig, dass sich Gabi nicht mehr an diesen Artikel erinnerte. Allem Anschein nach hatte sie ihn ja irgendwann mal ausgeschnitten. Und dass Klaus ein berühmter Journalist war, konnte sie auch nicht so einfach aus ihrem Gedächtnis getilgt haben. Aber letztendlich hatte sie ganz andere Interessen im Leben, und alles, was diesen Mann betraf, war für sie womöglich belanglos.

Ich wischte also sämtliche irrelevanten Gedanken beiseite und konzentrierte mich auf den Artikel. Zitternd begann ich zu lesen.

Klaus Rilke hätte eine Auszeichnung für seine journalistischen Leistungen - dreißig Jahre glanzvoller Karriere - bekommen sollen. Seine Verdienste reichten von der Kriegsberichterstattung bis zum investigativen Journalismus. Im letzten Jahrzehnt war er die Speerspitze des hanseatischen Magazins *Die Nachricht* gewesen und hatte außerdem zahlreiche Bücher über Südostasien geschrieben, sein Fachgebiet. Doch als er für den Preis nominiert wurde, lehnte er ihn ab und kritisierte noch dazu öffentlich die heutige Presse, die seiner Meinung nach an allen Fronten versagt habe: Die ursprüngliche Aufklärungsfunktion sei auf dem Altar des Markts und des Profits geopfert worden.

Sein verblüffender Auftritt bei der Preisverleihung hatte für Wirbel gesorgt: Die eleganten Gäste der Veranstaltung waren vor Empörung sprachlos gewesen, als er den Saal verließ.

Irritiert las ich den Artikel zu Ende: Ich wusste nicht so genau, was ich davon halten sollte. War mein Vater ein Held, der den Mut gehabt hatte, der Öffentlichkeit die Stirn zu bieten? Oder war er ein Provokateur, der es genoss, das Publikum durch übertriebene Stellungnahmen zu entsetzen? Und was steckte hinter seiner Reaktion? In meinem Kopf türmten sich Berge an Vermutungen.

Ein knurrendes Geräusch lenkte mich von meinen Überlegungen ab: Ich schaute durchs Fenster hinunter, wo Mark gerade dabei war, den VW-Bus zu starten. Als der Motor hüstelnd ansprang, stieg er aus und winkte mir zu.

«Los, wir fahren nach Hamburg.»

«Was? Ich ... Ich kann nicht, ich muss morgen arbeiten», versuchte ich einzuwenden.

«Du hast dich lang genug gequält. Jetzt ist es so weit! *Come on, Melissa! Don´t be silly*. Wir starten in fünf Minuten», kündigte er entschieden an.

Diese Fahrt wurde zu einem unvergesslichen Erlebnis, und zwar in vielerlei Hinsichten.

Ich war heilfroh darüber, dass Mark sich entschieden hatte, mich zu begleiteten, und dass wir in stillem Einvernehmen den Kompromiss geschlossen hatten, zu vergessen, was im Garten passiert war.

Wir fuhren die ganze Strecke Richtung Norden ohne größere Pause, wechselten uns aber alle zwei Stunden am Steuer ab.

Als der Tag zur Neige ging und Mark gerade am Lenkrad saß, ertappte ich mich im Schutz der Dämmerung dabei, dass ich die Tatoos auf seinen Armen bewunderte, die trotz des schwachen Lichts noch zu erahnen waren: spiralförmige Linien, die sich der Länge nach über seine drahtigen Muskeln zogen.

«Haben sie eine Bedeutung?», fragte ich schließlich neugierig.

«Es sind Maori-Tatoos. Sie sollen den Feind abschrecken.»

«Sie sehen sehr schön aus. So kannst du mir keine Angst machen.»

«Dich will ich gar nicht in die Flucht schlagen», entgegnete er mit einem unwiderstehlichen Lächeln. Sofort wünschte ich mir, diese zehn Stunden könnten ewig dauern und Gabi würde nicht existieren.

Um mich von meinem unpassenden Verlangen abzulenken, zog ich eine CD der südamerikanischen Gruppe Intillimani aus meinem Rucksack und schob sie in den Player. Mark schien von meiner Wahl ziemlich überrascht zu sein.

«Ich dachte nicht, dass du solche Art Musik hörst.»

«Warum nicht?»

«Ich hielt dich für … kommerzieller, eher bieder», schmunzelte er.

«Also, du kennst mich wirklich nicht», gab ich scherzhaft zurück und begann das Lied zu summen.

Er hörte mir amüsiert zu.

«Du fühlst dich immer noch sehr zu diesem Teil der Welt hingezogen, nicht wahr?», fragte er interessiert, nachdem ich zu Ende gesungen hatte.

«Ja, unendlich. Das ist eigentlich seltsam, weil ich nur sechs Jahren dort gelebt habe. Aber die Menschen, denen ich damals begegnet bin, haben mich stark geprägt. Sie mussten hart arbeiten, sich Tag für Tag abrackern, um zu überleben. Oft hatte ich das Gefühl, dass sie schon besiegt geboren wurden - unsichtbar. Und am traurigsten fand ich, dass es ihnen bewusst war und dass sie sich mit diesem Schicksal abgefunden hatten, als wäre es unausweichlich. Leute wie Yvonne oder meine Mutter haben versucht, ihnen zu helfen, ihr Vertrauen und ihre Würde zurückzuerlangen. Und teilweise haben sie geschafft, das Undenkbare zu erreichen.» Eine Träne stahl sich heimlich aus meinen Augen.

Er wandte sich mir zu und sagte mit zärtlicher Stimme: «Was du gesagt hast, ist sehr schön.»

In jener Nacht ließen wir unseren Gedanken freien

Lauf, wir sprachen über unsere Lebensgeschichte, unsere Träume und Ängste. Dabei entdeckten wir, dass wir uns sehr ähnelten.

Ich erfuhr, dass er seine Mutter verloren hatte, als er noch ein Kind war. Der Vater, unfähig, diesen Verlust zu verarbeiten, konzentrierte sich ausschließlich auf seine Karriere als englischer Diplomat und engagierte ständig Kindermädchen, die er mit der Erziehung seines Sohnes betraute.

«Es gab eine ziemlich große Abwechslung an Kindermädchen.»

«Warst du so ein Ekel?», fragte ich zum Spaß.

Er lachte laut auf.

«Nein, es lag daran, dass wir oft umzogen. Sobald ich mich an eine gewöhnt hatte, mussten wir wieder weg.»

«Du hast bestimmt viel gelitten, ohne deine Mutter.»

«Das kann ich nicht behaupten. Diese Frauen waren sehr gut zu mir, sie wurden zu Müttern für mich, an meine eigene hatte ich sowieso kaum Erinnerungen. Von ihnen lernte ich etliche Sprachen und vor allem die Fähigkeit, die Welt aufmerksam zu beobachten. Sie brachten mir den Respekt für die Natur und die Leidenschaft für die Musik bei. Sie gehörten verschiedenen Völkern an, und jede lehrte mich ihre Lieder.»

«Also verdankst du dein Talent nicht deinem Vater.»

«Nein, er hatte für mich anderes im Sinn, zum Beispiel wollte er, dass ich Diplomat oder Richter werde. Dass ich mich für eine ganz eigene Lebensart entschied, stellte für ihn eine Enttäuschung dar. Aber er kritisierte mich nie offen. Unsere Wege verliefen von Anfang an getrennt. Mal ehrlich: Siehst du mich mit einem Talar im Gerichtssaal?»

«Nicht wirklich!», prustete ich los, als ich ihn mir ohne seinen Ethno-Look vorstellte, sondern mit schwarzer Robe, Halsbinde und Perücke. «Ich würde dich nicht wiedererkennen.»

Mit neunzehn gab Mark das Jura-Studium in England auf und ließ sich zwei Jahre lang in Indien nieder, wo er lernte, Sitar zu spielen. Später reiste er nach Neuseeland und landete nach sieben Jahren in Südafrika, dem Land seiner Geburt. Von dort kam er nach Mali und wanderte dann mit einer Gruppe Nomaden bis nach Marokko, wo er schließlich Gabi traf. Insgesamt war er zehn Jahre auf Wanderung gewesen.

Als ich ihn fragte, ob er in dieser Zeit nie das Bedürfnis nach Stabilität verspürt habe, antwortete er voller Überzeugung: «Der Mensch ist als Nomade geboren, sein Ruin war, sesshaft zu werden.» Er stieß einen tiefen Seufzer aus, der mir wie ein Ausdruck seines Fernwehs vorkam. In der Tat verdrängte er, seit er mit Gabi lebte, seine rastlose Natur zugunsten einer ziemlich ruhigen Existenz.

«Ich bewundere dich. Du hättest einen leichten Weg gehen können, eine gerade, ebene Straße, doch stattdessen hast du dich in viele Abenteuer mit unbekanntem Ziel gewagt», versuchte ich die Melancholie zu mildern, die sich seiner bemächtigt hatte.

«*Darling*, das Ziel ist für alle unbekannt. Niemand ahnt, wohin der Weg führt. Vielmehr sollte ich dich bewundern, denn du hast wirklich Mut.»

«Das ist kein Mut.»

«Was dann?»

«Ich habe keine andere Wahl, wenn ich wieder zu mir zurückfinden will. Ich MUSS es tun.»

«Eine Wahl gibt es immer.»

Als er daraufhin meine Hand an seine Lippen hob, durchfuhr mich eine plötzliche Hitzewelle. Schlagartig fühlte ich mich von Angst und Freude erfüllt. Es hatte sich etwas Endgültiges und Gewaltiges zwischen uns gelöst, aber ich redete mir ein, es ignorieren zu können.

Als wir Hamburg erreichten, verloren sich die Hafenlichter bereits in der Morgendämmerung.

SCHATZSUCHE

In Hamburg fädelte sich Mark sicher durch die Straßen der Stadt, so dass wir schon nach kurzer Zeit vor dem Sitz der Zeitung ankamen. Während wir die letzten Meter zur Redaktion zurücklegten, verließ mich der Mumm. Ich hoffte, irgendetwas würde mich von meinem Vorhaben abhalten – etwas, das einen frühzeitigen Rückzug rechtfertigte. Ich stand im Begriff, meinen Vater zu treffen, doch auf einmal war mir flau im Magen, ich fühlte mich zittrig, atmete flach und schwitzte.

«Ich bin der Sohn von Thomas Bell», meldete sich Mark an der Rezeption.

«Der Direktor wartet auf Sie», verkündete die Angestellte.

Ich starrte ihn überrascht an, weil ich nicht verstand, was sich da gerade vor meinen Augen abspielte. Warum wartete er auf uns? Und was hatte Marks Vater damit zu tun? Ich musste etwas verpasst haben.

«Ich habe vergessen, dir zu sagen, dass ich auch mal in Hamburg gelebt habe», hauchte mir Mark ins Ohr, als wir in den Aufzug stiegen. «Mein Vater ist mit dem Direktor befreundet.»

Jetzt wurde mir klar, weshalb er darauf bestanden hatte, mich auf dieser Reise zu begleiten.

«Nachdem ich gestern in dem Artikel auf den Namen der Zeitung gestoßen war, habe ich meinen Vater angerufen und ihn gebeten, dieses Treffen so schnell wie möglich für uns zu organisieren. Dass ich auch mal Beziehungen nutzen könnte, fand ich für den Zweck in Ordnung», fügte er hinzu, als die Sekretärin uns einlud, in einem Büro Platz zu nehmen.

Das Zimmer war geräumig und hell, mit großen Fenstern, die den Blick auf die Elbe und den mächtigen Hafen freigaben. Nach wenigen Minuten erschien der Direktor, der Mark wie einen alten Freund begrüßte.

«Was für eine Freude! Wie geht es denn Ihrem Vater? Ich habe gehört, dass er zurück nach Südafrika ist.»

«Ja, seit einem Jahr. Er betrachtet es inzwischen als seine Heimat.»

«Irgendwie kann ich ja verstehen, dass er in dem Lande bleiben möchte, in dem seine Frau begraben ist. Aber er sollte sich lieber eine neue Partnerin suchen, die Einsamkeit hilft ihm bestimmt nicht.»

Ich fand diese Bemerkung taktlos, aber Mark wirkte wegen dieses Kommentars nicht verärgert, zumindest blieb sein Gesicht gleichmütig.

«Ich vermute, dass Ihr Besuch kein Zufall ist», fuhr der Direktor fort und wandte mir in dem Moment den Blick zu.

Meine Kehle war wie zugeschnürt. Mir fiel kein vernünftiger Anfang ein. Zum Glück kam mir Mark zu Hilfe und erklärte, wir würden uns gern mit Klaus Rilke treffen. Um nicht zu viele persönliche Details preisgeben zu müssen, behauptete er, ich sei dabei, eine Uniarbeit über den Vietnam-Krieg zu schreiben, und wolle ihn deswegen interviewen.

Der Direktor verzog das Gesicht zu einer theatralischen Grimasse.

«Klaus Rilke. Er arbeitet nicht mehr bei uns. Soviel ich weiß, übt er seinen Beruf gar nicht mehr aus. Das Letzte, was er mir sagte, war, dass er für niemanden mehr schreiben wolle. Schade, denn einen Journalisten wie ihn findet man nicht so leicht», fügte er hinzu, obwohl über sein Gesicht ein eher verärgerter, herablassender Ausdruck huschte. Ich hatte nicht das Gefühl, dass er ehrlich war, und dachte bei mir, dass Klaus′ Entscheidung vielleicht auch mit ihm zu tun hatte. Währenddessen drückte der Direktor eine Taste seines Telefons, um die Freisprechanlage einzuschalten.

«Geben Sie bitte meiner Besucherin die Adresse von Klaus Rilke.»

«Sofort», antwortete eine metallische weibliche Stimme. Glücklicherweise war das Treffen damit beendet. Aus irgendeinem Bauchgefühl heraus mochte ich den Mann nicht besonders. Wir verabschiedeten uns von ihm, doch an der Tür rief er mich zurück.

«Hören Sie, wenn Sie bei Klaus sind, sagen Sie ihm, dass er hier immer willkommen ist. Falls er es sich überlegen sollte...» Er ließ den Satz unvollendet in der Luft verklingen. Trotzdem schwang in seinem Ton eine gewisse Ironie mit. Das machte mich stutzig, ich hätte zu gern gewusst, was zwischen den beiden vorgefallen war.

Mark fand auf Anhieb den Weg zur Speicherstadt, wo Klaus wohnte, und parkte das Auto im Schatten eines der riesigen Backsteingebäude. Wir gingen zu Fuß einen Kanal entlang, aber ich war zu aufgeregt, um den Zauber jenes Stadtteils wahrzunehmen. Mark, dem meine Nervosität nicht entgangen war, fasste mich um die Taille und drückte mich. «*Don't worry*», wisperte er mit seinem typisch britischen Akzent.

An der genannten Adresse erwartete mich erneut eine Enttäuschung. Ein Mann kam zur Tür, doch als ich mich nach Klaus Rilke erkundigte, antwortete er prompt, dass er sein Mieter sei. Herr Schneider, so hieß er, war sehr freundlich, bat uns hinein und suchte lange nach einer Adresse und Telefonnummer, konnte allerdings den Zettel nicht mehr finden. In den Süden sei Herr Rilke gefahren, informierte er uns schließlich zerknirscht. Nach Kroatien, ans Meer.

Dann fügte er einen Satz hinzu, der mir einen Stich in den Bauch versetzte.

«Wenn es dringend ist, können Sie seine Exfrau fragen. Bestimmt muss ich Ihnen nicht erklären, wie Sie zu ihr kommen», ergänzte er mit einem vielsagenden Lächeln, dem ich in dem Moment keine Aufmerksamkeit schenkte. Ich ließ Mark mit ihm weitersprechen und spürte, wie mir das Blut aus dem Gesicht wich.

Exfrau.

Dummerweise hatte ich mich mit dieser Möglichkeit überhaupt noch nicht auseinandergesetzt. Vielleicht hatte mein Vater in all den Jahren ja auch weitere Kinder in die Welt gesetzt. Bei dem Gedanken zog sich mein Magen zusammen. Ich wollte nicht einfach in sein Leben platzen und ihm mitteilen, dass ich ebenfalls zu seiner Nachkommenschaft gehöre.

Als Mark sich endlich von dem Mann losriss und wir wieder allein waren, stieß ich am Rande eines Nervenzusammenbruchs hervor: «Ich kann es nicht, ich will ihn nicht mehr treffen!»

«Was?!», protestierte er ungestüm. «Du kannst doch jetzt nicht aufgeben, nachdem du so viel Energie in diese Sache gesteckt hast! Das werde ich nicht zulassen, jetzt fahren wir zu …» Er machte er eine kurze Pause, weil er wohl begriff, wie das Wort auf mich wirkte. «Zu seiner Exfrau.»

Natürlich wusste er auch, wo sie wohnte, der Mieter hatte ihm eine genaue Wegbeschreibung gegeben. Anscheinend waren die Rilkes in Hamburg eine ziemlich berühmte Familie, deswegen hatte der Mann so komisch gegrinst: Er war davon ausgegangen, dass wir Bescheid wussten.

Die Villa der Familie befand sich am Ufer des Alsterkanals, in einem sehr eleganten Stadtviertel. Das Haus lag etwas versteckt in einem sehr großen, prachtvollen Garten und ging direkt aufs Wasser hinaus. Als ich das Gebäude durch die Zweige der Weiden erblickte, überfiel mich erneut die Angst, doch mir war bewusst, dass Mark nicht nachgeben würde. Ich drehte mich kurz zu ihm um, er war diesmal im Auto geblieben, weil wir keinen Parkplatz gefunden hatten. Dann wandte ich mich erneut dem Haus zu. Mein Finger näherte sich zitternd der Klingel.

«Wen suchen Sie?», kam mir die kräftige Stimme eines Mannes zuvor. Er saß im Garten. Bis dahin hatte ich ihn nicht wahrgenommen.

Ich räusperte mich. «Ich suche Frau Rilke.»

«Sie ist nicht im Haus. Was brauchen Sie?»

Ich verwendete dieselbe Ausrede, die Mark beim Direktor benutzt hatte, und erklärte, ich wolle für meine Arbeit an der Universität Klaus Rilke interviewen, wisse allerdings nicht, wie ich ihn erreichen könne.

«Ich bezweifle, dass Ihnen Helena da weiterhelfen kann. Seit der Scheidung haben die beiden kaum ein Wort miteinander gewechselt. Ich weiß selber kaum noch etwas über meinen Bruder. Aber Sie können gerne hier warten, wenn Sie wollen, meine Frau wird bald zurück sein.»

Ich brauchte eine Weile, bevor ich begriff, dass er mein Onkel war. Und obendrein auch noch die Exfrau meines Vaters geheiratet hatte.

Ich nahm an einem Tisch aus Schmiedeeisen Platz, während er ins Haus ging, um Getränke zu holen.

«Bitte, bedienen Sie sich», forderte er mich auf. Dann setzte er sich neben mich und richtete seinen melancholischen Blick auf einen Rosenbusch.

Da ich das Schweigen nicht ertragen konnte - ich hatte das Gefühl, dass in der Stille das Pochen meines Herzens zu hören war –, versuchte ich, ein Gespräch in Gang zu bringen.

«Das ist eine wunderschöne Villa. Wann wurde sie gebaut?»

«Die Villa stammt aus dem neunzehnten Jahrhundert und ist seit drei Generationen in Familienbesitz. Nach der Bombardierung im Jahr 1943 blieb sie jahrelang unbewohnt, bis mein Bruder, zurück aus Vietnam, zu heiraten beschloss und sie wieder aufbauen ließ.»

Er seufzte. Mir wurde bewusst, dass ich vor Neugier brannte. Aber ich musste keine weiteren Fragen stellen, denn ihm war offenbar nach Reden zumute.

«Die Hochzeit wurde zu einem echten Ereignis in der Stadt. Prominente Politiker, Schriftsteller, Schauspieler und Botschafter wurden eingeladen, Klaus kannte viele wichtige Leute. Sie waren alle dabei.» Er hielt kurz inne, bevor er fortfuhr: «Alle außer mir. Ich lehnte die Einladung ab, denn schon damals liebte ich Helena. Aber sie bevorzugte meinen jüngeren Bruder.»

Bei der letzten Bemerkung versagte ihm überraschend die Stimme. Es war mir plötzlich peinlich, dort zu sitzen. Ich fragte mich, warum er mir dieses Geständnis anvertraute, immerhin war ich eine Fremde für ihn. Dann überlegte ich und fand es nicht mehr so seltsam: Manchmal ist es einfacher, mit Unbekannten zu reden, wie beispielsweise mit einem Mitreisenden im Zug. Man kann sich besser jemandem öffnen, wenn man die Gewissheit hat, die Person nie wieder zu treffen. Hätte er gewusst, wer ihm da gegenübersaß, nämlich seine eigene Nichte, dann hätte er es womöglich für sich behalten. Aber das konnte er nicht wissen. Genauso wenig konnte er ahnen, wie sehr seine Worte das Getriebe meines Gehirns belasteten, das auf einmal eine Menge Informationen verarbeiten musste.

«Es tut mir leid», nuschelte ich verlegen.

«So ist das Leben. Einige Menschen können das Glück nicht sehen, auch wenn sie es direkt vor Augen haben. Helena hätte sich viele Tränen ersparen können, aber sie wollte nicht wahrhaben, dass Klaus sie nicht mehr liebte. Nach seiner letzten Rückkehr aus Vietnam war er wie ausgewechselt. Er wirkte gebrochen, still und trüb. Ich habe sogar den Verdacht, dass seine Stimmung damals mit einer Frau zu tun hatte.»

Unwillkürlich löste sich der Griff meiner Hand, und das Glas kippte um. Der Saft landete auf meiner Jeans.

«Warten Sie, ich hole eine Serviette.»

«Kein Problem», stammelte ich, «es ist ohnehin schon spät, ich muss weg, werde aber wiederkommen.»

«Entschuldigung, wie heißen Sie denn eigentlich?»

«Gudrun», log ich ihn an.

«Ich bin Siegfried, wie der Held der Nibelungen», antwortete er und reichte mir zum Abschied die Hand.

Ich huschte zu Mark, der bereits ungeduldig auf mich wartete.

«Was hast du gemacht?», wollte er wissen, als er den Fleck auf meiner Hose sah.

«Nichts Wichtiges. Aber ich habe etwas entdeckt.»

Ich lud Mark zum Abendessen in ein nettes Restaurant im Zentrum ein und informierte ihn über mein Treffen mit Siegfried. Danach waren wir todmüde und beschlossen, ein Nickerchen im Bus zu machen, bevor wir den Rückweg antraten. Ich wollte nicht länger in Hamburg bleiben, denn für den Moment reichten mir die neu erworbenen Informationen völlig: Ich wollte das Schicksal nicht herausfordern. Immerhin war mein guter Stern, oder was auch immer da als unsichtbare Macht die Hand im Spiel hatte, in den letzten sechsunddreißig Stunden ziemlich großzügig mit mir gewesen. Außerdem hatte uns Herr Schneider versprochen, sich sofort zu melden, sobald er Klaus´ Adresse fand.

So viel Fatalismus sieht dir gar nicht ähnlich, Melissa, dachte ich und grinste vor mich hin.

Die Erfahrung in Hamburg hatte mir gut getan. Erleichtert trat ich die Rückfahrt nach Bayern an, mit der Gewissheit, dass ich den richtigen Weg eingeschlagen hatte.

Ein paar Wochen später erhielt ich tatsächlich einen Anruf von Herrn Schneider. Klaus hatte mit ihm Kontakt aufgenommen und seine Adresse in Kroatien erneut mitgeteilt, mit der Bitte, ihm eine kleine Truhe nachzusenden, die er in der Eile des Umzugs vergessen hatte. Ich überredete den Mieter, mir die Truhe zukommen zu lassen, und versprach, dass ich mich persönlich um die Lieferung kümmern würde.

Auf diese Reise konnte mich Mark leider nicht begleiten. Ich fuhr allein in den Süden - in der Hoffnung, die letzte Etappe meiner Suche anzutreten.

TAUSEND-STERNE-BARACKE
(Juli 2004)

Ich bestaunte das Meer und seine Großzügigkeit an Farbnuancen: Zyan, Türkis, Kristall, Ultramarin. In regelmäßigen Abständen entwickelten sich auf der Oberfläche schäumende weiße Kämme, die kurz danach an den Felsen brachen.

Wieder zu Atem gekommen, ging ich die nächsten zehn Meter hinauf. Die steil ansteigende Strecke schlängelte sich im Schatten eines Strandkiefernwaldes, der nur von einigen sturen Sonnenstrahlen mühsam durchbrochen wurde. Stellenweise aber riss die grüne Decke der Baumkronen auf, und ich musste in der glühend heißen Adriasonne weitergehen.

Es waren vier ältere Männer unten im Dorf gewesen, die mich auf diesen Weg geschickt hatten. Über die Schwierigkeit des Pfades hatten sie allerdings kein Wort verloren. Der saure Rotwein, den sie mir vorher angeboten hatten, rumorte verdächtig in meinem Magen, und ich bereute zutiefst, ihn angenommen zu haben.

Ich war jetzt schon seit mehr als einer halben Stunde unterwegs.

«Fünfzehn Minuten», hatten sie mir versichert, «dann sehen Sie sie, die Tausend-Sterne-Baracke.» Anschließend waren sie in gellendes Gelächter ausgebrochen.

Sie sprachen einigermaßen Italienisch, so dass wir uns kurz unterhalten konnten.

Tausend-Sterne-Baracke, so nannten die Männer das Gebäude, nach dem ich Ausschau halten sollte. Niemand mit gesundem Menschenverstand hätte so eine Bruchbude gekauft, erklärten sie, im Dach seien noch die Löcher aus der Kriegszeit zu sehen. Der alte Stjepan habe diesmal Glück gehabt und ein Bombengeschäft gemacht. Der Ausländer habe ihn bar bezahlt. Leider habe der Alte das Geld innerhalb einer Woche versoffen.

Ein seltsamer Typ, dieser Deutsche, lautete ihr letzter Kommentar.

Klaus war demnach ein einsamer Wolf, offenbar kam er selten ins Dorf und nur dann, wenn er etwas einkaufen musste, ansonsten verschwand er ganze Tage mit seinem Segelboot auf See. Über ihn kursierten die unterschiedlichsten Gerüchte, die mich ehrlich gesagt etwas beunruhigten. Letztendlich wusste ich nichts über ihn. Für mich war er ein Fremder. Ein Fremder mit meiner DNA. Ich wünschte, Mark wäre mitgekommen, doch er hatte einen wichtigen Auftritt, und ich wollte nicht, dass er meinetwegen darauf verzichtete.

Als ich, vor Anstrengung keuchend, endlich die Lichtung erreichte, wo die Hütte stand, musste ich feststellen, dass die vier Männer recht hatten: Sie wirkte ziemlich heruntergekommen, in den Lücken der Steinmauer hatte sich Unkraut breit gemacht, und das Ziegeldach wies erhebliche Schäden auf, auch wenn man anscheinend versucht hatte, die defekten Ziegel durch neue zu ersetzen.

Niemand war zu sehen.

Ich setzte mich auf eine Baumwurzel und schaute hinaus auf das stille Meer. Am Horizont reihten sich unzählige weiße Segel.

Das unermüdliche Zirpen der Zikaden und die Nachmittagshitze ließen mich bald in einen leichten Schlaf gleiten.

STOẞWELLEN

Ich hörte trockene Zweige knacken und fuhr zusammen.

«*Dobar dan.*»

Meine Augen brauchten eine Weile, ehe sie den Umriss der Person, die sich gerade aus dem Schatten des Pinienwaldes gelöst hatte, klar wahrnahmen. Als ich ihn erkannte - er stimmte mit dem Mann meines Fotos überein -, stieg mir binnen Sekunden das Blut zu Kopf und begann in meinen Schläfen zu hämmern.

«Sind Sie Klaus Rilke?», krächzte ich mit schriller Stimme, während ich ihn automatisch voller Neugier musterte, weil ich hoffte, dass mir die gemeinsamen Gene eine Bestätigung der Verwandtschaft liefern würden.

Zu meiner großen Überraschung ignorierte er mich. Er räumte gleichgültig seine Fanggeräte weg und stellte einen Eimer voller Fische auf den Boden, ehe er sich mir zuwandte.

«Wer hat Sie geschickt?», zischte er.

Wer hat Sie geschickt? Ich war mir nicht sicher, ob ich richtig gehört hatte. Ich hätte eher ein *Wer sind Sie?* erwartet.

«Ich kann es mir denken», fuhr er zu meinem Erstaunen fort. «Reiter hat Sie gebeten, mich aufzusuchen. Die Einzigen, die noch Interesse daran haben, mich aufzuspüren, sind die von der Redaktion. Der Weg, den Sie gegangen sind, ist nicht einfach zu finden und ausgesprochen anstrengend. Also vermute ich, dass es einen guten Grund gibt, womöglich eine großzügige Belohnung, weshalb Sie solche Mühen auf sich nehmen.» Er hielt kurz inne, ehe er, vielleicht um mir Ehrfurcht einzuflößen, hinzufügte: «Wissen Sie, wir sind ganz allein an diesem Ort. Früher kamen die Scharfschützen hierher. Vor langer Zeit, während des Krieges.»

Rasch verschwand er hinter der Hütte, und ich machte mir plötzlich Sorgen. Zum Glück hatte er aber nur ein Holzbündel unter dem Arm, als er nach kurzer Zeit zurückkam.

Ich ließ ihn trotzdem weiterreden, da ich erst entscheiden wollte, wie ich mich am besten vorstellte und ihm die Neuigkeit schonend beibrachte.

«Reiter möchte sicher sein, dass ich das Image seiner Zeitung nicht in den Schmutz ziehe. Ehrlich gesagt habe ich Ihren Besuch schon erwartet. Sie haben lang gebraucht, um mich ausfindig zu machen. Nun, Sie können ihn beruhigen, ich habe nicht vor, ihn zu blamieren. Sicherlich hat er Sie losgeschickt, um mir zu sagen, dass ich immer willkommen bin. In Wirklichkeit wollen die mich nur unter Kontrolle haben. Aber eines dürfen Sie mir glauben: nichts liegt mir ferner, als noch einmal etwas mit dieser verlogenen

Welt zu tun zu haben.»

Allmählich konnte ich das Missverständnis einordnen und überlegte, ob der Direktor mich irgendwie ausgenutzt hatte, um Klaus eine Botschaft zu überbringen. Er hatte mich in der Tat gebeten, ihm mitzuteilen, dass er immer willkommen sei. Vor meiner Abreise hatte ich außerdem ein bisschen im Internet recherchiert und einige interessante Artikel gelesen. Mein Vater hatte sich anscheinend gegen die Zeitung gewendet, für die er so lange gearbeitet hatte. Vor allem hatte er die neue Leitung kritisiert.

Was Klaus danach erklärte, bestätigte meine Vermutung.

«Früher glaubte ich an meine Arbeit. Aber das ist lange her. Im Grunde dachte ich schon seit Jahren darüber nach, meinen Beruf aufzugeben. Ich bin einfach müde: müde zu sehen, zu fotografieren, zu schreiben und meine Emotionen auf wenige Zeilen zu komprimieren, die der Linie der Zeitung und den Interessen der Investoren entsprechen müssen. Wo bleibt die freie Information? Es wird einfach alles manipuliert und dem Markt angepasst. Die Nachrichten müssen verkauft werden. Ob sie stimmen oder nicht, spielt keine Rolle, Hauptsache sie bringen Geld. Bestimmt sind Sie eine Praktikantin und denken noch positiv über den Journalismus, aber Sie sollten lieber jetzt gleich die Augen öffnen.»

Er ging zu einem kleinen Gemüsegarten neben dem Häuschen, pflückte eine feuerrote Tomate und gab sie mir. Ich probierte sie aus Höflichkeit. Ein leichtes Meersalzaroma umhüllte das warme, nach Sonne schmeckende Fruchtfleisch.

Als er weitersprechen wollte, kam ich ihm zuvor.

«Es tut mir leid, Ihre Theorie ist komplett falsch. Nie im Leben könnten Sie den Grund erraten, warum ich Sie aufgesucht habe.»

Klaus starrte mich verblüfft an.

Ich hätte den Schlag besser abmildern sollen, aber die Worte entschlüpften mir ungebremst.

Eleonora ist tot.

Sie wollte, dass ich dich suche.

Sie wollte, dass ich meinen Vater kennenlerne.

Seine Reaktion zerriss mir das Herz: Es war, als hätten meine Lippen Stoßwellen ausgesandt, die ihn gnadenlos schüttelten. Er geriet ins Wanken und hockte sich auf den Boden. Seine Augen wurden zu dunklen Abgründen. Er fragte nichts. Zwischen uns schob sich eisige Stille.

Ich weiß nicht, wie lange wir dort so verharrten, in einer wirklichkeitsfremden Blase schwebend.

Als schließlich das Licht des Sonnenuntergangs sein verstörtes Gesicht überflutete, realisierte ich, dass ich vor Einbruch der Dunkelheit zurück sein musste, und eilte den Weg hinunter, ohne mich umzudrehen. Am Hafen angekommen, setzte ich mich auf den Steg, die Beine über dem Wasser baumelnd, und versuchte mich zu beruhigen. Es waren nur die Umrisse der im Wasser schaukelnden Boote zu erkennen und das Geräusch der Wellen zu hören, die zwischen den Rümpfen schwappten. Das Geschehen hatte mich dermaßen aufgewühlt, dass ich kaum noch einen klaren Gedanken fassen konnte. Ich entschied mich schließlich dafür, essen zu gehen, aber meine Verwirrung hatte mir die Kehle zugeschnürt. Am Ende musste der argwöhnisch dreinblickende Kellner meine Bestellung wieder mitnehmen. Auch im Zimmer fand ich keine Ruhe: Ich konnte nicht einschlafen und lag fast die ganze Nacht wach auf dem Bett, die Füße an der Wand hochgestreckt und den Blick zur Decke gerichtet.

Am nächsten Tag packte ich meine Sachen, unsicher, ob ich ihn noch einmal besuchen sollte. Immerhin hatte ich den ersten Schritt getan. Allerdings war die Truhe, die ich ihm aushändigen sollte, immer noch bei mir.

Doch mir fehlte der Mut, ihn noch einmal zu sehen.

Orientierungslos schlenderte ich mit meinem leichten Gepäck durch die belebten Straßen, wo Händler gerade den Markt vorbereiteten. Ich ließ mich vom Geschrei der Fischer betäuben. Eine unstete Brise trug mir einen Hauch von Meeresgeruch entgegen, vermischt mit dem Duft von Blumenessenzen.

Die Nacht hatte mir überhaupt keinen Trost geschenkt.

Mittlerweile kam mir dieser knappe Kilometer, der uns trennte, unnatürlich weit vor. Außerdem grübelte ich ständig darüber nach, was ich ihm am vorherigen Tag gesagt hatte: *Eleonora wollte, dass ich dich suche.* Ich begriff, wie richtig diese Aussage war. Endlich hatte ich das Gefühl, Eleonoras Absichten zu durchschauen. Klaus gegenüber hegte ich heftige Schuldgefühle wegen meines Auftritts am vorherigen Tag, konnte allerdings nicht einschätzen, ob sein Entsetzen mehr mit der Existenz einer bisher unbekannten Tochter oder mit Eleonoras Tod zu tun hatte.

Ich setzte mich vor einer Bar an einen Tisch und bestellte mir ein Frühstück, das ich diesmal gierig verschlang. Die lebhafte Menschenmenge am

Hauptplatz lenkte mich vorübergehend von meinen Gedanken ab.

Zumindest galt das bis zu jenem Moment, als ich ihn erblickte und mir der Toast im Hals stecken blieb. Seine große, schlanke Gestalt, bekleidet mit einer luftigen, weich fallenden Hose und einem weiten Hemd aus khakifarbenem Leinen, das der leichte Wind bauschte, kam direkt auf mich zu.

Meine Ruhe verflüchtigte sich augenblicklich.

«Guten Morgen. Darf ich mich zu dir gesellen?», fragte Klaus höflich.

Da ich kein Wort herausbrachte, nickte ich nur zittrig.

«Ich schätze, dass die mir gehört», bemerkte er und griff nach seiner Truhe, die ich auf den Tisch gestellt hatte. «Der Schrein meiner Erinnerungen.» Es schien ihm nicht wichtig zu sein, wie ich an die Truhe gekommen war.

Er wirkte nicht mehr so benommen wie am Vorabend, jedoch ließen seine Augenringe auf eine schlaflose Nacht schließen. Schweigsam tranken wir einen Kaffee zusammen. Meine Gedanken hüpften in meinem Kopf hin und her, bis er das Schweigen schließlich brach und mich zu einer Bootstour einlud. Ich nahm den Vorschlag mit einem leichten Schauder an. Allein mit ihm aufs Meer, um die Vergangenheit zurückzuholen?

Während ich ihm Richtung Hafen folgte, musterte ich ihn heimlich. Er hatte gut proportionierte Schultern, einen breiten Rücken, lange Beine und sehnige Arme. Die inzwischen grau melierten Haare umrahmten sein sonnengebräuntes, ovales Gesicht und bildeten einen witzigen Kontrast zu seinem schwarzen Schnurrbart. Sein Gang war ruhig und elegant, aber für mich zu schnell, so dass ich mich stetig bemühen musste, Schritt zu halten.

Ich beobachtete amüsiert den Schatten seiner imposanten Figur neben meiner, die im Vergleich winzig aussah.

Das Segelboot war klein und nicht bewohnbar, er nutzte es wahrscheinlich nur für kleine Ausflüge. Ich ließ mich am Bug nieder. Sobald wir in See stachen, fühlte ich mich etwas besser. Die frische Brise füllte meine Lungen, und die Stille wurde nur vom Rauschen der Wellen untermalt, die sich am Kiel sacht brachen und schäumend den Rumpf umspülten.

«Wo hast du Deutsch gelernt?»

«Von Eleonora.»

Seine Lippen verzogen sich zu einem kaum wahrnehmbaren Lächeln. Mit einem leisen Seufzen öffnete er die kleine Truhe, die ich ihm gebracht hatte, und holte ein Polaroidfoto heraus. Er zögerte, dann zeigte er es mir. Darauf war ein pummeliges Kind abgebildet, das in eine Wolldecke gewickelt war. Die Decke kam mir allerdings bekannt vor.

Plötzlich schoss mir ein Blitz durch den Kopf.

Das war ich.

Er wusste von meiner Existenz.

Seit langer Zeit.

Seit meiner Geburt.

In einem Anflug von geistiger Umnachtung sprang ich viel zu schnell hoch. Das Letzte, was ich wahrnahm, war mein entsetztes Ächzen.

Ich spüre die Kälte und sehe Eleonora lachen.
Warum?

Verstehst du, was du mir angetan hast?
Klaus' Stimme hallt in der Ferne wider.
Es tut mir leid … es tut mir leid …
Ich will sie alle wegschieben.
Will allein sein.
Plötzlich bin ich im Supermarkt.
Hans erzählt mir von den Geminiden.
Dann lacht er.
Ulli zitiert einen Vers der Komödie
Und lacht.
Mark hält meine Hand, Gabi ist hinter ihm.
Sie lachen auch.
Alle lachen, und ich schreie.
Aber gleichzeitig bleibe ich stumm.

Ich kam wieder zu mir. Mein Kopf schmerzte. Beim Aufstehen war ich ins Wasser gefallen und gegen die Schiffskante geknallt. Klaus hatte mich herausgefischt. Besorgt streichelte er mein Gesicht.

«Wir müssen schnell zurück, das Wetter schlägt um.»

Wir fanden Zuflucht in einer kleinen Bar am Hafen, wo wir schweigsam auf das Ende des Gewitters warteten, jeder eingekapselt ins eigene Nachsinnen. Als das Unwetter sich legte, nahm die Sonne den Himmel wieder in Beschlag und verjagte die Wolken. Die Luftfeuchtigkeit wurde unerträglich. Wir brauchten lange, um zur Hütte zu gelangen. Die Bewegungen waren durch die Schwüle erschwert, und mein Herz raste. Außerdem hatte ich als Folge meines Sturzes immer noch einen Schleier vor den Augen. Völlig erschöpft taumelte ich den Weg hinauf. Klaus musste sich ständig umdrehen, um sich zu vergewissern, dass es mir gut ging.

Endlich oben angekommen, half ich ihm beim Aufräumen, da der Wind ein wildes Durcheinander verursacht hatte. Während Klaus sich um das Feuer kümmerte, um die im Dorf gekauften Fische zu grillen, deckte ich den kleinen Holztisch für unsere einfache Mahlzeit. Klaus stellte eine Flasche Wein auf das Wachstischtuch, und wir setzten uns einander gegenüber. Tief unter uns donnerten die Wellen an die Klippen. Nachdem ich etwas gegessen hatte, breitete sich eine seltsame Ruhe in mir aus. Der Sturm in meiner Seele, der vorhin so wild losgebrochen war, schien jetzt vorbei. Vielleicht war ich einfach zu ausgelaugt, um mich noch mehr aufzuregen.

«Ich bin deiner Mutter an einem Tag wie diesem begegnet», sinnierte Klaus, während er gedankenverloren auf die letzten Rauchfahnen starrte, die aus dem Feuer emporstiegen. «Der Platzregen hatte sie überrascht. Sie stand da mit triefenden Haaren, inmitten eines Tropensturms, schaute zum Himmel hinauf und lächelte.»

Klaus dehnte die Stille ein wenig aus, bevor er fortfuhr. Er zündete eine Zigarette an, räusperte sich und fing endlich mit seiner Erzählung an.

ERNÜCHTERUNG

«Ich habe dunkle Kapitel der Geschichte erlebt, die mein Vertrauen in die Menschheit langsam aber beständig zerbröseln ließen. Als junger Reporter befand ich mich an den Fronten von mehr oder weniger offiziell erklärten Kriegen, allein mit meiner Kamera und der Arroganz eines Mannes, der sich einbildete zu wissen, was richtig war. Doch ich musste ziemlich schnell begreifen, dass es kein absolut Gutes und kein absolut Schlechtes gibt. Es ist nur eine Sache der Auslegung.

Auch die besten Ideologien, oder solche, die sich danach anhören, oder die Revolutionen, die so viel versprechen, sind zum Scheitern verurteilt, weil die Natur des Menschen grundsätzlich von Selbstsucht geprägt ist. Das Ergebnis einer Revolution ist neue Unterdrückung, nur unter einer anderen Fahne. Du kannst dir nicht vorstellen, wie oft ich fiebernd und entsetzt Bilder des niederträchtigsten Wahnsinns aufgenommen habe, zu dem die Menschen imstande sind. Und egal welche Vorwände vorgeschoben werden, um Gewalt zu rechtfertigen, sei es Freiheit oder Demokratie, der Kern aller Verbrechen unserer Spezies ist immer nur der eine: Macht. Und dementsprechend Geld.

Wir besitzen sogar die Überheblichkeit, mit unserem Fortschritt zu prahlen. Aber was ist der Preis solchen Fortschrittes? Ich sage dir, was unser Fortschritt ist: eine Walze, belastet mit Fehlern und Lügen, die ungeachtet der Opfer weiterrollt.

Auch meine Einstellung zu meinem Beruf hat sich dadurch geändert. Mit der Zeit ist die anfängliche Begeisterung der Ernüchterung gewichen. Vor allem aber hat mich die Erkenntnis getroffen, wie korrupt auch die Welt der Information ist.

Es ist alles nur Schauspiel: Die Nachrichten werden manipuliert, und die Leute verlieren ihren kritischen Sinn. Sie hinterfragen nicht, was sich hinter der Kulisse abspielt. Traurig.

Meine romantische Vision einer journalistischen Karriere ist längst ins Gegenteil umgeschlagen. Natürlich haben meine Ansichten böse Blicke geerntet. Ich bin unbequem geworden.

Damals, als ich Eleonora traf, hatten mich schon die ersten Zweifel zu plagen begonnen. Deine Mutter warf mir vor, pessimistisch zu sein. Aber ich hatte einiges gesehen, nicht nur einen Krieg hautnah miterlebt, sondern vor allem die Zeit danach, in der ich zunächst der Meinung gewesen war, das sogenannte Gute hätte gesiegt und würde nun alles in die richtigen Bahnen lenken. Doch das entpuppte sich als Irrtum.

Eleonora war jung und idealistisch. Sie hatte zwar selbst ähnliche Enttäuschungen erlebt, war aber nicht zu meiner drastischen Einstellung gelangt, sondern spürte immer noch das Feuer des Protests in den Adern. Sie wollte nach wie vor die Welt verändern und konnte meine nihilistischen, desillusionierten Ansichten nicht teilen.

Ich weiß nicht, ob du mich verstehst, Melissa. Du gehörst zu einer anderen Generation - einer Generation, die sich bemüht, ihre Arbeit zu behalten, den Kredit für das Haus zurückzuzahlen, den Gesetzen des Marktes nicht zu erliegen.

Aber Eleonora war eine Tochter der Achtundsechziger-Bewegung. Sie war davon überzeugt, dass es sich lohnte, die eigenen Interessen für das Gemeinwohl aufzugeben.

Wir verliebten uns Hals über Kopf ineinander. Doch es konnte nicht funktionieren, wir gingen in zwei verschiedene Richtungen: Ich glaubte an das Glück der kleinen Dinge, sie an die großen Utopien.»

FREIHEIT

In Thailand, nicht weit entfernt von der laotischen Grenze und umgeben von üppiger Regenwaldvegetation, besaß Klaus ein behagliches Holzhaus mit einer schönen Teak-Terrasse und einem liebevoll gestalteten Garten, welcher sich sanft abfallend bis zum Fluss hinunter erstreckte. Von dort aus pendelte er in die Nachbarländer, wenn sein Beruf als Journalist es verlangte, und dorthin kehrte er nach jeder Reise zurück, um seine Gedanken zu ordnen und die Berichte für die Redaktion in Europa zu schreiben.

An jenem Abend hatten sie aus Deutschland erneut angerufen: Der Chefredakteur konnte seine Ungeduld nicht mehr im Zaum halten und hatte Klaus am Ende mit seiner klagenden, nervösen Stimme angefleht, den Artikel so schnell wie möglich zu schicken, weil sie in wenigen Stunden in Druck gehen müssten.

Tatsächlich war es untypisch für Klaus, seine Arbeit so spät zu liefern. Doch sich auf das weiße Blatt zu konzentrieren kam ihm in jenem Augenblick wie eine titanische Leistung vor: Sobald er versuchte, auf die abgenutzten Tasten seiner *Olivetti Lettera 22* zu tippen, lösten sich die Buchstaben in Rauch auf, und vor seinem geistigen Auge tanzten verzückende Bilder von ihm mit seinem Kind.

Er würde Vater werden. Eleonora hatte es ihm unter Tränen angekündigt, und sie war ihm dabei so zerbrechlich erschienen, dass er sie liebevoll geküsst hatte. Ihm war der Anflug von Panik, der über Eleonoras Gesicht gehuscht war, keineswegs entgangen, doch er hatte ihn ignoriert. Ein Kind war ein Grund, sich zu freuen, nichts konnte eine größere Freude im Leben bereiten.

Klaus riss sich aus seinen Gedanken und zwang sich, den Artikel zu schreiben, auf den der Chefredakteur wartete. Spätabends sandte er ihn schließlich nach Europa. Danach legte er sich friedlich auf das Sofa auf der Veranda, wo Eleonora schon seit ein paar Stunden ruhte.

Ich stelle mir vor, dass sie nicht schlafen konnte. Ihre Gedanken kreisten bestimmt um Tausende von Fragen, die sie quälten. Vermutlich lag sie mit offenen Augen in der Dunkelheit, den Blick ins Leere gerichtet. Als Klaus sich näherte, spürte sie vielleicht den Drang zu fliehen: weg von ihm, weg von einer Welt, die sie bald verschlingen würde - eine Welt bestehend aus Windeln und Töpfen, häuslichen Aufgaben und Pflichten einem Kind gegenüber, dem sie sich selbstvergessen widmen musste. Berufliche Ambitionen und Selbstverwirklichung würden in dieser Welt keinen Platz haben. Das war nicht, was sie sich gewünscht hatte, sie wollte sich nicht mit kleinen alltäglichen Freuden zufriedenstellen. Sie konnte nicht alles aufgeben, wofür sie so hart gekämpft hatte.

«Was soll das heißen, du willst das Kind nicht?!», brüllte Klaus am nächsten Vormittag, nachdem ihm Eleonora ihre Zweifel gebeichtet hatte.

«Sei vernünftig», bat ihn meine Mutter mit heiserer Stimme, «ein Kind würde ein Hindernis für meine Zukunft darstellen. Ich...» Eleonora rang um Worte. Sie schloss die Augen, als wollte sie sich einen auswendig gelernten Text in Erinnerung rufen, und begann von Neuem: «Ich bin Journalistin, ich möchte reisen, Dinge sehen, Zeuge wichtiger Ereignisse werden und darüber schreiben, so wie du....»

«Hörst du dich? Du erzählst eine Menge...» Klaus verstummte abrupt und versuchte sich zu beruhigen, obwohl der Zorn in seiner Seele wild wütete.

«Du hast leicht reden, du bist ja nicht der, der Opfer bringen muss», drängte Eleonora weiter.

«Wie kannst du so was sagen, schämst du dich nicht?»

«Weswegen soll ich mich schämen? Ich dachte, du könntest mich verstehen...»

«Ja... ich verstehe dich. Aber du idealisierst einen Beruf, der nichts Romantisches hat. Ich hatte dieselben Illusionen, als ich anfing. Ich war auch so naiv und glaubte, mich durch meine Arbeit verwirklichen zu können.»

«Also, verstehe ich das jetzt richtig: Ich soll deiner Erfahrung vertrauen und auf meine Träume verzichten? Und überhaupt nicht versuchen, meinen Weg zu gehen? Würdest du es an meiner Stelle so machen?»

«Wahrscheinlich nicht, und das verlange ich auch nicht von dir. Sobald unser Baby da ist, kannst du dich deiner Karriere widmen. Ich bitte dich nur, uns eine Möglichkeit zu geben, glücklich zu sein. Ich werde für dich da sein.»

Sie streichelte sich den Bauch. «Es ist zu schwierig», murmelte sie leise, als spräche sie mit sich selbst. «Glaub mir, so ist es für alle besser.»

«Mein Gott, was sagst du da, Eleonora?!? Was ist mit dir los?!?», kreischte Klaus hysterisch. «Tu mir das nicht an, es ist auch mein Kind!»

Eine Ewigkeit lang schwiegen sie beide. Dann nahm er behutsam ihre Hände. «Töte es nicht, mach nicht den größten Fehler deines Lebens», flüsterte er mit tränenerstickter Stimme.

Eleonoras Atem geriet ins Stocken. Sie sprang auf und eilte taumelnd zum Fenster, das den Blick auf den Regenwald freigab. In einer letzten Verzweiflungstat packte Klaus ihre Schultern mit einem eisernen Griff, der alles bedeutete: Schmerz, Wut, Leidenschaft, Flehen. Er zwang sie, sich umzudrehen, und bohrte seinen Blick in ihren.

«Sag mir, dass du mich nicht mehr liebst!»

Es war, als hätte er ihr einen Stich ins Herz versetzt. Ihr Gesicht wirkte plötzlich schmerzverzerrt. Da wusste er, dass sie ihn liebte, und dachte, sie würde diesem Unsinn endlich ein Ende setzen und sich besinnen.

Doch jäh trat anstelle des Schmerzes wilde Entschlossenheit in ihre weit aufgerissenen Augen. Eleonora setzte eine eiskalte Miene auf, bereit für den Gnadenstoß.

«Ich kann dieses Kind nicht bekommen!», beteuerte sie.

Klaus verlor die Fassung. Außer sich vor Wut stieß

er sie gegen die Wand.

«Du und deine beschissenen Emanzen! Mit euren Protestzügen habt ihr für dieses Scheißgesetz gekämpft, damit ihr euch dank Pille und Abtreibung wie Schlampen benehmen könnt, ohne an die Folgen denken zu müssen!»

Das war nicht Klaus gewesen, der gesprochen hatte, sondern eher seine verzweifelte, stürmische Rebellion gegen die Mauer, die Eleonora zwischen ihnen errichtet hatte. Er konnte sich ihre kategorische Ablehnung eines greifbaren Glücks einfach nicht erklären.

«Das war unter der Gürtellinie, ich schäme mich heute noch dafür. Seitdem habe ich nie wieder die Kontrolle so kläglich verloren», gab Klaus bei unserem Treffen in Kroatien zu.

Als Eleonora damals seine Vorwürfe hörte, erstarrte sie zu Stein. Sie hatte das Gefühl, erst in dem Moment zu verstehen, welche Art von Mann Klaus eigentlich war: genau der Typ, der all ihren Idealen widersprach.

«Es ist meine Entscheidung», verkündete sie endgültig und verließ ihn voller Empörung noch an diesem Vormittag.

Klaus traute sich nicht, sie zu bremsen. Er fühlte sich sehr elend und wusste, dass er es nie schaffen würde, die Kluft zu überwinden, die sich zwischen Eleonora und ihm aufgetan hatte. Er war ihrer nicht würdig.

Auch meine Mutter überlegte es sich nicht noch einmal, sondern verschwand aus seinem Leben. Klaus war überzeugt, dass sie abgetrieben hatte - bis zu jenem Tag, an dem er per Post einen Brief samt Bild erhielt, auf dem ein pummeliges Kind, eingewickelt in eine bunte Decke, abgebildet war. Deine Tochter Melissa, stand auf der Rückseite des Fotos, unterschrieben von Eleonora.

Wer weiß, was sie dazu veranlasst hatte, ihre Meinung zu ändern und ihre Freiheit zu opfern. Ich frage mich, welche Visionen sie wohl in den Wolken sah, als sie den Himmel von Bangkok nach Mailand durchflog, um am Ende genau das zu tun, was sie am meisten fürchtete: Mutter zu werden. Aber warum nicht diese Herausforderung zusammen mit Klaus annehmen? War ihr Streit so heftig gewesen, so irreparabel?

Ab diesem Zeitpunkt fing für Eleonora das Leben an, das ich genau kenne: Sie zog nach Südamerika, auf den Kontinent ihrer Revolutionsträume, und bat die Eltern, keine Informationen über ihren Aufenthaltsort weiterzugeben. Dabei dachte sie natürlich an Klaus.

Doch Klaus versuchte nie, sie ausfindig zu machen, sondern ergab sich einem Leben ohne Eleonora. In Deutschland heiratete er schließlich eine Frau, die er nicht liebte. Ihre Ehe blieb kinderlos.

SCHAUDER

Mein kurzer Besuch in Kroatien stürzte mich in tiefe Verzweiflung. Nach Klaus´ Enthüllung kam ich mir plötzlich haltlos und verloren vor, wie eine leere Flasche an einen einsamen Strand gespült. Eleonora hatte mich nicht gewollt, ich war ihr Fehler gewesen. Und Klaus hatte nie das Verlangen gehabt, mich kennenzulernen.

Eine Schundgeschichte, das war es.

Ich würde ihnen beiden nie verzeihen.

Fahrig und verwirrt raste ich nach Bayern zurück, die Landschaft sauste verschwommen an mir vorbei, mein Verstand war von zerschmetterten Gefühlen getrübt.

Ich war außer mir, und genau in diesem Zustand empfing mich Mark. Als ich ihn sah, ließ ich mich schlaff an seine Brust fallen, und für eine Weile fühlte ich mich geborgen und geschützt vor einer Welt, die mich zu überrollen drohte. Ich vergoss sämtliche Tränen, die sich in meiner Seele aufgestaut hatten. Ich weinte, weil ich all die Jahre einer Illusion nachgelaufen war. Ich weinte, weil ich Eleonora geliebt hatte. Aber sie hätte mich am liebsten aufgegeben.

Mark hielt mich fest, von Sorge ergriffen.

«Was ist passiert?!», fragte er unaufhörlich. Doch ich bekam kein Wort über die Lippen, jedes Geräusch, das meinen Mund verließ, war nur ein erstickter, brüchiger Halblaut.

Schließlich brachte mich Mark in mein Zimmer, legte mich sanft aufs Bett und schloss mich in die Arme, bis ich einschlief.

Als ich aufwachte, stand er über mich gebeugt und streichelte sacht meine Stirn. Seine helle Miene strahlte Sanftheit und Zärtlichkeit aus, und ich verfing mich in den bernsteinfarbenen Wirbeln seiner Augen. Es konnte nicht anders kommen, wir hatten unsere Gefühle viel zu lange unterdrückt. Beim bloßen Gedanken an jene leidenschaftliche und zugleich hoffnungslose Liebe überkommt mich immer noch ein rauschhafter Schwindel, der mich beben lässt.

Ich erinnere mich an seine Hände, die sich in mein Haar gruben und mich sehnsüchtig an seinen Körper zogen, bis wir beide wie verschmolzen auf die Kissen sanken. Ich vergaß zu atmen, als er seine Lippen an die Senke unter meine Kehle presste. Ich spürte das Feuer, das in jeder Faser meines Körpers aufloderte, das Blut schoss mir pulsierend unter die Haut, und das so lang zurückgehaltene Leben floss wieder in meine Adern. Ich gab mich ihm rückhaltlos hin, bis ich mich verlor.

Amor ch´a nullo amato amar perdona
Mi prese del costui piacer così forte
Che come vedi ancor non m´abbandona

Die Liebe, die zur Gegenliebe nötigt,
Liess mich an ihm solch Wohlgefallen finden,
Dass, wie du siehst, sie noch nicht von mir ablässt.[5]

---

[5] Dante Alighieri: *Die Göttliche Komödie*, fünfter Gesang, Vers 103-105, Dt. von Karl Witte, Askanischer Verlag, Berlin, 1916.

AUSEINANDER

Gabi kam am nächsten Tag zurück.

Ich war von den vielen Ereignissen in so kurzer Zeit überfordert und verspürte das Bedürfnis, mit ihr zu reden, obwohl ich merkwürdigerweise keine Schuldgefühle empfand. Ich wollte ihr von Klaus und Eleonora erzählen. Wie sehr mich die Leidenschaft für Mark auch aufwühlte, die Entdeckung der wahren Geschichte meiner Eltern war noch viel erschütternder gewesen.

Deshalb entschied ich mich dafür, ihr die Ergebnisse meiner Reise nach Kroatien anzuvertrauen, und wünschte mir, sie würde mich trösten. Vielleicht kannte sie den Grund, warum meine Mutter am Ende beschlossen hatte, mich zu bekommen, ohne mir jedoch die Identität meines Vaters zu enthüllen.

Gabi war dies allerdings völlig gleichgültig. Als ich ihr gegenüber saß, glitt ein Schatten über ihr Gesicht, und ich verstand sofort. Sie besaß die Gabe, jedes kleine Zeichen wahrzunehmen und richtig zu interpretieren. Die Spannung, die in der Luft lag, war ihrer Aufmerksamkeit nicht entgangen. Sie ahnte schon, dass sie Mark verloren hatte.

In den folgenden Tagen platzte die Seifenblase, in der ich in den letzten Monaten gelebt hatte. Die heftigen, abgrundtiefen Strömungen, die uns bald trennen würden, hatten sich unerbittlich in Bewegung gesetzt.

Noch bevor mich Gabi darum bat, fällte ich die Entscheidung, ihr Haus zu verlassen, und mietete eine kleine Dachgeschosswohnung in einem Nachbardorf. Nach Italien wollte ich nicht zurück. Obwohl meine Suche beendet war, fühlte ich mich verwirrter als je zuvor, und die Vorstellung, Deutschland zu verlassen, verursachte in mir einen Hauch von Angst.

Letztendlich hatte hier ein neuer Abschnitt meines Daseins begonnen.

DIE BÜCHSE DER PANDORA
(Juli 2005)

Ich reise zurück in die Zeit und sehe mich als Mädchen beim Fußballspielen an einem sonnigen Nachmittag auf dem Kirchplatz. Paolo schießt eine wahnsinnige Granate. Sein Bruder Marco hat keine Chance, sie zu halten. Zischend streift der Ball Marcos Ohr und landet jenseits des Zauns, ausgerechnet im Gemüsegarten von Gritti, einem ehemaligen Gymnasiallehrer, der bereits in Rente ist. Wir müssen wieder auszählen, um zu bestimmen, wer diesmal dran ist. Aber wie immer werde ich gehen, da keiner von meinen Mitspielern den Mumm hat, sich in Grittis Garten zu schleichen. Ich lasse alle glauben, dass ich mutig genug bin, mich dem Zorn des schrecklichen Alten zu stellen, aber die Wahrheit ist, dass ich ihn ohnehin nicht fürchte. Ich mag es sogar, ein paar Worte mit ihm zu wechseln, obwohl er manchmal richtig wütend wird, insbesondere wenn der Ball seine Tomatenpflanzen zerschmettert hat. In dem Fall zitiert er immer Sciascia und nennt uns herablassend

Menschlein, oder noch schlimmer, *Quaquaraqua* - dumme Schwätzer.

Ich rücke mit Bedächtigkeit vor, denn er duldet keinen, der Eile hat, und erblicke ihn auf einem Holzhocker sitzend. Durch das Laub dringen Sonnenstrahlen, die wie ein Vorhang aus Licht auf den Boden fallen. Ich lächle in mich hinein, als ich merke, dass seine Haare in diesem Licht wie Glühfäden wirken. Ich stelle mir vor, dass er ein außerirdisches Wesen ist und durch die Haare Gedankenströme ausstößt, um sich mit seinem Heimatplaneten in Verbindung zu setzen.

Er hält bereits unseren Ball in der Hand und erwartet mich zu unserem üblichen Ritual. Er wird mich auffordern, mich hinzusetzen und die Rückgabe des Balles zu verdienen. Nachdem ich auf die Fragen über die griechische Mythologie richtig geantwortet habe, wird er mir erneut die Geschichte der Pandora erzählen, die aus Neugier die Büchse geöffnet hat, in der alles Übel der Welt aufbewahrt war. Wie immer lausche ich ihm aufmerksam, und eine Wolke entführt mich direkt zum Olymp, in die Arme launischer Götter, bis mich die Stimmen meiner Freunde zurückholen, die draußen meinen Namen rufen. Der Lehrer übergibt mir den Ball, und während ich mich entferne, höre ich ihn brabbeln: *Es sind immer die Frauen, die Unheil anrichten.* Seine Frau ist vor Jahren mit einem jungen Burschen weggelaufen.

«Die Büchse der Pandora ist wie meine Vergangenheit. Jedes Mal, wenn ich darüber spreche, entschlüpfen mir viele Emotionen, die ich gerne unterdrücken möchte», gestehe ich Gudrun, die alles über meine Beziehung mit Mark wissen will. Sie ist auch wie Pandora, ihre Neugier ist unersättlich, wobei sie mittlerweile fast meine ganze Geschichte kennt.

Lukas schläft ruhig in der Wiege. Gestern ist Salvatore erschienen, sein leiblicher Vater. Er sagt, er habe seine Fehler eingesehen und wolle mit ihnen eine Familie gründen. In Wahrheit aber ist er mal wieder pleite und weiß, dass Gudruns Mutter reich ist.

«Ich werde ihm nicht erlauben, unser Leben zu ruinieren», beteuert Gudrun. «Trotzdem wünsche ich mir, dass mein Kind Italienisch lernt, die Sprache seines Vaters. So wie es Eleonora mit dir gemacht hat.»

Gudrun kommt meine Existenz wie ein Roman vor. Sie kann mir stundenlang zuhören, als wäre ich eine Märchenerzählerin.

«Die Erinnerung an Mark herauszukramen macht mich traurig. Da droht mich eine Lawine an Gefühlen zu überrollen», erkläre ich schwermütig.

«Dann solltest du dich vielleicht deinen Gefühlen endlich stellen. Du kannst nicht vor dir selbst fliehen!», gibt sie zu bedenken.

«Mag sein», antworte ich nicht wirklich überzeugt. «Ich habe trotzdem beschlossen, ihn aus meinem Leben zu streichen.»

Irgendwann war ich doch von Schuldgefühlen eingeholt worden. Was ich getan hatte, war nicht gerade fair. Ich hatte das Vertrauen von Gabi missbraucht, der Person, die mir ihr Haus geöffnet hatte. Außerdem stellte Mark eine Bedingung: entweder alles oder nichts. Eines Tages besuchte er mich in meiner neuen Wohnung. Er wollte abreisen.

«Wenn ich einen Grund hätte, nicht wegzugehen...», sagte er fast flehend. Aber ich bat ihn nicht zu bleiben.

Im nächsten Monat bekam ich von ihm eine Karte aus Marokko.

Ich hoffe, dass deine Entscheidung nicht von einer moralischen Pflicht bestimmt ist. Es wäre Unsinn, unser Glück Schuldgefühlen zu opfern. Gabi wird uns mit der Zeit verstehen. Und keiner hat das Recht, uns zu verurteilen. Wir haben nichts Falsches getan.

Ich habe oft über diese Worte nachgedacht. Inzwischen bin ich mir nicht mehr sicher, ob unser Handeln tatsächlich ein Fehler war. Im Laufe der Zeit habe ich die Fähigkeit verloren, einen Sinn im Geschehenen zu erkennen – vorausgesetzt, es gibt überhaupt einen. Vielleicht sollte ich mich in eine Piper setzen und alles von oben betrachten.

ELIANA ZINI

EIN BRIEF VON GABI
(September 2004)

Der Briefkasten war voll, wie üblich. Aber dieses Mal erwartete mich eine Überraschung. Mein Blick blieb an der Ecke eines Päckchens hängen. Sofort erkannte ich Gabis vertraute Handschrift. Als ich es öffnete, fiel mir zuerst dieser Brief in die Hand:

Melissa

Ich bin fortgegangen, ohne nochmals mit dir zu sprechen. Ich habe das Bedürfnis, alles zu vergessen. Aber es gibt etwas, das ich dir sagen will. Und ich mache es nicht, um deine Gewissensbisse als erwachsene Frau zu lindern. Ich tue es für die Melissa, die als Kind Alpaka-Pullis trug und Hymnen an Pachamama sang - die Melissa, die keine Spielsachen besaß, sich aber mit Gras und Steinen vergnügte und auf dreitausendfünfhundert Meter Höhe über die Weite der Hochebene lief, während die deutsche Tante kaum Luft bekam und japsend nach Sauerstoff rang. Wie hübsch du warst! Du kanntest nur die reine Liebe für deine Mutter - die Liebe, die du, wie es mir scheint, jetzt verleugnen möchtest.

Verurteile deine Mutter nicht. Sie war eine Träumerin. Und sie hatte Angst. Ein Kind macht immer Angst. Sie hätte alle Projekte ihres Lebens aufgeben und sich für dich aufopfern müssen. Letzten Endes tat sie das ja auch. Oder hast du das Gefühl, dass sie zu wenig für dich da war? Ich bin anders, ich habe es nicht getan. Ich habe mein Leben gelebt und bin das geworden, was ich sein wollte.

Eleonora hat sich um dich gekümmert. Sie ging nicht zu Klaus zurück, obwohl sie ihn liebte. Ich weiß, dass sie ihn liebte. Sie liebte ihn auch weiterhin, sogar in all den Jahren, in denen du, in deiner kindlichen Naivität, im Land der Sonne aufwuchst. Du bist das Sonnenkind, das Kind der Muttererde, sagte sie immer zu dir. Weißt du das noch? Du bist jedes Mal zornig geworden und hast geantwortet: Nein, du bist meine Mutter! Klar war sie das, und zwar die Beste, die du dir wünschen konntest.

Sie hat dir Unrecht getan. Sie hat dir Klaus verheimlicht.

Du hast gegen die Erklärungen deines Vaters rebelliert, weil sie dir absurd vorkamen. Womöglich hast du recht. Aber deine Mutter ist leider nicht mehr hier. Sie kann dir nicht mehr sagen, wie alles vor sich gegangen ist. Vielleicht hatte sie andere Gründe, die nicht mal Klaus kennt.

Gewähre deiner Erinnerung an sie einen Hauch von Verständnis. Und wenn dir das nicht gelingt, dann liebe sie einfach.

Mit diesem Päckchen schicke ich dir auch das Tagebuch, das deine Mutter von der Kinderzeit an bis zu den Jahren an der Uni schrieb. Ich habe es im Januar per Post bekommen, ohne Kommentar. Vielleicht ist das Tagebuch selbst die Mitteilung. Inzwischen weiß ich, dass Eleonora es mir ein paar Tage vor ihrem Tod geschickt hat. Unerbittliches Schicksal, das sich über uns lustig macht.

Ich denke, das Tagebuch soll dir gehören. Vielleicht hilft es dir, besser zu verstehen, wer deine Mutter war.

EVE OF DESTRUCTION[6]

Eleonora Casati, Schuljahr 1950. Vierte Reihe, Erste von links. Aschblonde Zöpfe, grüne Katzenaugen, helle Haut übersät mit Sommersprossen, die an der Nase dichter werden. Ein frecher Blick, der dem Objektiv trotzt. Er sagt: *Ihr werdet mich nie kleinkriegen, ich passe hier nicht rein, ich bin nicht wie ihr, auch wenn ihr versucht, mich für dieses Klassenfoto zurechtzubiegen.*

Ein stürmischer Charakter, der schon in der Grundschule herausragte und sich am Gymnasium noch verstärkte. Während der Geschichtsstunde über die sogenannten Helden der Conquista, wie Cortés oder Pizarro, sprang sie empört von der Schulbank auf und schimpfte gegen diese hinterhältigen Menschen, die nichts anderes als Kriminelle waren.

Sie trifft die ganze Schuld! Sie haben die Eingeborenen ausgerottet! Ganz zu schweigen von Kolumbus, der mit seinen drei Karavellen den Startschuss dazu gegeben hat!

---

[6] Eve of Destruction ist der Titel eines Protestsongs von Barry McGuire aus dem Jahre 1965

Einige Stunden später saß Eleonora mit ihrer Mutter Paola wieder einmal im Büro des Direktors, der zwanzig Minuten auf sich warten ließ. Ein Zeitraum, in dem sich die beiden intensive Blicke zuwarfen: die Mutter vorwurfsvoll und die Tochter herausfordernd. Eleonora hätte sich nie für ihr Benehmen entschuldigt, das wusste Paola genau. Ihr war klar, dass Tadel nichts anderes bewirkt hätte, als die Rebellion der Tochter noch anzuheizen. Also entzog sie sich lieber dem Blickkontakt und betrachtete den Krimskrams im Büro, bis ihre Augen auf dem an der Wand hängenden Foto des Präsidenten Segni landeten.

Vielleicht war sie innerlich nicht einmal davon überzeugt, dass ihre Tochter bestraft werden musste.

Es war das x-te Mal in dem Jahr, dass sie zum Direktor zitiert wurde. Sie konnte sich nicht daran erinnern, mit Mattia, ihrem Erstgeborenen, so viele Probleme gehabt zu haben. Doch jedes Mal, wenn sie zur Schule gerufen wurde, schien es ihr, als hätte ihre Tochter aus gutem Grunde gehandelt.

Dass sie dem Sohn des Ingenieurs Parini das Pausenbrot geklaut hatte, um es den Olivero-Zwillingen zu geben, den Letztgeborenen einer armen Bauernfamilie, oder dass sie sich geprügelt hatte, um ein Mädchen aus der unteren Klasse zu verteidigen, fand Paola nicht so schlimm – im Gegenteil, sie fand es eher lobenswert.

Gewiss, Disziplin, würde der Direktor sagen. Aber was war das für eine Disziplin, die nicht einmal versuchte, die Jugend zu verstehen?

Als der strenge und unflexible Professor Rossi schließlich hereinkam und sie durch seine dicken Brillengläser kritisch musterte, lies sie ihn anfangs einfach reden, ohne ihm viel Aufmerksamkeit zu schenken. Was er von sich gab, war immer dasselbe, mit wenigen Variationen.

Schulordnung ... undiszipliniert ... keinen Respekt für die Hierarchie ...

Sobald er fertig war, schlug Paola erstaunlicherweise lautstark zurück.

«Wissen Sie, wie ich das sehe? Die Lehrer sollten erst einmal lernen, echte Missetaten zu erkennen und diejenigen zu bestrafen, die es wirklich verdienen. Meine Tochter hat einen stark ausgeprägten Gerechtigkeitssinn, den, wie es aussieht, nicht alle hier zu schätzen wissen.» Anschließend nahm sie Eleonora an die Hand, ging hinaus und ließ den Direktor mit offenem Mund stehen.

Eleonora war auf ihre Mutter stolz, in dem Augenblick mehr denn je. Sie schrieb das auf die ersten Seiten ihres ledergebundenen Tagebuches.

In den Jahren der beginnenden Pubertät hatte sie sich wohl schon sehr gut entwickelt, denn viele Jungs umschwirrten sie wie die Motten das Licht. Doch ihre Schönheit war ihr eher eine Last. Sie bevorzugte es, sich den bewundernden Blicken zu entziehen und in ihre Bücher einzutauchen. Sie las gerne Texte über die Taten der sogenannten *Passionarias*, die leidenschaftlichen Heldinnen verschiedener revolutionären Bewegungen, und am Abend, wenn sie zu Bett ging, dachte sie an das harte Leben der Guerilla-Soldaten und an die feuchte Wärme der Wälder Zentralamerikas.

Untergrundkämpfer wie ihren Vater, der sich nach seiner Rückkehr aus Afrika den Partisanen angeschlossen hatte, stellte sie sich sehr romantisch vor. Wenn sie doch bloß älter gewesen wäre, dann hätte sie auch in die Sierra Maestra gehen können, um ihren Beitrag zum Kampf für die Freiheit zu leisten. Doch hatte sie ein festes Ziel vor Augen: einen Universitätsabschluss. Sie wollte Journalistin werden, aber nicht, um in einem Büro in Mailand zu sitzen. Sie würde Kriegsberichterstatterin werden und die Welt bereisen.

Es war das Jahr 1967. Das Jahr, in dem Che Guevara getötet wurde.

Eleonora war sehr über diese Nachricht erschüttert, genau wie viele andere ihrer Generation. In diesen Monaten wurden die Unis besetzt, und die Studenten protestierten auf den Straßen. Meine Mutter ging mittlerweile in die fünfte Klasse des Gymnasiums und wünschte sich nichts sehnlicher, als an der Uni zu studieren.

Sie bestand das Abitur mit Bestnoten, jedoch nicht mit höchstem Lob. Hinterlistige Sticheleien einiger Lehrer, die ihre antiautoritären Zornausbrüche bestrafen wollten, waren der Grund dafür, vermutete sie.

Im selben Sommer arbeitete sie freiwillig zwei Monate für ein Entwicklungshilfeprojekt in Peru und lernte bei dieser Gelegenheit Yvonne kennen. Diese Erfahrung blieb ihr im Herzen haften. Am Flughafen von Lima, am Tag der Rückreise, hätte sie am liebsten den Flug verpasst. Viel zu gerne wäre sie im Nabel des Inkareichs geblieben, mit all den wunderbaren Menschen, die ihr so vieles beigebracht hatten, vielleicht sogar mehr als die Schule in Italien in all den Jahren. Trotzdem nahm sie den Flug, weil sie an ihrem Ziel festhielt.

Zurück in Italien, schrieb sie sich in der Universität von Mailand ein und organisierte anschließend ihren Umzug. Sie hatte dort eine Wohnung gefunden, welche sie mit zwei anderen Mädchen teilte: Lidia, Tochter einer Familie aus der Mailander Oberklasse, die praktisch fast nie in dem Appartement war, und Gabi, einer jungen Deutschen, die an der Akademie der Schönen Künste studierte.

Anscheinend war es mit Gabi keine Freundschaft von Anfang an. Eleonora brauchte etwas Zeit, um eine Bindung zu knüpfen. Diese junge Frau war ein solcher Freigeist, dass sie sie oft in Verlegenheit brachte. Gabi lief nackt in der Wohnung herum und rauchte weiß Gott was, ohne irgendwelche Bedenken. Manchmal musterte sie Eleonora von oben bis unten mit herablassendem Blick, was dieser gar nicht gefiel. Eines Tages, vom Benehmen der Mitbewohnerin genervt, packte Eleonora sie mit ungewöhnlicher Kraft am Arm. Sie durchbohrte Gabi mit ihrem Blick und verkündete, dass man mit Sex und Drogen keine Revolutionen machen könne und dass Menschen wie sie nur vorgäben, Rebellen zu sein, in Wirklichkeit aber nichts Konkretes ausrichteten, weil sie genauso verzogen seien, wie die Spießer, die sie so sehr kritisierten.

Gabi hätte auch in Gelächter ausbrechen können, aber die entwaffnende Aufrichtigkeit Eleonoras beeindruckte sie. Von jenem Augenblick an bildete sich zwischen ihnen eine Beziehung, die all die Jahre währte. Eine Art Seelenverwandtschaft verband sie wie Schwestern.

Im Lauf der Zeit wurde die Wohnung zu einem Treffpunkt engagierter Studenten, welche sich abends versammelten, um über Ideale wie die Verbesserung einer viel zu hierarchischen Gesellschaft oder die Ablehnung jeglicher Art von Imperialismus zu diskutieren. Große Veränderungen und Erschütterungen prägten jene Jahre: der Krieg in Vietnam, der Aufstand der Kolonien, die Kämpfe um die Anerkennung des Zivilrechts der Afroamerikaner in den Vereinigten Staaten, die Guerillabewegung in Lateinamerika. Abgesehen von gewissen Verzögerungen, bedingt durch die politische Situation und Eleonoras Engagement in der Studentenbewegung, liefen ihre Prüfungen trotzdem einigermaßen gut. Da sie wenig Geld hatten, fingen beide Freundinnen zu kellnern an, und zwar im Lokal von Bob Sullivan, einem dreiunddreißigjährigen Engländer, der getrieben von mediterranen Träumen an den Navigli, den Mailander Kanälen, gelandet war und eine Bar eröffnet hatte. Bob hatte einen großen Raum in einem alten, schäbigen Gebäude gemietet und es anfangs ziemlich einfach eingerichtet. Mit den Jahren aber hatten die Besucher ihren Beitrag geleistet: In die Holztische und -bänke hatten sie Botschaften geschnitzt, die Wände waren durch die vielen Murales farbig geworden, an einem großen schwarzen Brett hingen Zettel mit Gedichten und Zeichnungen, und in der Mitte des Raumes waren mehrere alte Sofas arrangiert, die aus verschiedenen Haushalten ausgesondert worden waren. Weitere Sitzmöglichkeiten bestanden aus alten kantigen Kinostühlen. Jemand hatte sogar einen Kickertisch gespendet, an dem die jungen Leute ihre überschäumende Energie austoben konnten. Somit war die Bar zu einem gemütlichen und angesagten

Treffpunkt für alle Studenten geworden. Eleonora arbeitete dort bis spät in die Nacht, und manchmal, nach Schließung des Lokals, blieben sie und Gabi noch stundenlang, um mit Bob zu plaudern und Musik zu hören.

In den Tagebuchseiten, die von Bob handeln, bemerke ich, dass die Schrift weniger ordentlich erscheint. Sie hinterlässt konfuse Spuren, die Tinte streift eilig das Blatt – als hätte der Stift keuchend versucht, dem Fluss der Emotionen zu folgen. Ich erahne, dass sich zu dem Zeitpunkt etwas Neues in Eleonoras Leben eingeschlichen hat.

Bob, ein leidenschaftlicher Reisender und weltoffener Mensch mit unabhängigem Geist, löste in ihr wohl eine solche Faszination und Leidenschaft aus, dass sie anfing, sich nach einer Zukunft mit ihm zu sehnen. Sie stellte sich vor, mit ihm in einer Karawane um die Welt zu ziehen. Ihre Kinder würden *swahili*, *quechua*, *hindi* sprechen, in verschiedenen Ländern und bei unterschiedlichsten Völkern leben und im Zeichen der Toleranz aufwachsen. Wenn er sie gefragt hätte, wäre sie bereit gewesen, alles augenblicklich hinzuschmeißen, inklusive Universität.

Obwohl mit ihm nichts Konkretes passierte - letztendlich konnte sie sich denken, dass Bob mit anderen Frauen seine Instinkte befriedigte - war sie dennoch überzeugt, dass zwischen ihnen eine große Affinität bestand, welche sie einander irgendwann in die Arme treiben würde.

Doch die platonische Bühne ihrer romantischen Fantasien wurde schlagartig zertrümmert. Bob verschwand nämlich von einem Tag zum anderen, ohne sie zu verständigen, und Eleonora fühlte sich auf einmal sehr dumm, weil sie sich vorgemacht hatte, dass sie ihm etwas bedeutete.

Nie wieder würde die Leidenschaft für einen Mann sie davon abbringen, die Projekte ihres Lebens aufzugeben, das schwor sie sich.

Mit diesem Versprechen bricht ihr Tagebuch ab.

DOMITILA
(August 2005)

Heute ist die Hitze erbarmungslos, und ich schiebe mit Anstrengung den Kinderwagen von Lukas voran. Im Gegensatz zu mir scheint der Kleine unter der Temperatur nicht zu leiden. Fasziniert beobachtet er die Enten, die fröhlich zwischen Teichrosen und Binsen plantschen.

Über unseren Köpfen öffnen sich die Baumwipfel wie ein Auge in den samtenen hellblauen Himmel.

Ich sollte mich über die Wärme lieber nicht beschweren, jetzt wo ich weiß, wie kalt der Sommer hier sein kann. Für Wochen können nämlich tiefe Wolken am Himmel hängen, die dann oft eine endlose Regenwand aus dünnen Fäden entfalten.

Wir gehen schon eine Weile spazieren. Ich habe jedes Zeitgefühl verloren, bin mir aber sicher, dass Gudrun sich um uns keine Sorgen macht, sondern eher darüber erfreut sein wird, einige ruhige Stunden zum Lernen für sich zu haben. Seit sie sich wieder an der Schule angemeldet hat, um das Abitur nachzuholen, geht sie sehr selten raus, sie sitzt immer über den Büchern. Auch Lukas sehe ich kaum noch, da er jetzt eine Babysitterin in Vollzeit hat. Sie heißt Lucia und ist Italienerin. Gudrun wünscht sich, dass sich ihr Kind an die Melodie der Sprache gewöhnt. Wenn ich einen Tag frei habe, bestehe ich darauf, auf Lukas aufpassen zu dürfen, sonst vergisst er mich noch.

Ich suche mir ein Bänkchen im Schatten der Erlen, um wieder Luft zu bekommen. Einige laute Touristen auf der Suche nach Erfrischung tauchen ihre Füße in das trübe Wasser des Moores. Um uns herum dehnt sich ein sumpfiges Gebiet aus dunklen Spiegeln, umschlossen von dichtem Wald. Diese Gegend war einst von den Kelten besiedelt. Es würde mich nicht wundern, wenn im Morast noch Mumien zu finden wären. Leichen im Moor zu begraben war ein Brauch, der vor allem bei den Germanen im Norden verbreitet war, aber wer kann mit Sicherheit sagen, dass ihn nicht auch die keltischen Stämme hier in dieser Region praktizierten? Allein schon der Gedanke lässt mich erschaudern. Ich frage mich, wo die waghalsige Melissa aus der Kindheit geblieben ist. Mit jedem Jahr nehmen die Ängste zu, wie es scheint. Als ich noch klein war, hätte mich so ein Gedanke gar nicht beunruhigt. Im Gegenteil, damals empfand ich sogar eine gewisse Faszination für das Makabere und Okkulte, vor allem, nachdem ich die erste Mumie meines Lebens gesehen hatte.

Oft kam Pater Alvaro nach Cusco, ein etwas untersetzter Jesuit mit einer seltsamen roten Kartoffelnase, einem kugelrunden Bauch und einer Glatze, umrahmt von einer Krone aus zerzausten

Haaren. Er war ein Pfarrer auf ständiger Wanderschaft zwischen den verschiedenen Gemeinden der Region, wo er dringend benötigte Güter ablieferte, Krankheiten mit unorthodoxen, jedoch wirksamen Methoden behandelte und natürlich geistlichen Trost spendete. In Wirklichkeit mochten die Leute ihn, weil seine Theologie sehr weltlich war und er nicht davor zurückschreckte, wenn es darum ging, sich die Hände schmutzig zu machen, um niedere Arbeiten zu erledigen. Nach getaner Arbeit zündete er sich gewöhnlich eine Zigarette ohne Filter an und paffte diese genussvoll mit zugekniffenen Augen und einem entspannten, ehrlichen Lächeln. Meine Mutter bestand darauf, dass ich ab und zu mit ihm reiste: Sie hielt ihn für ein tolles Vorbild, förderlich für mein Erwachsenwerden. Manchmal begleitete ich ihn mehrere Tage, so wie damals, als wir eine Gruppe Bergsteiger trafen, die bei der Besteigung eines Vulkans eine Mumie entdeckt hatten. Es handelte sich höchstwahrscheinlich um ein Opfer der Inka an die Götter. Die Bergsteiger zeigten sie uns begeistert. Normalerweise hätte so ein Anblick wohl ein Kind in meinem Alter erschreckt, aber genau das Gegenteil war der Fall. Es faszinierte mich sehr. Sie baten mich sogar, die Mumie zu taufen, und ich schlug den Namen Domitila vor. So hieß auch Pater Alvaros verrosteter, zweisitziger Pritschenwagen, welcher wie die Mumie ein archäologisches Fundstück zu sein schien. Domitila ließ uns nämlich oft im Stich, sie war einfach zu alt und ein ziemliches Wrack. Wenn es passierte, redete Pater Alvaro mit ihr. *Mi bonita, no me dejes ahora. Meine Hübsche, verlasse mich jetzt nicht.* Und das Auto, reanimiert durch diese magische Formel, prustete noch ein paar Sekunden und setzte sich brummend wieder in Bewegung.

Die Ausflüge mit Pater Alvaro besaßen immer einen Hauch von Abenteuer, stellten sich aber als sehr lehrreiche Erfahrungen heraus. Mit ihm fuhr ich viele Kilometer durch Peru, wo er Domitila furchtlos an schwindelerregenden Felsvorsprüngen oder halb verschütteten Straßenabschnitten vorbeilenkte. Trotz aller Gefahren fühlte ich mich bei ihm stets sicher. Er war wie ein Flügel, unter dem man Schutz finden konnte. Heute scheint es mir komisch, dass mein Mentor von damals ein Geistlicher war – besonders, wenn man bedenkt, dass man mir an der Mittelschule den Spitznamen *„die Priesterfresserin"* verlieh. So ausgeprägt war später meine Abneigung gegen den Talar. Tatsache ist, dass keiner, den ich nach ihm getroffen habe, einem Vergleich standhalten könnte.

Schon damals hatte er vorhergesagt, dass er durch einen unnatürlichen Tod ums Leben kommen würde. Und genau so geschah es auch. Er starb beim Einsturz einer Mine in Bolivien, während er die dort arbeitenden Kinder zu retten versuchte. Sogar seinen letzen Atemzug hat er der eingeborenen Bevölkerung der Anden gewidmet. Yvonne behauptete, dass seit jenem Tag niemand mehr in der Lage war, Domitila auch nur anzulassen.

FERNE GALAXIEN
(September 2005)

Italien ist für mich ein Gefühl, eine hauchzarte Liebkosung, ein Technicolorfilm aus glücklichen Erinnerungen, eine warmherzige Familie. Es ist das Album der intimsten und liebsten Momente meines Lebens. Aber es ist auch Schmerz und Verrat. Es ist das Land, das mir Versprechungen von Glückseligkeit gemacht hat, um mir dann wieder jede Illusion zu entreißen - ein Land, in dem sich ein Abgrund unter mir auftat, der mir blitzartig jede Unbeschwertheit raubte.

Ich besuche für einige Tage meine Großeltern und bin heute in die nahe Provinzstadt Pavia zum Bummeln gefahren. In dieser Stadt erwartet mich mein Studium, das ich allerdings für den Moment auf Eis gelegt habe. Ich bin mir noch nicht sicher, ob ich es je wieder aufnehmen werde.

Ziellos schlendere ich herum, während ich die lauwarme Luft einatme, die das Ende eines glühenden Sommers ankündigt. Auf einmal verharre ich. Ein

Stück entfernt sehe ich alte Freunde vor einer Bar sitzen und fröhlich plaudern. Am liebsten würde ich mich unsichtbar machen, hinschleichen und lauschen. Ich wüsste gerne, ob ich noch Platz in ihren Gesprächen finde oder ob sie mich längst ausradiert haben.

Pietro hat ein Kind auf dem Arm, es dürfte etwa ein Jahr alt sein. Neben ihm tuschelt Clelia ununterbrochen mit Laura, während ihr Mann Roberto gedankenverloren dasitzt, völlig uninteressiert an dem Gequatsche - genauso wie damals, als wir Kinder waren. Es langweilte ihn, am Geschwätz der Mädchen teilzunehmen. Er warf mir dann immer einen Blick stummen Einverständnisses zu, und wir flüchteten anschließend gemeinsam auf unseren Fahrrädern zu einem Abenteuer in die Weinberge. Wir wetteiferten um die Rolle von Rennradfahrer Fausto Coppi. Um nicht zu streiten, wechselten wir uns ab.

Na gut, dann bin ich heute Bartali[7].

Zu jenen Zeiten dachte ich, falls ich wirklich mal heiraten würde, dann Roberto.

Jetzt befinde ich mich hier, wenige Meter von ihnen entfernt, benutze die Säule als Schild und schiele heimlich hinüber wie ein Zuschauer, der die Eintrittskarte nicht bezahlt hat.

Die Wahrheit ist, dass wir uns verloren haben. Ich bin in eine andere Galaxie geschleudert worden, mein Leben hat einen komplett anderen Kurs genommen: keine Grillabende mehr mit den Schulfreunden auf den Hügeln, keine Lagerfeuer mehr mit der Clique am

---

[7] Coppi und Bartali waren zwei berühmte italienische Rivalen im Radrennsport der 50er Jahre.

Fluss.

Unbemerkt verlasse ich den durch Bars und Cafès belebten Hauptplatz mit seinen eleganten Laubengängen und mittelalterlichen Palästen, indem ich durch eine kleine Nebengasse entschwinde. Als ich die überdachte Brücke erreiche, bleibe ich kurz stehen und lasse den Blick hinüber zum malerischen Stadtviertel Borgo Ticino schweifen, wo sich die hübschen Häuser der damaligen Wäscherinnen und Fischer aneinanderreihen. Unter mir erstreckt sich das Flussbett, durstig nach Regen. Ich entdecke zwei braune Körper, die versuchen, die letzten Sonnenstrahlen vor einem neuen Winter voller Nebel einzusaugen. Auf dem Steinpflaster der Brücke klacken die Absätze der eleganten Frauen wie die Hufe der trabenden Pferde.

Lukas und seine Mutter haben mich auf diese Reise begleitet. Ich konnte Gudrun zu einer Lernpause überreden. Heute hat sie es aber vorgezogen, Oma beim Kochen zu helfen, anstatt mit mir spazieren zu gehen. Sie möchte ein paar Gerichte erlernen, die typisch für diese Gegend sind, und da ich keine wirklich begnadete Köchin bin, nimmt sie diese Chance wahr, um kulinarische Weisheit aus Omas Erfahrungsschatz zu schöpfen.

In der Küche zeigt Gudrun ein bewundernswert kreatives Talent, gepaart mit Ehrgeiz und einem Drang zur Perfektion. Also habe ich sie ihrer Lieblingsbeschäftigung überlassen.

Nach einer halben Stunde Fahrt bin ich wieder daheim, und noch am Auto weckt der köstliche Geruch, der durch das Fenster entwischt und mir in die Nase steigt, meinen Appetit. Heute werde ich nach langer Zeit endlich mal wieder *Pisarè e faso* genießen können, Mehlklößchen mit Tomatensauce, dicken Bohnen, Speck und Zwiebeln, ein Gericht aus Piacenza, der ursprünglichen Heimat meiner Großmutter.

Sie war es, die mich angerufen hatte, um mich zur Rückkehr zu überreden.

«Melissa, du fehlst uns seit mehr als einem Jahr. Hättest du nicht Lust, wenigstens für eine Woche zurückzukommen?», hatte sie mich gefragt. «Außerdem gibt es da noch etwas, das ich dir sagen muss... nein, nicht Schlimmes, aber... wenn du kommst, dann reden wir darüber.»

Es gelang mir nicht, ihr übers Telefon etwas zu entlocken. Mehr wollte sie einfach nicht preisgegeben.

Das Mittagessen ist ausgezeichnet. Gudrun versucht sich mit dem Wenigen, das sie kennt, verständlich zu machen, aber manchmal spricht sie Wörter falsch aus, dann schauen mich meine Großeltern mit großen Augen an, in Erwartung einer Übersetzung. Lukas hingegen trällert in einer verworrenen, selbsterfundenen Sprache. Es herrscht wieder Freude in diesem Haus.

Zum Kaffee bringt Großvater eine Flasche typischen, selbstgemachten Grappa, doch seine Frau ermahnt ihn mit einem missbilligenden Blick.

«Hausgemacht, von Antonio... komm Paolina, nur ein Schlückchen», fleht er sie scherzend an.

«Na gut, aber schenk jedem etwas ein.»

«Für mich nicht, danke», beeilt sich Gudrun zu sagen, die seit der Kur jeden Tropfen Alkohol meidet.

Nach dem Essen bringen wir das Kind zu Bett, es

ist Zeit für ein Nickerchen. Dann zeige ich Gudrun Fotos aus meiner Kindheit.

«Deine Mutter war wunderschön», stellt sie fest. «Sag mal, hattest du schon immer diese gekräuselten Haare?» Hämisch grinsend deutet sie auf ein Schulfoto von mir, auf dem ich mit wilder Frisur und ziemlich wütender Miene verewigt bin, die Hände in die Hüften gestemmt.

Sie kann nicht wissen, wie sehr ich deswegen gelitten habe. Ich würde alles für ihre blonden Haare geben, die wie flüssiges Gold den Rücken hinunterfallen, glänzend und leicht gewellt. Ich dagegen trage einen Heuhelm auf dem Kopf.

Oma klopft an die Tür und unterbricht uns.

«Melissa, kannst du kurz kommen, bitte?»

Ich folge ihr. Wir gehen zusammen in Mamas Zimmer und schließen die Welt aus. Es gibt nur noch sie und mich. Ich ertrage es nicht, wenn sie so ein Gesicht macht. Sie kneift die Lippen zu einer Linie zusammen und streicht die Schürze glatt. Jedes Mal, wenn sie das tut, weiß ich, dass ein Erdbeben bevorsteht. Mein Herz schlägt unruhig, sein Klopfen verstärkt sich im Brustkorb und hämmert bis in die Schläfen.

«Was ist los?»

Sie ergreift meine Hände.

JENE NACHT

Einige Tage nach meinem Besuch in Kroatien hatte die Gewalt der Erinnerungen Klaus eingeholt. Er wusste von mir, wo ich in Italien gelebt hatte, also war er zu meinen Großeltern geeilt.

Plötzlich stand vor ihrer Tür ein Fremder mit einem Blumenstrauß.

«Ich würde gerne zu Eleonora gehen», hatte er in etwas unbeholfenem Italienisch verkündet.

Sie hatten ihn zum Friedhof begleitet und ihn dort allein gelassen. Klaus stand weinend mehrere Stunden am Grab, bis ihn der Wächter schließlich aufforderte zu gehen.

Am nächsten Tag sprach man auf den Straßen und in den Geschäften des Dorfes von nichts anderem. Noch dazu wurde Natalina, die größte Tratschtante, nicht zu Unrecht auch RAI genannt, von einigen Bewohnern losgeschickt, um die Sache zu klären.

Nach einer kurzen Begrüßung und einem Kaffee kam sie sehr schnell zur Sache: «Es geht mich ja nichts an, aber ist er zufällig Melissas Vater?»

«Sie haben recht», hatte Opa darauf geantwortet, «es geht Sie nichts an!»

Nach ein paar weiteren, nichtssagenden Phrasen, die nur dazu dienten, die peinliche Situation zu entschärfen, zog Natalina beleidigt und verärgert ab, ohne sich für den Kaffee zu bedanken.

Klaus war zum Abendessen geblieben. Er hatte darum gebeten, Eleonoras Zimmer sehen zu dürfen, und sich dort lange mit meiner Großmutter unterhalten, natürlich auf Italienisch, da meine Oma keine andere Sprache sprach, außer noch ihren Dialekt. Er bemühte sich sehr, sich korrekt auszudrücken, gelegentlich nahm er auch Latein zu Hilfe, und schlussendlich war es ihm gelungen, sich verständlich zu machen. Großmutter hatte ihm von jener Nacht erzählt, als der Nebel so dicht war, dass man kaum die eigenen Füße sehen konnte. Trotzdem wollte die Tochter unbedingt zu einer Betriebsfeier fahren. Doch in Wirklichkeit hatte sie etwas ganz anderes vor, da sie bei der Feier nie auftauchte. Bis zu seinem Besuch wusste niemand, wo sie an jenem Abend vor dem Unfall tatsächlich gewesen war.

«Ich denke, es ist dein Recht zu erfahren, was Klaus dir am Tag eures Treffens verschwiegen hat.» Omas Stimme ist brüchig. «Jetzt wissen wir, wo deine Mutter in dieser Nacht gewesen ist: in Mailand. Sie besuchte dort einen Vortrag über Asien, den dein Vater hielt.» Sie seufzte tief, dann fügt sie hinzu: «Eleonora hatte das Bedürfnis, ihn wiederzusehen, trotz all der Jahre, die vergangen waren.»

Klaus redete damals zwei Stunden lang von der Bühne aus, fast ohne Unterbrechung. Es gab nur einen

Moment des Zögerns, als er unter den Zuschauern plötzlich ein geliebtes Gesicht zu erblicken glaubte. Am Ende des Vortrags verabschiedete er sich von dem aufmerksamen Publikum, das nach und nach den Saal verließ. Er fing an, seine Sachen zu ordnen, signierte die letzten Bücher und schloss den Aktenkoffer.

Auf einmal hatte er das Gefühl, dass ihn jemand anstarrte. Als er sich umdrehte, traute er seinen Augen nicht. Eleonora befand sich nur ein paar Meter von ihm entfernt. Da rief sein Agent nach ihm. Er war nur eine Sekunde abgelenkt, aber leider eine Sekunde zu viel. Sie war schon wieder verschwunden.

«Klaus eilte die Treppen hinunter, doch er konnte sie nirgendwo entdecken. Er ahnte nicht, dass er sie nie wieder sehen würde, weil in dieser Nacht...» Omas Stimme versagt, sie presst ein Taschentuch an ihre von Tränen getrübten Augen.

Seufzend beginnt sie von Neuem: «Sie hat ihn immer geliebt, aber warum dann... warum...» Auch dieser Satz bleibt unvollendet. Verständlicherweise nimmt das Ganze Oma sehr mit.

Über meine eigene Reaktion bin ich dagegen sehr verwundert. Ich fühle mich wie aus Marmor, für den Schmerz undurchlässig. Vielleicht hat die Erfahrung, ständig schockierenden Traumata ausgesetzt zu sein, meine Fähigkeit, Gefühle zu empfinden, dauerhaft geschädigt.

Trotzdem gibt es eine Frage, die mich quält - vor allem, weil ich weiß, dass ich darauf nie eine Antwort bekommen werde. Wenn Eleonora in jener Nacht, nach dem Treffen mit meinem Vater, nicht von der Straße abgekommen wäre, hätte sie mir dann endlich etwas gebeichtet?

AUF DER WALZ
(Oktober 2005)

Die Gipfel des Watzmanns zeichnen sich scharf und plastisch gegen den wolkenlosen Oktoberhimmel dieses Nachmittags ab, und die warmen Pinselstriche des Herbstes tauchen die Landschaft in ein pfirsichfarbenes Licht, das mich in eine heitere Stimmung versetzt, während ich auf der Alpenstraße fahre. Der Asphalt ist von einer Decke gelber und roter Blätter bedeckt, die sich durch den Fahrtwind der Autos immer wieder spiralförmig in die Luft schrauben.

Ich bremse abrupt. Ein Reh überquert die Fahrbahn, gefolgt von zwei weiteren. Die Szenerie kommt mir wie eine Märchenlandschaft vor. Plötzlich erblicke ich am Straßenrand auch den Traumprinzen: Er trägt einen komischen Zylinderhut und ein schwarzes Jackett zu sehr weiten Schlaghosen. Der Traumprinz trampt. Ich halte an, und er fragt mich, ob er mitfahren darf.

«Hat dich dein Pferd abgeworfen?»

Lächelnd steigt er ein.

«Es ist gegen die Regel, ein Pferd zu haben», antwortet er mit belustigter Stimme. «Ich bin *auf der Walz*. Übrigens, ich heiße Andreas.»

Meine Miene verrät ihm, dass ich nicht die leiseste Ahnung habe, was Walz bedeutet. Während der Fahrt erklärt er mir, dass es sich dabei um eine Tradition handelt, die bis in die Zeit des Mittelalters zurückgeht: Wenn ein junger Geselle den Meistertitel erhalten möchte, muss er eine Zeit der Wanderschaft antreten, von Ort zu Ort ziehen und für verschiedene Handwerker arbeiten, um sich neue Arbeitspraktiken anzueignen, fremde Länder kennenzulernen und Lebenserfahrung zu sammeln.

«Es gibt aber Regeln: Du darfst erst auf die Walz gehen, wenn du die Gesellenprüfung bereits bestanden hast. Außerdem musst du ledig, ohne Kinder und schuldenfrei sein. Und es ist Pflicht, in der Öffentlichkeit immer die typische Kluft deines Gewerbes zu tragen. Meine Bekleidung scheint dich besonders zu amüsieren, oder?»

In der Tat hat er recht, ich kann mir das Grinsen einfach nicht verbeißen. Sobald ich ihn anschaue, breitet es sich auf meinen Lippen aus.

«Außerdem darf man sich nur zu Fuß fortbewegen oder per Anhalter.»

«Woher kommst du?»

«Aus Lübeck.»

«Du hast den ganzen Weg auf diese Art zurückgelegt?!?»

«Ja, in Etappen natürlich.»

«Und wie lange hast du vor, unterwegs zu bleiben?»

«Das ist nicht meine Entscheidung, die Dauer ist

ebenfalls vorgeschrieben: Ich muss drei Jahre und einen Tag auf Wanderschaft bleiben.»

«Drei Jahre? Das klingt interessant. Vielleicht überlege ich es mir auch….»

Ich setze ihn vor der Werkstatt eines Schreiners ab. Während ich beobachte, wie er mit seinem Stock und Sack aussteigt, empfinde ich fast so etwas wie Neid.

Der kleine Umweg, den ich für ihn gemacht habe, kostet mich eine Viertelstunde. Als ob das nicht genug wäre, muss ich nun auch noch im Schneckentempo hinter einem großen Brauereifahrzeug herzuckeln.

Gudrun ist schon genervt.

«Typisch italienisch», frotzelt sie, als sie mich erblickt.

Sie ist sehr elegant, trägt einen roten Schlauchrock, schwindelerregende Stöckelschuhe und eine cremefarbene Chiffonbluse. Die Haare hat sie sich kastanienbraun gefärbt. Wie immer ist sie eine Schönheit, sieht jedoch plötzlich reifer aus. Der Einzige, der die Veränderung nicht gutheißt, ist Lukas, der sie auf Anhieb nicht mal erkannt hat. Es dauert eine Weile, bis er sich überzeugen lässt, dass es sich um seine Mutter handelt, und zu weinen aufhört.

An diesem Abend hat sie ihr erstes romantisches Treffen seit Langem. Er heißt Richard.

Es klingelt an der Tür.

«Er ist der Richtige», versichert sie mir. Sie scheint im siebten Himmel zu schweben, doch auf einmal verdüstert sich ihre Miene. «Ich hab ihm noch nicht gestanden, dass ich ein Kind habe.»

«Wenn er Mr. Right ist, hat er damit bestimmt kein Problem», antworte ich und dränge sie dann zur Eile. «Aber wenn du ihn zu lange warten lässt, dann überlegt er es sich vielleicht anders! »

Richard dürfte so um die dreißig sein. Er ist groß, ziemlich knochig, ein bisschen nach vorne gebeugt und trägt eine Hornbrille. Gudrun hat mir erzählt, dass er eine Art Genie der Informatik ist. Inzwischen selbstständig, widmet er seine ganze Zeit der Fotografie und der Bilderbearbeitung. Er schreitet fast hüpfend voran, wie ein Teenager, der sich noch in der Phase der Unbeholfenheit befindet. Als er Gudrun sieht, verschlägt es ihm die Sprache, das merke ich auch von Weitem. Er fängt sich aber schnell wieder und schwenkt zur Begrüßung einen Blumenstrauß. Dann stolpert er ihr entgegen, und die Befangenheit des ersten Moments wird von einem gemeinsamen Lachen weggewischt. So komisch wie dieses Paar auch wirkt, habe ich doch sofort das Gefühl, dass die beiden sich gut ergänzen. Ich bleibe am Fenster und blicke ihnen nach.

Als Richards Käfer schließlich außer Sichtweite ist, gehe ich hinüber zu Lukas, der in seinem Bett liegt. Ich habe Lust, ihn zu knuddeln, und nehme ihn auf den Arm. Sein weicher Kopf riecht nach Talkumpuder, und ich atme seinen Babygeruch ein. Als ich ihn zu mir drehe, schenkt er mir sein sonniges Lächeln, das mich alles rund herum vergessen lässt.

EISERNE RÜSTUNGEN
(Januar 2006)

Sie hatte es weder mir noch Gudrun gesagt, als wir Silvester gemeinsam bei ihr feierten. Die Zimmer wirkten ungewöhnlich kahl, doch als ich sie danach fragte, antwortete sie, dass sie Platz freimachen müsse, da der Sohn zu Besuch kommen werde.

Keiner von uns beiden ahnte, dass Ulli sich entschieden hatte, in ein Altenheim zu ziehen.

Während ich nun durch die Gänge schreite, erfasst mich eine tiefe Trauer. Gudrun spürt es wohl, denn sie greift nach meiner Hand und drückt sie fest, um mich zu trösten.

Sie scheint ein neuer Mensch zu sein. Seit unserem ersten Treffen hat sie sich von Grund auf verändert. Ich hätte nicht gedacht, dass sie solch eine Stärke besitzt. Sie hat ihren Berg erklommen und strahlt jetzt Sicherheit und Selbstbewusstsein aus.

Fünftes Stockwerk, Zimmer zweiunddreißig. Wir nähern uns geräuschlos. Ulli ruht sich aus, aber ihr Gesicht ist von Kummer verschleiert.

Eine Stimme hinter uns lässt uns zusammenzucken.

«Guten Tag, ihr müsst die Adoptivenkelkinder sein, wie sie euch gerne nennt. Ich bin David, der Sohn.»

«Freut mich, ich bin Gudrun, und das ist Melissa.»

Meine Freundin wirft mir einen tadelnden Blick zu, weil ich den Gruß nicht erwidert habe.

«Freut mich», beeile ich mich zu sagen.

«Sie ist gerade eingeschlafen. Darf ich euch auf einen Kaffee einladen?»

Obgleich er einen herzlichen Ton anschlägt, kann ich meine Abneigung ihm gegenüber nicht unterdrücken. Schlussendlich wollte er seine Mutter hier drinnen einsperren.

Gudrun kann wohl jeden meiner Gedanken lesen, denn sobald David uns kurz allein lässt, nutzt sie die Gelegenheit, um mir eine Moralpredigt zu halten. Sie versteht, wie ich mich fühle, und es schmerzt auch sie, Ulli hier zu wissen, aber sie hält es trotzdem für die vernünftigste Entscheidung. Sollte es unserer Freundin wieder schlechter gehen, wie vor ein paar Wochen, könnte es schließlich auch sein, dass der Nachbar nicht gleich zur Stelle wäre, um ihr zu Hilfe zu eilen, argumentiert sie.

«Aber das hier ist doch nur...», stoße ich hervor, spreche den Satz jedoch nicht zu Ende. Ich würde gerne sagen, dass dieser Platz eine schnelle Rutsche Richtung Ende sein kann. Und dass ich es nicht mehr aushalte, Trennungen zu verarbeiten, vor allem keine endgültigen.

Doch kurz darauf kommt David zu uns zurück und begleitet uns in die Cafeteria im Erdgeschoß, deshalb behalte ich meine Gedanken lieber für mich.

«Es ist schön zu wissen, dass meine Mutter nicht

alleine ist. Ich hatte viele Schuldgefühle, als ich nach Schweden zog und sie allein ließ. Sie hat immer so viel für uns getan, vor allem, nachdem unser Vater wegging und sich nicht mehr meldete.»

«Wegging?», platzt es gleichzeitig aus uns heraus.

«Mein Vater arbeitete in einem Zirkus. Wir reisten viele Jahre mit ihm, bis er beschloss, dass wir eine feste Bleibe bekommen sollten. Er sagte, für uns Kinder sei es besser, etwas Dauerhaftes zu haben und immer dieselbe Schule zu besuchen, auch wenn er selbst sehr darunter leiden werde, uns nicht mehr ständig um sich zu haben. Uns zuliebe sei er bereit, dieses notwendige Opfer zu bringen. Daher kauften wir das Haus in Deutschland, während er weiterhin seiner artistischen Zirkustätigkeit auf Welttour nachging und uns nur fünf- oder sechsmal im Jahr besuchte. Aber die Besuche wurden mit der Zeit immer seltener. Eines Tages wollte ihn meine Mutter überraschen, und wir nahmen einen Flug nach Paris, wo er sich wegen einer Vorstellung aufhielt. Doch wie sich herausstellte, nahm er an dieser Vorstellung nicht teil. Meine Mutter informierte sich bei einer alten Kollegin, und diese gab letztendlich zu, das Geheimnis meines Vaters zu kennen: Schon seit Jahren arbeitete er nicht mehr im Zirkus. Wir erfuhren, dass er eine andere Familie gegründet hatte und bei dieser wohnte. Er führte ein Doppelleben.»

Wir sind beide sehr bestürzt. Gudrun sieht mich fragend an. Nein, auch ich wusste davon nichts. Ulli hat uns immer ein rührseliges, idyllisches Gemälde vorgegaukelt.

«Er ist vor sieben Jahren gestorben, aber als ich es meiner Mutter sagte, antwortete sie, das sei nicht wahr.

Er sei mit dem Zirkus unterwegs, auf Weltreise. Genauso wie sie es uns erzählte, als wir noch klein waren. Sie hat die Wahrheit nie verkraftet.»

Ich bin erschüttert und muss an die Verbitterung von Klaus und Mattia denken, an ihr Misstrauen gegenüber der Menschheit. Sie hatten wohl nicht unrecht.

Davids traurige Enthüllung lässt mich wünschen, Ulli möge gerade jetzt, wo ich neben ihr sitze, die Augen nicht öffnen. Sie würde die Bestürzung in meinem Blick bemerken. Ich streichle eine der weißen Haarsträhnen, die sich an ihr Kissen schmiegen. Wenn sie darüber nie reden wollte, sondern es vorzog, sich in eine fiktive Welt zu flüchten, dann ist das gut so. Jeder Mensch schmiedet um sich herum die Rüstung, die er zu brauchen glaubt. Das Material und die Dichte hängen von der Größe unserer Angst ab, dass ein fremdes Schwert sie durchdringen könnte.

«Gehen wir», flüstert mir Gudrun zu. «Ich muss Lukas abholen.»

Wir streben in Richtung Ausgang.

Schneebeladene Wolken hängen tief am Himmel.

E-MAIL UND CHASQUIS
(März 2006)

Meine Schichten haben sich verkürzt, heute habe ich sogar frei. Im Moment ist Krisenzeit, niemand kauft mehr groß bei uns ein, alle strömen jetzt zu den Discountern, die für uns eine wirklich harte Konkurrenz darstellen. Deswegen sahen sich unsere Arbeitgeber gezwungen, Stunden zu reduzieren, einigen Mitarbeitern wurde sogar schon gekündigt. Meine Kolleginnen sind sehr angespannt. Miete, Kinder, Krankenversicherung, Auto, Rentenversicherung, Ratenrückzahlung für das Haus. Wie werden sie das alles zahlen können?

«Du hast Glück!», wiederholen sie ständig. «Du musst niemanden ernähren.»

Glück ist vielleicht nicht das richtige Wort, aber fest steht, dass ich weniger Verpflichtungen habe als sie und vor allem frei bin zu gehen, falls die Situation sich weiter verschlechtern sollte. Ich könnte es auf Knall und Fall tun, ohne jegliches Problem, sogar auch auf der Stelle.

Dennoch bin ich nicht bereit zum Ablegen, noch nicht. Ich habe ein Gerüst aus Gewohnheiten aufgebaut, die mich an diesen Platz ketten. Inzwischen habe ich sogar eine neue Beschäftigung gefunden, einen Nebenjob, der mir hilft, über die Runden zu kommen und mir vor allem sehr gefällt. Ich übersetze Geschichten für einen italienischen Verlag, hauptsächlich aus dem Deutschen, aber ab und zu bietet sich auch etwas Spanisches an. Dadurch bin ich gezwungen, Bereiche meiner grauen Zellen zu reaktivieren, die in der Routine der Supermarktabläufe verkümmert sind. Durch die Kombination der beiden Beschäftigungen schaffe ich es einigermaßen gut bis zum Monatsende.

Der Kontakt mit dem Verlag ist online, die Arbeit kann ich gemütlich auf meiner Couch oder vor einem Teller Spaghetti in meiner warmen Küche erledigen. Jede Woche erhalte ich einen Text, den ich ins Italienische übersetze und lediglich fristgerecht per E-Mail einreichen muss.

Zugegeben, anfangs hatte ich mit meiner Abneigung gegen die moderne Technologie ganz schön zu kämpfen, bevor ich die Zusammenarbeit schließlich akzeptierte. Wenn ich könnte, würde ich lieber auf vieles verzichten, angefangen beim Handy bis hin zum Computer - mit Ausnahme der Waschmaschine, die ich für nichts auf der Welt aufgeben würde. Ich kann mir nicht vorstellen, die Wäsche am Fluss zu waschen, wie es meine Oma als junges Mädchen machte.

Letztendlich musste ich mich dem Internet ergeben, was immerhin auch eine Unmenge an Vorteilen bringt. Einer davon ist zum Beispiel die Möglichkeit, für den

Arbeitgeber aus der Ferne arbeiten zu können, wie ich es eben mache. Der andere ist, beständigen Kontakt zu Pedro zu halten, der sich auf der anderen Seite des Ozeans befindet. Vor Kurzem habe ich nämlich seine Emailadresse gefunden, und seitdem schreiben wir uns regelmäßig.

10. März 2006

Querida Melissa!

Heute ist ein besonderer Tag aus zwei Gründen. Der eine ist, dass man im Norden Limas einen Wasserfall im Wald entdeckt hat, es heißt, er sei der drittgrößte auf der Welt. Wahnsinn, oder? Pachamama schafft es immer wieder, Geheimnisse vor uns zu verbergen und uns mit ihren Wundern in Staunen zu versetzen.

Der andere ist eher persönlicher Natur: Wie du weißt, bin ich seit ein paar Jahren Yvonnes Buchhalter. Heute Morgen hat sie mich in ihr Büro gerufen (sie versteift sich darauf, es so zu nennen, obwohl es in Wirklichkeit eine Besenkammer ist) und den Wunsch geäußert, mir die Zügel des Hotels zu überlassen. Ein bedrückendes Erbe, aber ich bin stolz darauf. Ich habe schon viele Projekte im Kopf. Zunächst möchte ich die Bettenkapazitäten für die Straßenkinder erhöhen und dann ein ambulantes Schulsystem gründen, um auch die Kinder in den entlegensten Dörfern der Anden zu erreichen. Möglicherweise entscheidest du dich ja irgendwann dafür, nach Cusco heimzukehren, um mir zur Hand zu gehen. Es könnte doch sein, dass du früher oder später von Europa genug hast.

Un abrazo, Pedro.

15. März 2006

Hola chico,

die Neuigkeit über deinen Stellenwechsel ist fantastisch! Und ich bin mir sicher, dass du Yvonnes Rolle ausfüllen wirst. Was die Entdeckung des Wasserfalles betrifft, bin ich mir nicht so sicher, ob es einen Grund gibt, darüber erfreut zu sein. Ich frage mich, ob es nicht besser wäre, Geheimnisse als solche zu belassen. Wenn man alles erfährt, verliert man das Gefühl für Romantik, glaubst du nicht? Verdammter Fortschritt!

17. März 2006

Melissa,

denk nicht zu negativ über den Fortschritt. Im Grunde genommen ermöglicht er es uns, öfter mal in Kontakt zu treten.

Übrigens, du hast nicht auf meine Frage geantwortet: Würde es dir gefallen, wieder hierher zurückzukehren? Du weißt ja, dass es dein Zuhause ist.

22. März 2006

Lieber Pedro,

Du hast recht, die Mails ermöglichen es uns, öfter voneinander zu hören. Aber du wirst zugeben müssen, dass wir heutzutage sehr verwöhnt sind.

Zu Zeiten der Inkas war das anders. Denk an deren Kommunikationsnetz: Eine Gruppe athletischer Kuriere, Chasquis, machten einen Staffellauf von einem Punkt des Imperiums zum anderen, um Meldungen zu überbringen. Da blieb man bestimmt fitter als vor dem Computer!

Um auf deine Frage zurückzukommen: Ich weiß nicht, wo mein Zuhause ist. Peru? Italien? Hier?

4. April 2006

Hija del sol,

so nannten wir dich, kannst du dich noch erinnern? Wenn du in der Sonne warst, wurdest du immer ganz dunkel, aber deine Haare leuchteten mit blonden Reflexen. Was für ein schöner Kontrast!

Ich muss dir noch eine Neuigkeit mitteilen: Eine französische Nichtregierungsorganisation hat uns einen Bus geschenkt, den wir mit Büchern und Heften vollgestopft haben. Wir können nun mit dem „Schulbus" losfahren. Ich werde Mathematik unterrichten und mich auch um den übrigen naturwissenschaftlichen Stoff kümmern. Den Rest vertraue ich Jeanine an, die zurückgekehrt ist, nachdem sie in Frankreich die Schule beendet hat. Wir beide werden uns in nächster Zeit seltener hören, da ich wenig Zeit für E-Mails haben werde. Aber wie du weißt, verfügen wir Inka über Tausende von Möglichkeiten: Ich werde dir meine Gedanken durch den Himmel schicken.

Pedro

UND GLEICH IST ES ABEND[8]
(August 2006)

Ich habe Ulli beim Schminken geholfen, weil ich weiß, dass sie viel Wert darauf legt. Ihre Hände sind inzwischen schwach, nur mit Mühe und Not kann sie den Puder auftragen. Ihr blitzschneller Verfall ist für mich kaum zu ertragen. Die dunklen Flecken auf ihrer Haut scheinen sich auszuweiten, die Wangen sind eingefallen, und die Haare haben ihre frühere Leuchtkraft verloren. Anscheinend gibt der Körper Zeichen, bevor der Verstand es realisiert.

«Die Weiber hier drinnen sind so langweilig», murmelt sie leise, um nicht von der Zimmernachbarin gehört zu werden. «Es ist ungerecht, dass die Frauen die Männer überleben.» Sie schüttelt leicht den Kopf.

«Melissa, lies mir bitte die Einleitung des dritten Gesangs der Hölle vor», fordert sie mich nach einer Weile auf.

---

[8] Salvatore Quasimodo: Ed è subito sera, Ausgewählte Gedichte aus dem Lyrikband Das Leben ist kein Traum, Dt. von Gianni Selvani, Piper, München, 1960.

«Aber Ulli, das ist so traurig», gebe ich zurück, doch ihr flehender Ausdruck lässt mir keine andere Wahl.

Per me si va nella città dolente
per me si va ne l'etterno dolore,
per me si va tra la perduta gente.
Giustizia mosse il mio alto fattore:
fecemi la divina potestate,
la somma sapienza e 'l primo amore;
dinanzi a me non fuor cose create
se non etterne, e io etterno duro.
Lasciate ogne speranza, voi ch' intrate

Der Eingang bin ich zu der Stadt der Schmerzen
Der Eingang bin ich zu den ew'gen Qualen,
Der Eingang bin ich zum verlornen Volke
Gerechtigkeit bestimmte meinen Schöpfer,
Geschaffen ward ich durch die Allmacht Gottes,
Durch höchste Weisheit und durch erste Liebe.
Vor mir entstand nichts, als was ewig währet,
Und ew'ge Dauer ward auch mir beschieden;
Lasst, die ihr eingeht, alle Hoffnung fahren[9]

Sie hört mir mit geschlossenen Augen zu und wiederholt leise die italienischen Verse, die sie mittlerweile auswendig kennt.

Die Atmosphäre hier drinnen, kombiniert mit Dantes Hölle, stimmt mich depressiv, ich muss unbedingt nach draußen und bin sicher, dass auch Ulli frische Luft schnappen sollte. Ich schlage ihr vor,

---

[9]Dante Alighieri: *Die Göttliche Komödie*, dritter Gesang, Vers 1-9, Dt. von Karl Witte, Askanischer Verlag, Berlin, 1916.

einen Spaziergang zu machen.

Während wir uns langsam der Kneippanlage nähern, hält sie sich an meinem Arm fest. Sie ist leicht, ihre Gliedmaßen scheinen fast durchsichtig, zartes Gewebe gespannt auf fragilem Knochenbau.

Sobald ich meine Beine in das kalte Wasser des Beckens tauche, fühlt es sich an, als würden tausend Nadeln auf einmal in meine Waden gerammt. Man sagt, dass es gut für die Durchblutung sei, ein Heilmittel, aber für mich ist es reine Quälerei. Ich werde mich nie an dieses „Wassertreten" gewöhnen. Ulli beobachtet mich vergnügt von der Parkbank aus. Sie meint, ich sei viel zu empfindlich.

Nach ein paar Minuten kommt Gudrun mit einer kleinen Überraschung: Lukas hat gelernt zu gehen und wackelt mit kleinen, unsicheren Schritten zu uns herüber. Als er uns erreicht, setze ich ihn neben Ulli.

Wenn ich sie beide so betrachte, muss ich an einen Vers des sizilianischen Dichters Quasimodo denken.

Ed è subito sera.

Und gleich ist es Abend.

Auf der Bank trennt nur ein kleiner Abstand von wenigen Zentimetern den kleinen Lukas von der zusammengeschrumpften Gestalt meiner deutschen Oma: ein Zwischenraum, erfüllt mit Zukunftsprojekten für das Kind, das noch ein Leben vor sich hat. Doch die Zeit vergeht schnell, und Ulli weiß das. Was bedeutet dieser Abstand für sie? Sieht sie eine Anhäufung an Bruchstücken, wenn sie zurückblickt? Sieht sie trotzdem einen Sinn in einem Leben, das sich als Lüge entpuppte? Ich kann mir wirklich nicht vorstellen, was sie empfunden hat, als sie die Wahrheit über ihren Mann entdeckte.

Wir gehen alle zusammen noch ein bisschen im Wald spazieren, der die Feuchtigkeit des Morgenregens verströmt. Schnell ist Ulli erschöpft, und ich muss sie zurück ins Zimmer begleiten. Gudrun verlässt uns mit Lukas, der schmollend in einer lustigen Mischung aus Deutsch und Italienisch protestiert, weil er noch bei uns bleiben möchte. Ich glaube, dass es ein Fehler ist, mit ihm in zwei Sprachen zu reden, aber Gudrun hat darüber viele Bücher gelesen und behauptet, dass es gut wäre, so weiter zu machen. Später wird er einen Nutzen daraus ziehen.

Als Ulli im Bett liegt, lasse ich sie ausruhen und gehe. Doch anstatt mich nach Hause zu begeben, entscheide ich mich, auf einen Sprung bei Hans an der Bar vorbeizuschauen.

«Hallo Süße! Einen Prosecco?», grüßt er mich fröhlich wie immer.

«Warum nicht.»

«Was tust du hier in der Gegend, wo du ja heute keinen Dienst hast? »

«Mir war es langweilig.»

«Mist, ich hatte gehofft, du würdest sagen, dass du mich sehen wolltest. Hör mal, wann wirst du mir die Ehre einer Verabredung erweisen?»

«Hans, du bist wirklich ein Freund...»

«Und ich wette, dass ich auch nett bin... Na schön, ich hab verstanden. Sag mir, hat Mark dir das Herz gebrochen?»

«Wenn das nur so einfach wäre. Aber bitte, vermeiden wir, über diese Geschichte zu sprechen.»

«Klar. Aber irgendwann musst du doch endlich mal eine Einladung zum Abendessen annehmen.»

«Also, zum Abendessen hast du mich noch nie

eingeladen. Ich würde sofort zusagen.»

«Was für ein Lümmel ich doch bin! Samstagabend?»

NEUE WEGE
(August 2006)

Obwohl ich ihm nie antworte, schreibt Klaus mir hin und wieder einen Brief, seit wir uns kenngelernt haben. Der letzte ist heute angekommen.

Melissa,
*   wohnst du noch unter dieser Adresse? Ich hoffe von Herzen, dass dem nicht so ist. Ich wünsche mir, dass du beschlossen hast, dieses Leben, in dem du deinen Platz nicht findest, zu ändern. Du wirst dich wundern, warum ich so über dich spreche, doch ich bin mir sicher, dass ich richtig liege und dass du nicht zufrieden bist. Ich habe es an deiner Unruhe gemerkt: Zu konzentriert auf der Suche der Vergangenheit, hast du dein Dasein auf Standby gesetzt.*
*   Es ist ein Jammer, eine Existenz zu führen, welche uns nicht entspricht, findest du nicht? Verweigere deinen schönsten Jahren nicht den Reiz, ungeahnte Talente zu entdecken. Stelle dich jedem Tag, suche ständig neue Herausforderungen. Für dich ist noch nicht die Zeit gekommen stehenzubleiben. Nutze deine Jugend, um neue Wege zu erforschen.*

Bitte denke jetzt nicht, dass ich dir die Rolle des weisen Weltmannes oder des Vaters, der ich nie gewesen bin, vorspielen möchte. Dies sind nur Überlegungen, geboren aus jahrelangen Erfahrungen, die ich dir anvertrauen möchte, als kleines Erbe - Gedanken, die du vielleicht in der Zukunft brauchen könntest. Schlussendlich aber kannst nur du selbst deinen Schritten eine Richtung geben.

Ich habe diesmal noch einen anderen Grund, weshalb ich schreibe. In meinem Leben werden sich einige Dinge ändern. In erster Linie will ich wieder mit dem Schreiben anfangen, allerdings nicht für irgendeine Zeitung, sondern nur für mich. Ich werde mich den Themen widmen, die mir am meisten am Herzen liegen, und du weißt, dass in meinem Herzen Asien ist.

In zwei Wochen reise ich nach Laos ab, wo ich vorhabe zu bleiben. Möglicherweise bekommst du Lust, mich zu besuchen. Sobald ich eine feste Adresse habe, gebe ich sie dir bekannt.

Melissa, ich hoffe, dass du mir früher oder später vergeben wirst.

Dass du uns vergeben wirst.

Klaus

ER LIEBT MICH, ER LIEBT MICH NICHT
(September 2006)

«Wieso gehst du nicht zu ihm?»

«Wer weiß, vielleicht eines Tages. Schließlich würde ich gerne mal Laos sehen.»

«Tu bitte nicht so, als würdest du mich missverstehen. Du weißt ganz genau, dass ich nicht Klaus meine.»

«Gudrun, höre bitte damit auf. Wir haben schon darüber diskutiert.»

Der rote Ahorn verliert die Blätter. Vom Wind gestreichelt, gleiten sie sanft zu Boden. Ein neuer Herbst ist da.

«Hör mal, letzen Endes hat er doch angerufen. Sag bloß, dass du dich darüber nicht gefreut hast.»

Selbstverständlich war ich wegen seines Anrufs glücklich und ausgesprochen bewegt. Als Marks sanfte Stimme mein Ohr erreichte, um von dort geradewegs in den Bauch vorzudringen, setzte meine Atmung für einen Augenblick aus.

«Ich kann nicht, wirklich, ich kann einfach nicht.»

215

«Wegen der Reue, die du gegenüber Gabi empfindest? Das ist absurd, Gefühle kann man nicht kontrollieren. Es ist passiert, es war offenbar Schicksal. Außerdem, was hält dich hier noch fest?»

«Ich weiß es nicht, die Leere vielleicht.»

«Wie meinst du das?»

«Lass es gut sein, das ist eine komische Sache.»

Es ging mir schon während der Schulzeit so. Wenn ich ein Ziel vor Augen hatte, strengte ich mich bis zur Erschöpfung an, um es zu erreichen. Aber nach dieser Zeit unermüdlicher Belastung, nachdem ich die Prüfung oder den Wettkampf bestanden hatte, erlebte ich ein erdrückendes Gefühl der Leere, das mich in einen Zustand der Bewegungslosigkeit und Teilnahmslosigkeit fossilisierte. Es dauerte anschließend eine ganze Weile, bis ich wieder den Normalzustand erreicht hatte. Die Ohnmacht, die ich seit dem Tod von Eleonora empfand, und die Entdeckung der Wahrheit über meine Eltern waren lähmender als jede andere Prüfung meines Lebens. Um eine solche Lähmung zu überwinden, braucht man ein großes Maß an Kraft. Ich habe das Gefühl, der benötigte Energieaufwand entspricht genau der Tiefe des Abgrunds, in den ich gefallen bin. Gudrun kann nicht begreifen, wie viel mich das alles gekostet hat. Das Ergebnis ist, dass ich meinen Treibstoff aufgebraucht habe. Ich bin zu schwach, sogar für eine Beziehung.

«Können wir bitte das Thema wechseln?».

«Es ist immer dasselbe. Sobald wir über Sachen reden, die dir am Herzen liegen, ziehst du die Bremse und machst eine Wendung.»

«Na und?»

«Das ist einfach ungesund.»

«Amen.»

«Gut, wie du meinst. Wechseln wir das Thema. Möchtest du meine Trauzeugin werden?»

«Hat dir Richard einen Antrag gemacht?», frage ich begeistert.

«Ja, wurde auch Zeit», erwidert sie selbstbewusst. Der zufriedene Unterton ihrer Stimme ist kaum zu überhören.

«Und wann ist die Hochzeit?»

«Wir haben noch kein Datum festgelegt, aber nicht mehr in diesem Jahr. Also mach dir keine Sorgen, es ist genügend Zeit, um die Pölsterchen zu beseitigen, die du dir hast wachsen lassen», antwortet sie grinsend.

«Wie unverschämt!», beschwere ich mich und versuche gleichzeitig, sie mit einem Kissen zu treffen. Sie schnappt sich ein anderes zur Verteidigung, und wir liefern uns eine Schlacht, der es an Schlägen nicht mangelt.

Lukas, der bis dahin gelassen mit seinem Zug gespielt hat, kommt unter dem Tisch hervor und beobachtet uns verwundert.

FRISCHE DATTELN
(Dezember 2006)

Marokko hat in mir immer Bilder von exotischen Welten, verführerischen Frauen mit Henna-Tätowierungen und geheimnisvoll blickenden Männern mit Turban hervorgerufen. Was ich bis jetzt gesehen habe, befriedigt voll meine Erwartungen, auch wenn ich die Gegend durch das Fenster eines Autos betrachten muss und sie an mir vorbeizieht wie ein Film über Lawrence von Arabien. Die Sonne, die das Blech des Autos erhitzt, hat den Innenraum in einen Backofen verwandelt. Es war ein Fehler, einen Wagen ohne Klimaanlage zu mieten, aber ich hätte nicht gedacht, dass dies im Dezember nötig sein würde.

Ich mache eine Pause und steige aus, um mich zu strecken. Während ich noch meine Augen reibe, steht schon ein Verkäufer da, der vor meinen Füßen seine Teppichsammlung ausbreitet. Es ist unglaublich, wie geschickt sie sich aus dem Nichts materialisieren können. Der Teppich, den er mir verkaufen möchte, ist wirklich schön, aber der Preis erscheint mir unverschämt hoch. Ich habe ohnehin nicht vorgehabt, irgendetwas zu kaufen. Enttäuscht überredet er mich, zumindest der nahen *Kasbah* einen Besuch abzustatten. Er ist der Aufseher und hat den Schlüssel. Selbstverständlich rechnet er mit ein bisschen *Bakshish*, Trinkgeld. Wir steigen verwahrloste Stufen hinauf und erklimmen Leitern, bei denen einige Sprossen fehlen. Im ersten großen Saal gehen wir an der Mauer entlang, weil im Zentrum der Boden eingebrochen ist. Alles wirkt gelinde gesagt etwas baufällig, doch ich finde, es hat sich trotzdem gelohnt herzukommen, denn dank der mit minuziösen Arabesken verzierten Wände und der elegant geschnitzten Holzdecke aus Zedernholz sind die Säle wahrhaft schön. Durch das elegante Schmiedeeisengitter eines Fensters lasse ich den Blick über die Landschaft schweifen. Die schneebedeckten Berge der Atlaskette bilden einen bezaubernden Kontrast zur roten Erde und den Palmoasen. Während mein Führer sachkundig über die Geschichte des Ortes referiert, beobachte ich seine theatralische Mimik, die mir, zusammen mit seinem dunklen Kaftan und einem blau-orange gemusterten Turban, das perfekte Fotomotiv liefert. Ich kann nicht widerstehen und frage, ob ich ihn fotografieren darf. Er ist sehr freundlich und setzt sich in Pose, allerdings beharrt er darauf, dass ich den Selbstauslöser aktiviere, damit wir zusammen auf dem Bild erscheinen. Anschließend begleitet er mich durch die anderen Räume der *Kasbah*. Unterdessen plaudern wir angenehm weiter, bis ich bemerke, dass es ziemlich spät geworden ist. Bedauerlicherweise muss ich mein kurzes Gastspiel als Scheherazade abbrechen und den Besuch beenden, um weiterzufahren. Ich reiche meinem provisorischen

Reiseführer das Trinkgeld und werfe noch einen letzten Blick auf die *Kasbah*.

Die Straße schmiegt sich jetzt an einer felsigen Flanke des Berges entlang, und das Auto hat Mühe mit dem Aufstieg. Als endlich der höchste Punkt der Strecke bewältigt ist, beginnt eine sehr lange Abfahrt. Der Weg schneidet in eine Ockerlandschaft ein, in der gelegentlich einsame Dünen und stille Oasen auftauchen, während sich die Festungen aus roter Erde kaum vom felsigen Hintergrund abheben. Je näher ich der Sahara komme, desto dunkler wird die Haut der Bewohner. Neben der Fahrbahn verkaufen barfüßige Kinder Datteln an die wenigen Touristen, die auf der Durchreise sind. *Wer Datteln pflanzt, isst keine Datteln*, rezitiere ich laut. Dieser alte Ausspruch meines Opas bezieht sich auf die Tatsache, dass die Datteln vom Pflanzen bis zur ersten Frucht sehr lange Zeit brauchen. Mein Großvater probierte die sehr süß schmeckenden länglichen Früchte zum ersten Mal während des Afrikafeldzuges. Sie sind das einzig Positive, woran er sich erinnert, wenn er doch einmal an jene dramatische Phase seines Lebens zurückdenkt, die er eigentlich bis heute zu vergessen versucht. Aber das ist schwer, denn das Gedächtnis lässt nicht locker. Ich weiß, dass er nachts noch immer von Bildern seines Kameraden heimgesucht wird, der sich an ihm festklammert, in der Hoffnung auf Rettung, obwohl es ihm den Unterleib weggerissen hat.

Ich habe Weihnachten und den Stephanstag bei meinen Großeltern in Italien verbracht. Dann, am siebenundzwanzigsten Dezember, bin ich in eine Reiseagentur geschlüpft und habe einen Lastminute-Flug nach Marokko gebucht. Ich habe nicht einmal

Mark davon in Kenntnis gesetzt, denn ich will ihn überraschen. Ich muss den Verstand verloren haben, sage ich mir immer wieder. Es ist gar nicht sicher, dass er noch dort ist. Das letzte Mal, als ich von ihm hörte, arbeitete er an einem Projekt für einen Musikverlag, der sich für die Melodien der Tuareg interessierte. Das liegt aber nun schon drei Monate zurück.

Ein leichter Wind wirbelt den feinen Saharasand auf, der wie Puder die leuchtenden Farben des Panoramas verschleiert.

Endlich gelange ich an eine Ortschaft und bleibe vor einem Schild stehen: *Tomboctou 50 jours*. Ab da kann man, wenn man mit einer Karawane unterwegs ist, die mythische Stadt in Mali in fünfzig Tagen erreichen. Wird auch für mich dieses Abenteuer eine Reise in mich selbst werden, wie im Film „Himmel über der Wüste"?

Die Müdigkeit, die wie ein Stein auf meinen Schultern lastete, ist wie weggeblasen. Ich habe das Gefühl, am Ziel angekommen zu sein. Unglücklicherweise ist die Erleichterung nur von kurzer Dauer, weil auf einmal besorgniserregende Rauchsäulen unter der Motorhaube hervorquellen. Sofort findet sich eine kleine Schar von Männern und Jugendlichen ein.

Sie schauen mich an und tuscheln in einer für mich unverständlichen Sprache. Zu meiner großen Freude höre ich plötzlich eine vertraute Stimme, die mein Herz schneller schlagen lässt.

«Mit einem Dromedar wäre das nicht passiert.»

Ich erkenne den vertrauten, holprigen Akzent, der so sinnlich klingen kann. Ich fasse es nicht! Mark. Es ist gar nicht nötig gewesen, ihn zu suchen.

«Da hast du recht. Das nächste Mal werde ich vorsichtiger sein», antworte ich und umarme ihn. Der ungepflegte Bart, den er sich hat wachsen lassen, kratzt leicht an meiner Stirn.

«Du hast dich endlich entschlossen, zu mir zu kommen!», fügt er hinzu und erstickt damit meine Befürchtungen, nicht willkommen zu sein.

Er nimmt das Auto unter die Lupe und gelangt zu dem Schluss, dass es der Keilriemen war, der Probleme bereitet hat.

«Heute kann man nichts mehr machen, wir denken morgen darüber nach.»

Schließlich führt er mich zu seinem Zelt, so nennt er seine Unterkunft, die aus getrocknetem Lehm mit einem Dach aus Kamelfellteppichen besteht. An manchen Stellen kann man durch das Gewebe den Nachthimmel erkennen, an dem gerade die ersten Sterne aufglimmen.

«Das Gute an diesem Ort ist, dass sich Nachrichten schnell verbreiten. Vor allem, wenn es sich um eine allein reisende Frau handelt», erklärt er, während er draußen am Feuer Minztee und Cous Cous für uns vorbereitet.

Inzwischen verstaue ich mein leichtes Gepäck in einer Ecke der Hütte. Ich muss lächeln.

Witzig, dass die Männer in meinem Leben es lieben, so zu wohnen: in einfachen Bleiben mit durchlöcherten Decken, durch die man die Sterne sehen kann.

EINE GUTE FREUNDIN

Auch der Morgen duftet nach Minze.

Mark sitzt auf einem Hocker vor der Hütte und stimmt seine Gitarre. Von drinnen beobachte ich eine ganze Weile seinen misslungenen Versuch, die zarten Gesichtszüge des ewigen Jungen hinter einem finsteren Bart zu verbergen.

«Guten Morgen, Sandrose», begrüßt er mich mit morgendlich heiserer Stimme, als ich schließlich aus der Hütte trete.

Es ist kalt. Ich wickle mich in den Mantel, den er mir gegeben hat, und setze mich, um das Schauspiel der Sonne zu bestaunen, die schnell die Überreste der Nacht zerschneidet. Mein Blick folgt einem Sonnenstrahl, der Marks Stirn streift.

Er riecht gut. Ein Hauch aus bekannten, sinnlichen Düften erinnert mich an jenen Tag, den letzten, den wir zusammen verbracht haben.

Bedauerlicherweise dauert unsere Intimität nicht lange an. Ein paar Männerstimmen dringen zu uns herüber, und als sie näher kommen, entdecke ich, dass auch zwei Frauen zu der Gruppe gehören. Ich habe Mühe, den scharfen Blick zu ignorieren, der mir von einer der beiden entgegengeschleudert wird.

Mark beginnt mit den Vorstellungen.

«Das ist Melissa, eine gute Freundin, die für eine Weile hier bei uns bleiben wird.»

Ein Krampf erfasst meinen Magen. Eine gute Freundin! Nur eine gute Freundin? Ich weiß nicht, was ich erwartet habe. Im Grunde genommen hätte er gar nichts anderes sagen können.

Die Frau, die mich immer noch anstarrt, heißt Fatima und ist die Erste, die mir die Hand reicht. Einer nach dem anderen folgt ihrem Beispiel.

Wir versammeln uns ums Feuer. Mein Nachbar, Ibrahim, erzählt mir, dass sie ursprünglich aus Mali stammten, von wo sie aber wegen der militärischen Unterdrückung geflüchtet seien.

Zusammen bekämpfen sie das Heimweh mit der Musik. Ich weiß nicht viel über Mali, auch nicht über die Geschichte dieser Leute. Ich würde ihnen gerne mehr Aufmerksamkeit schenken, da es mich wirklich interessiert, aber ich kann mich nicht auf ihre Worte konzentrieren. Ich sehe Mark nicht mehr.

«Wir hatten einen Glückstreffer!», erklärt Ibrahim. «Eines Tages, während wir spielten, kam Sébastien Rochard vorbei.»

«Wer?», frage ich abgelenkt, weil mir ein schneller Seitenblick bestätigt, dass auch Fatima verschwunden ist.

«Der berühmte französische Produzent, kennst du ihn nicht?»

«Nie von ihm gehört, ehrlich gesagt.» Während ich

das sage, entspanne ich mich ein bisschen, da Mark wieder in mein Blickfeld tritt.

«Also, um es kurz zu machen: Rochard hat gesagt, dass unsere Musik etwas Besonderes ist, und uns angeboten, an einem Projekt zur Musikforschung teilzunehmen. Jetzt bereiten wir uns mit Mark auf eine Tournee vor.»

«Warum geht ihr nicht in ein Tonstudio?»

«Um den Kontakt mit unseren Wurzeln zu bewahren. Unsere Musik erzählt von der Wüste, von Schritten im Sand und Dromedarkarawanen. Unsere Inspirationsquelle ist die Stille der Sahara.»

Mark fängt an, eine Art Laute zu spielen, und einige Mitglieder der Gruppe stimmen mit Flöten ein.

Zu diesen Klängen steht Fatima auf. Sie tanzt und singt, durchflossen von einer Strömung, die direkt aus dem Inneren der Erde zu kommen scheint. Die Flöten der Männer spornen sie an. Ich bemerke schweren Herzens, dass Marks Blick an ihr haftet.

«Was die andere Frau, Samira, spielt, nennt sich *imzad*», flüstert mir Ibrahim zu und nimmt dann auch eine Flöte.

Das Tempo steigt, und alle werden wie von einer kollektiven Ekstase erfasst. Ich bin die einzige Ausgeschlossene. Plötzlich fange ich an, mich unwohl zu fühlen: Kalter Schweiß läuft mir den Rücken hinunter, und vom Bauch aus entwickelt sich ein Stechen, welches augenblicklich auf den ganzen Körper ausstrahlt.

Ich muss mich aus der Gruppe stehlen, ohne Aufsehen zu erregen.

Ich erkenne die Symptome, es sind Eifersuchtsanzeichen. Verlegen entferne ich mich in

Gedanken versunken, bleibe jedoch nicht lange allein, da Ibrahim mir nachläuft.

«Darf ich dir Gesellschaft leisten?»

«Warum spielst du nicht mit ihnen weiter?»

«Sie brauchen mich jetzt nicht. Wir haben viel Zeit zur Verfügung.»

Es kommt mir vor, als könnte er meine Gedanken lesen, denn er fügt hinzu:

«Fatima ist geschieden, seit Langem hat sie es auf Mark abgesehen. Bis heute war sie sehr diskret. Aber jetzt bist du auf der Bildfläche erschienen und hast sie mit deiner Anwesenheit bedroht. Sie möchte Mark verführen und dich provozieren. Ich kenne sie gut, sie ist meine Schwester.»

Er holt eine Pfeife heraus, zündet sie an und reicht sie mir. Ich nehme sie entgegen. Nach den ersten Zügen bekomme ich einen schweren Hustenanfall, doch dann gewöhne ich mich daran.

«Was ist passiert?», erreicht mich die besorgte Stimme Marks.

Leider entwischt mir eine Äußerung, die ich eigentlich vermeiden wollte.

«Ich bin eifersüchtig.»

Er entgegnet nichts, nimmt nur meine Hand, gibt mir wie verärgert einen Ruck und schleppt mich ein Stück weg, wo uns keiner hören kann.

«Was sagst du da?»

«Hör auf. Du musst mir nichts vorspielen. Letztlich ist es dein Recht, du musst dich nicht verstecken. Du bist ein freier Mann.»

«*Shut up!*», unterbricht er mich. «Komm, gehen wir den Keilriemen für dein Auto kaufen.»

Jetzt schäme ich mich für meine Reaktion,

normalerweise mache ich nicht solche Szenen. Also folge ich ihm ohne Einwand.

«Fatima und ich haben uns nur Gesellschaft geleistet», haucht er.

«Reden wir nicht mehr darüber», bitte ich ihn.

Wir fahren nach Ouarzazate, wo Mark einiges zu erledigen hat und ich einen Keilriemen besorgen kann. Obwohl die Fahrt mehrere Stunden dauert, sprechen wir nicht besonders viel miteinander. Bevor wir uns schließlich auf den Rückweg machen, gehen wir in ein sehr einfaches Restaurant etwas außerhalb der Stadt, direkt an der Straße. Gleich neben dem breiten Eingang steht der Koch am Herd. Das Lokal ist ein einziger großer Raum, ohne Trennung zwischen Küche und Gastbereich. Hinter einer langen gefliesten Theke wird Minztee zubereitet. Die Tische und Stühle sind ganz schlichte Gartenmöbel aus Plastik. Wir setzen uns und bestellen Tajine.

Diese Mahlzeit kostet uns ein bisschen Zeit, doch ich habe das Gefühl, dass sie unsere Gemüter besänftigt, vor allem Marks.

Während der Rückfahrt legen sich lange Schatten auf den durch die Dürre ausgetrockneten Boden. Ich lasse mich in den Sitz sinken und betrachte melancholisch die Landschaft draußen, welche so beruhigend auf mich wirkt. Marks Fahrweise ist sehr angenehm. Schon bald schlafe ich ein. Als ich die Augen wieder öffne, sehe ich, dass er mit seinem Jeep einen Weg zwischen den Dünen sucht.

«Wo sind wir?», erkundige ich mich verwirrt.

«Heute Nacht schlafen wir unter freiem Himmel», antwortet er und schenkt mir sein bezauberndes Lächeln.

JENE TASSEN TEE

Seit dieser Nacht in der Wüste sind schon einige Monate vergangen, aber noch immer verfolgt mich Marks entrüsteter Blick.

Zu meiner Überraschung war diese Nacht geplant, er hatte alles Nötige dabei, um in der Wüste zu bleiben. Ich half ihm beim Aufbauen des Zelts. Nachdem er gekonnt ein Lagerfeuer entzündet hatte, saßen wir eine Weile schweigsam nebeneinander und beobachteten die emporzüngelnden Flammen, während jeder seinen Gedanken nachhing.

Unvermittelt kniete sich Mark vor mich hin, schloss seine Hände behutsam um meine, starrte mich mit einem fast flehenden Ausdruck an.

«Ich will ohne dich nicht leben. Ohne deine obsidianfarbenen Augen, die wehmütig in die Ferne schauen. Ohne deine rührende Unsicherheit. Du bist mein erster Gedanke beim Aufstehen und mein letzter, bevor ich einschlafe. Du lässt mir keine Ruhe, mein

Verlangen nach dir wird immer brennender. Jedes Mal, wenn ich ein Lied schreibe, versuche ich die Stunden heraufzubeschwören, die ich mit dir verbracht habe, denn sie geben mir die Inspiration. Du füllst jeden Winkel meiner Seele, jeden Gedanken, jede Träne.»

Seine unerwartete Liebeserklärung raubte mir den Atem. Ich sah mich nackt in seinen Augen gespiegelt und erkannte meine Verwirrung. Obwohl ich diese Worte lang herbeigesehnt hatte, trafen sie mich unvorbereitet.

«Ich weiß, dass es selbstsüchtig ist, ausgerechnet jetzt, wo du gerade auf der Suche nach deinem Weg in die Zukunft bist. Aber ich kann nun mal nicht anders. Ich weiß, dass ich dir helfen kann, zumindest einen Teil der Leere zu füllen, die du in dir verbirgst.»

Zu meinem Erstaunen zog er eine glänzende Schatulle heraus, die im unruhig tanzenden Licht der Flammen schimmerte. Panik übermannte mich.

«Bitte Mark, nicht...»

«Willst du mich heiraten?», fragte er zärtlich und enthüllte dabei einen silbernen Ring.

Als befände ich mich in tödlicher Gefahr, sprang ich auf und trat wankend einige Schritte zurück.

Mein entschlossenes Nein brach mit brutaler Wucht hervor und verhallte in der Weite der Wüste.

Mit trauriger Miene blickte er zu mir auf. Eine Ewigkeit. Dann wandte er sich wieder dem Feuer zu und vergrub die Schatulle im Sand.

Ich konnte das Zucken um seinen Mund deuten, es war Schmerz. Trotzdem gab es nichts mehr zu sagen, meine schneidende Antwort hatte dem Gespräch ein abruptes Ende gesetzt.

Ich war wütend auf ihn, er hätte das wissen müssen,

wozu diese plötzliche Eile? Er hätte mich nicht fragen dürfen. Nicht jetzt.

Ich verließ ihn noch vor Sonnenaufgang. Er lag neben dem bereits abgekühlten Lagerfeuer. Beim Aufstehen stieß ich den auf einem Steinquader stehenden Teekessel an, der mit einem dumpfen Schlag in den Sand plumpste.

Ich flüsterte: *Es tut mir leid!* Einen Moment hatte ich das Gefühl, eine Bewegung seiner Schulter wahrzunehmen.

Bemüht, mich nicht zu verlaufen, nahm ich die fernen Lichter des Dorfes ins Visier, die vor dem heller werdenden Himmel immer schwächer leuchteten. An diesem frühen Morgen hatte die Dämmerung etwas Magisches an sich, ein ätherischer Schleier legte sich langsam über den Horizont und tauchte die Dünen in ein sanftes, rosa angehauchtes Licht. In der Stille hörte ich nur meine dumpfen Schritte im Sand und das leise Rauschen des Windes. Ich musste an Ibrahims Worte denken. *Unsere Musik erzählt von der Wüste, der Stille und den Schritten im Sand.* Wie es wohl wäre, hier zu leben, in dieser unendlichen Ruhe?

Ich dachte viel über das Geschehene nach, und als ich zwei Stunden später das Dorf erreichte, hatte ich mich beruhigt und Mark schon verziehen.

Das Erste, was ich sah, war Ibrahim, der auf seiner Flöte spielte. Als ich ihn erreichte, nahm ich neben ihm Platz, in der Hoffnung, Ablenkung von meinem Kummer zu finden. Er muss etwas geahnt haben, da er mich kurz musterte, dann aber doch nichts fragte und weiter musizierte.

Ein paar Stunden vergingen, bis Mark auftauchte.

«Vergib mir», entschuldigte er sich, als wir schließlich wieder allein waren und er mich in die Arme nahm. «Ich hätte dich nicht drängen sollen. Erst musst du in deiner Vergangenheit Ordnung schaffen. Möglicherweise kann ich dir dabei helfen.»

Verständnislos starrte ich ihn einige Sekunden lang an. Da er offenbar nicht vorhatte, noch etwas hinzuzufügen, fragte ich ihn, was er damit sagen wolle.

«Vertrau mir», antwortete er lakonisch.

Dann verschwand er für ganze zwei Tage.

Am dritten Tag, während ich gerade versuchte, mit den wenigen Sachen, die ich im Dorf aufgetrieben hatte, ein notdürftiges Mittagessen zusammenzustellen, streifte mein Blick Marks Jeep, der Wolken aus Staub aufwirbelte. Von der Sonne geblendet, bemerkte ich allerdings nicht sofort, dass neben ihm noch jemand saß.

Als ich die Person erkannte, die ihn begleitete, fingen meine Beine zu zittern an.

Ich hatte sie lange nicht mehr gesehen. Sie trug eine dunkle Sonnenbrille und war ganz in Schwarz gekleidet. Ein Foulard verhüllte ihre kupferrote Haarpracht. Sie musterte mich mit unverhohlener Gefühlskälte.

Mark brach das Eis, indem er uns auf eine Tasse Tee einlud.

Ich habe nicht mitgezählt, wie viele Tassen Tee ich während des Aufenthalts in Marokko getrunken habe. Aber jedes Mal schien es mir so, als sei es ein Ritual, um versteckte Türen zu öffnen. Bei solchen Gelegenheiten, am Boden sitzend und versammelt um süß duftende Tassen, wagen es die Menschen, durch die aufsteigenden Rauchsäulen des Minztees den Blick schweifen zu lassen, um im richtigen Moment in die Abgründe des anderen einzutauchen und unerforschte Tiefen zu erkunden.

Der Tee belebte in Gabi ein altes Relikt, das unter dem Sand der Jahre begraben lag.

Als sie sich nämlich nach ewigem Schweigen entschied, das Wort zu ergreifen, bat sie mich, ihr ohne Unterbrechung zuzuhören.

KRIEG UND FRIEDEN[10]

«Ich habe ein Atelier in Marrakesch eingeweiht, hat Mark es dir erzählt? Endlich kann ich meiner exzentrischen Laune freien Lauf lassen und meine extravaganten Kunstwerke ausstellen, statt die von anderen zu restaurieren. Ich bin in einer beständigen Phase meines Lebens angekommen, aus der ich die Exzesse der Jugend verbannt habe. Ich begehre nicht mal mehr einen Partner, das würde nur zu Unruhe führen. Ich will mich ganz mir selbst und der Kunst widmen. Leider sieht es wohl so aus, als könnte ich erst dann ein neues Kapitel meines Lebens anfangen, wenn ich gewisse vergangene Knoten entwirrt habe. Gestern stand Mark vor meiner Tür. Ich dachte, er wäre gekommen, um das Ergebnis meiner Arbeit zu sehen, immerhin habe ich ihn oft eingeladen, seit ich in Marokko bin. Aber nein. Er kommt als Botschafter. *Melissa ist hier, ich bringe dich zu ihr,* verkündet er, ohne

---

[10] Zitat: Es handelt sich um den Titel eines Werkes von Lev Tolstoj

mir die Möglichkeit zu geben, etwas einzuwenden. Es mag absurd klingen: Immerhin hatte ich in Deutschland monatelang die Chance, mit dir zu reden, ergriff jedoch nie die Initiative. Vielleicht wartete ich auf eine Gelegenheit wie diese, gewissermaßen auf neutralem Boden, um endlich einen Frieden mit der Vergangenheit auszuhandeln, den wir beide verdienen.»

Ich schaute sie nur fragend an, weil ich nicht begriff, worauf sie genau hinauswollte. Am liebsten hätte ich sie gedrängt, schnellstmöglich zum Punkt zu kommen. Doch ich hatte versprochen, sie nicht zu unterbrechen.

«An einem kalten, schneereichen Tag bist du wieder in meinem Leben aufgetaucht. Ich hätte auch zum Skifahren gehen können, aber ich beschloss, den Tag gemütlich zu Hause zu verbringen, um ein bisschen Ruhe zu genießen. Dann kommt dieser Anruf. Die Schmidts sagen, dass mich eine junge Frau suche. Sie heiße Melissa und sei Italienerin. Der Telefonhörer entgleitet meiner Hand und fällt zu Boden, während Herr Schmidt unbeirrt weiterspricht. Ich hebe den Hörer wieder auf, bedanke mich und hänge ein. In der Zwischenzeit ist Mark nach Hause gekommen. Ich sage nur: *Eleonora hat mir verziehen*. Dann eile ich mit dem Mantel in der Hand hinaus.»

Gabi fing an, sich beide Schläfen zu reiben, als bereitete ihr die Anstrengung des Sprechens Schmerzen.

«Ich täuschte mich: Du warst nicht die Friedenstaube, sondern meine Bestrafung. Du erzählst mir von Eleonoras Unfall, und ich weigere mich, es zu glauben. Ich fasse es nicht, dass sie so weggegangen ist, ohne mir die Möglichkeit zu einer Versöhnung zu geben.»

Gabis Stimme überschlug sich, und Mark legte ihr die Hand auf die Schulter, um sie zum Weiterreden zu ermutigen.

«Wir waren wie Schwestern. Das beruhte auf einer stillschweigenden Abmachung während unserer Universitätszeit. Wir teilten miteinander die Jahre der studentischen Protestbewegungen, begeisterten uns für dieselben Ideale, schlossen das Studium gleichzeitig ab. Nein, wir waren noch mehr als Schwestern, wir waren ein und dieselbe Person. Ich liebte sie. Aber ich beging einen großen Fehler, den sie mir nicht verzeihen konnte. Trotzdem hatte sie nicht das Recht zu sterben, ohne mir Gelegenheit zu geben, ein letztes Mal alles zu klären.»

Es folgte eine weitere Pause. Diesmal zuckte ich vor Nervosität, doch das kümmerte Gabi nicht im Geringsten.

«Du hast sicherlich im Tagebuch deiner Mutter über Bob gelesen. Das Geld war knapp, und wir fingen an, in seinem Lokal zu arbeiten. Es war ein multikultureller Mikrokosmos, in dem wir uns wie Zuhause fühlten. Bob war unser Guru. Geschützt von seiner milden Aura, traf man sich bei ihm, um über die Ereignisse zu diskutieren, welche damals die Welt erschütterten, und um Demonstrationen gegen die Missstände der Gesellschaft zu organisieren. Wir hörten die Lieder unserer Generation, sangen die Schlager von Dylan und Joan Baez. Gerne ließ Bob sich von der Musik treiben, er sprang dann barfuß ins Zentrum des Raumes und improvisierte einen Regentanz. Wir starrten gebannt auf diesen wie aus

Ebenholz geschnitzten Körper, der Stärke und Männlichkeit ausstrahlte. In seinem wilden Tanz wirkte er losgelöst von physischen Grenzen und führte Bewegungen aus, die uns allen unnachahmlich zu sein schienen und magnetisch wirkten. Beim Tanzen brachte er die edle Haltung seiner Massai-Vorfahren zum Ausdruck. So musste sein Großvater ausgesehen haben, als er kühn und waghalsig für seine heilige Heimat gegen die britischen Kolonialherren kämpfte - gegen den Feind, der ihm seinen wertvollsten Schatz geraubt hatte: Ein englischer Soldat hatte seine Tochter verführt und ins ferne England fortgebracht.

Dieses Lokal wurde zum Nabel der Welt für uns, wir fühlten uns dort geborgen.

Bob machte sich dadurch viele Freunde, aber auch viele Feinde. Man beschuldigte ihn, Unruhestiftern Zuflucht zu geben. Die Wahrheit war, dass sich die Kleinbürger der Gegend regelrecht vor uns fürchteten. Wir waren zu rebellisch für deren Geschmack, wir störten die Ruhe ihrer sterilen Existenz. Kurz gesagt, wir gefährdeten ihre Privilegien, weil wir nach einer gerechteren Gesellschaft strebten und forderten, dass der Sohn eines Arbeiters dieselben Zukunftsaussichten haben sollte wie einer der gehobeneren Gesellschaft.»

«Es ist gut, Gabi, verschone mich mit deiner Belobigung der Protestbewegung, es reicht!» unterbrach ich sie, genervt von ihrer weit ausholenden Geschichte.

Sie funkelte mich einen Moment böse an. Dann nahm sie den Faden ihrer Erzählung wieder auf.

«Für Bob brachen harte Zeiten an. Jeden Tag fand er die Rollläden beschmiert mit rassistischen Schriften vor. Man versuchte sogar, seine Bar in Brand zu stecken. Er ließ sich jedoch nicht davon abschrecken. Zwar legte er meist die perfekte Art eines englischen Gentlemans an den Tag, aber wenn es ums Kämpfen ging, regte sich in ihm wieder das kühne Gemüt seiner Vorfahren.

Und ja, dann passierte es: Eleonora verliebte sich in ihn. Das hatte noch gefehlt, sie waren nicht füreinander bestimmt, ich wusste es von Anfang an. Er war sinnlich…wie ich auch. Deine Mutter war rein, fast asketisch in ihrer Art zu lieben. Das konnte nicht gut gehen. So liebten Bob und ich uns heimlich, weil wir beide wussten, dass sie sonst leiden würde. Wir wollten sie nicht verletzen.»

Ja genau, da war es doch viel besser, es hinter ihrem Rücken zu treiben.

«Von heute auf morgen kippte allerdings die Lage unerwartet. Ich erfuhr, dass ich ein Baby erwartete. Kannst du dir das vorstellen, ich mit einem Kind?»

Sie legte wieder eine Pause ein und erforschte mein Gesicht, womöglich in Erwartung eines verständnisvollen Ausdrucks von mir, aber ich zwang mich, einen mitleidlosen Blick zu bewahren.

«Zu meiner großen Überraschung machte sich Bob aus dem Staub, nachdem er mich geschwängert hatte. Eines Tages kam ich zur Bar, und es war einfach abgesperrt, ein Schild hing am Rollladen: *Geschlossen wegen Geschäftsaufgabe.* Ich hoffte, es wäre ein Scherz, doch leider musste ich mir eingestehen, verlassen worden zu sein. Ich bat also meine Familie um Hilfe, woraufhin meine Eltern mir die Fahrt nach Amsterdam bezahlten und sich um einen Termin für die Abtreibung kümmerten. Als ich zurückkehrte, schöpfte niemand Verdacht. Deiner Mutter erzählte ich die Wahrheit erst, als ich zu euch nach Peru kam.»

Deshalb war sie so abrupt abgereist.

«Ich habe in meinem Leben viele Männer gehabt. Des Öfteren habe ich mich in ein Trugbild verliebt; so wie im Fall von Bob. Er war nicht der aufrichtige Mensch, der er zu sein schien, sondern eher das Gegenteil. Zumindest war er ein Feigling, denn er hatte nicht den Mumm, sich seiner Verantwortung in dieser Geschichte zu stellen. Von wegen mutiger Massai-Krieger! Von seinen noblen Urahnen war ihm nur die Hautfarbe geblieben!»

Sie machte eine Pause und fixierte mich mit fragender Miene, als sollte ich ihren merkwürdigen Blick irgendwie interpretieren. Mich überkam plötzlich ein seltsames Unbehagen.

Als sie ihre Rede endlich fortsetzte, wirkte sie fast ein wenig enttäuscht.

«Ein paar Jahre später kehrte Eleonora nach Italien zurück, um den Umzug zu Klaus vorzubereiten. Dabei lief sie in Mailand durch Zufall Bob über den Weg in die Arme. Und stell dir vor: Er fragte überhaupt nicht nach mir, sondern verbrachte einen ganzen Tag mit ihr und schmachtet sie an, ohne meinen Namen ein einziger Mal zu erwähnen. Zu der Zeit gelangte ich allmählich zu der Überzeugung, dass Männer immer nur eine Quelle der Enttäuschung sind. Dann traf ich Mark, lernte seine moralische Aufrichtigkeit schätzen und gewann mein Vertrauen in die männliche Spezies zurück. Ich war mir sicher, dass er mich nie enttäuschen würde. Leider musstest dann ausgerechnet du auftauchen und den letzten Mythos, der mir noch blieb, zerschmettern. Das war nicht fair, immerhin hatte ich dich wie eine Tochter aufgenommen.»

In diesem letzten Satz schwang ihre ganze Verachtung mir gegenüber mit. Das riss mich endgültig aus meinem Schweigen.

«Nach allem, was ich gehört habe, bin ich der Meinung, dass du selbst auch kein Ausbund an Ehrenhaftigkeit bist, also spare dir deine Predigt!», konterte ich mit Vehemenz. «Und weißt du was? Ehrlich gesagt interessiert mich das Ganze gar nicht, es ist eine Sache zwischen dir und Eleonora, es geht mich nichts an. Ich frage mich wirklich, was der wahre Grund deines Besuchs ist.»

Ein Ausdruck der Ratlosigkeit huschte über ihr Gesicht. Es herrschte eine Weile bedrückende Stille, in der Luft hing eine ungute Spannung, vor allem zwischen Gabi und Mark, der sie eingehend musterte, während sie versuchte, seinem Blick auszuweichen. Dann ergriff sie wieder das Wort.

«Mark legt viel Wert auf unsere Aussöhnung, außerdem dachte ich, je mehr du von der Vergangenheit deiner Mutter erfährst, desto näher kommst du ihr», erwiderte sie.

Zu diesem Zeitpunkt, vermutlich verstört durch die negative Stimmung, verließ Mark den Raum.

Ich muss zugeben, dass mir die Geschichte keineswegs vollkommen gleichgültig war. Ich fragte mich, ob der Charakter meiner Mutter nicht auch das Produkt ihrer Enttäuschungen war. Das distanzierte Verhalten, mit dem sie mich manchmal so verletzte, war vielleicht eine Art Training, um mich für zukünftige Widrigkeiten zu rüsten. Sie wollte mich vorwarnen und vermeiden, dass ich das Leben nur durch eine rosarote Brille sah, weil sie selber sich hatte täuschen lassen und deshalb leiden musste.

Ich versuche mich in Eleonora hineinzuversetzen, um zu verstehen, was sie wohl empfunden hatte, als sie dieses Geständnis hörte, und bemühte mich, mir die Tage nach Gabis Abreise aus Cusco in Erinnerung zu rufen. Doch ich hatte damals an meiner Mutter keinerlei Veränderung wahrgenommen. Es kann natürlich auch sein, dass ich die Signale einfach nicht registrierte. Im Grunde genommen war ich zu jung, um auf so etwas zu achten. Vermutlich war die tägliche Arbeit in Peru ein gutes Linderungsmittel, das sie daran hinderte, sich in der Opferrolle zu aalen. Letztendlich stellte Gabis Besuch nur eine kurze Episode dar, die die Substanz unserer südamerikanischen Tage nicht dauerhaft zu beeinträchtigen vermochte.

LICHT
(April 2007)

Gudrun stürzt sich mit einem Haarglätter der letzten Generation auf meinen Kopf. Sie versichert mir, keine Lockenart könne sich gegen diese Eisenfurie wehren.

Wir proben für die Hochzeit.

Da ich ihre Trauzeugin bin, will sie mich perfekt ausstaffiert sehen. Sie hat mich auch zum Kleiderkauf begleitet, herausgekommen ist ein perlgraues Satin-Kleidchen mit einer Schleife aus Spitze, die unter dem Busen gebunden wird. Ich habe mich sogar dazu überreden lassen, Sandalen mit gefährlichen Pfennigabsätzen auszusuchen, auf denen ich nun jeden Tag trainiere, um mit magerem Erfolg die Herausforderungen des Balanceakts zu meistern.

Seit mehr als einer Stunde unterzieht sie mich dieser Qual, um meine rebellischen Locken zu zähmen.

«Mir tut der Kopf schon weh!», jammere ich, aber sie gibt selbst dann nicht nach, als man besorgniserregenden Brandgestank zu riechen beginnt.

«Hör mal, kann es sein, dass du mir die Haare

241

abfackelst?»

«Lass mich arbeiten!», protestiert sie, während sie energisch an einer Strähne zerrt. «Bist du dir sicher, dass du keine afrikanischen Vorfahren hast?», lacht sie vergnügt.

Auf einmal fühle ich mich wie vom Schlag getroffen.

Ein blendender Geistesblitz löscht die Welt um mich herum aus, und ich erlebe einen seltsamen Moment der Erkenntnis. Ich verharre alleine vor dem Spiegel. Das bösartige Ding zeigt mir mein Gesicht, wie ich es noch nie betrachtet habe: meine krause Haarmähne, die auf meine breiten Wangenknochen fällt, meine fleischigen Lippen, die ich in Relation zu meinem Gesicht immer unproportioniert fand.

Das darf doch nicht wahr sein!

Ich ersticke. Ich stoße ein Röcheln aus und springe abrupt von meinem Stuhl auf, der lautstark zu Boden knallt. Lukas, der durch meine ruckartige Bewegung und den Krach erschrickt, bricht in Weinen aus.

«Was ist denn mit dir los?», fragt Gudrun verständnislos.

Ich nähere mich dem Telefon, schlage den Taschenkalender auf und suche zitternd die Nummer, bin aber zu aufgeregt und kann meine Bewegungen nicht unter Kontrolle halten.

«Sagst du mir bitte endlich, was passiert ist?», drängt sie nochmals und fixiert mich immer verwirrter.

Ich antworte nicht sofort, ich weiß es ja selbst nicht, ich flehe sie nur an, Gabis Nummer herauszusuchen. Mir fällt wieder unser Treffen in

Marokko ein, der bittere Nachgeschmack der Geschichte. Damals konnte ich das Gefühl nicht abschütteln, dass sie mir etwas verschwieg. Dass noch mehr dahintersteckte.

Ich sah ihr Gesicht wieder vor mir: diesen Ausdruck in ihren Augen.

War es das, was ich hätte verstehen sollen? Hatte sie *das* angedeutet? Oh Gott!, wiederhole ich panisch in meinem Kopf.

Während Gudrun die Nummer tippt und mir den Telefonhörer reicht, versuche ich mich zu beruhigen und mir einzureden, dass es nur eine wirre Idee von mir ist.

Gabis Stimme lässt ein paar Sekunden auf sich warten.

«Hallo?»

Ich habe nicht den Mut zu sprechen, am liebsten würde ich gleich wieder auflegen.

«Hallo», ertönt es nochmal, «wer ist da?»

«Ich bin es, Melissa. »

Ich höre ein Brummen im Telefonhörer, oder ist es in meinem Schädel?

Ich mache mir Mut.

Schließlich stelle ich die gefürchtete Frage und hoffe auf ein spöttisches Lachen, auf ein: *So ein Blödsinn!*

Aber sie schweigt. Es ist ein teuflisches Schweigen, das mich ertauben lässt.

Mein Verdacht ist nicht nur ein dummer Einfall meines Gehirns.

Gabi entschließt sich endlich, den letzen Damm zu öffnen.

DU BIST DIE TOCHTER DER SONNE

Die freie Liebe. Klar. Es gab auch sie unter den vielen extremen Ideen der damaligen Zeit, aber das war eine Sache, mit der du, Eleonora, auf gar keinen Fall einverstanden warst. Gabi hatte dich immer damit aufgezogen. Sie meinte, dass deine Einstellung anachronistisch sei und dass es besser gewesen wäre, die banale romantische Aura abzulegen. Aber was wusste deine Mitbewohnerin schon über die Liebe? Gerade sie, die von Bett zu Bett hüpfte und nach Amsterdam gegangen war, um sich von dem Gewirr aus Zellen zu befreien, die sonst ihre Gebärmutter für neun Monate in Beschlag genommen hätten. Bob und sie waren naiv gewesen, zu glauben, dass du von ihrer Beziehung keine Ahnung hattest. Gabi war eine gute Schauspielerin, aber Bob konnte deinem Blick nicht standhalten. Dass er mit deiner Freundin etwas am Laufen hatte, stand ihm ins Gesicht geschrieben.

Doch trotz deines verletzten Stolzes hast du beschlossen, die Ahnungslose zu spielen, bis Gabi zu uns nach Peru auf Besuch kam. Der angestaute Ärger, den du seit Jahren mit Mühe im Zaum gehalten hattest, brach wie eine Naturgewalt über sie herein.

Ich habe ein letztes Stichwort gebraucht, um dir auf die Schliche zu kommen und alle Teilchen zusammenzufügen. Vielleicht hätte ich es schon vor Monaten verstehen müssen, als Gabi mir bei einer Tasse Tee einen Hinweis gab.

Als du kurz nach Europa zurückgekommen warst, um deinen endgültigen Umzug zu Klaus vorzubereiten, hattest du Bob in Mailand getroffen. Dummerweise war mir dieser Hinweis entgangen. Jetzt kapiere ich Marks merkwürdige Reaktion. Er hatte Gabi schief angesehen und uns dann allein gelassen. Er wusste, dass die Geschichte nur die halbe Wahrheit war, Gabi hatte seine Erwartungen enttäuscht. Stattdessen erhoffte er sich von diesem seltsamen Treffen, dass sie ein für alle Mal mit der ganzen Geschichte herausrücken würde.

Wenn ich heute nicht diesen Moment der Erleuchtung gehabt hätte, würde ich immer noch im Nebel segeln. Und der Anlass, der mir die Augen geöffnet hat, war ein lächerlicher Kommentar über meine Haare. Komisch, dass ich eine solch eklatante Intuition einem so belanglosen Ereignis verdanke. Es war wie eine plötzliche Apnoe in eine andere Welt, eine unerwartete Überschneidung mit einer anderen Dimension. Möglicherweise fehlte mir nur noch ein Vorwand, um mir etwas einzugestehen, was mein Unterbewusstsein längst wusste. Das Telefongespräch mit Gabi habe ich einfach als Bestätigung gebraucht.

1981. Nach den leidenschaftlichen Wochen mit

Klaus und der Ausweisung aus Vietnam bist du nach Europa zurückgekehrt, um zu verkünden, dass du für den großen Schritt bereit seiest. In weniger als zehn Tagen wolltest du es schaffen, deine ganze Existenz in einen Koffer zu zwängen und für immer nach Asien zu ziehen.

Vor der Abfahrt wolltest du ein besonderes Geschenk für Klaus besorgen: eine Leica M2. Es war nicht irgendein Fotoapparat. Mit einer Leica M2 wurde jenes berühmte Bild des Vietnamkrieges geschossen, das damals die Welt schockierte: ein nacktes Mädchen, das sich die mit Napalm getränkte Kleidung vom brennenden Leib gerissen hat und vor der amerikanischen Bombardierung flieht, die gerade ihr Dorf vernichtet. Das Foto gewann den Pulitzer-Preis. Du wolltest die Leica unbedingt finden, es handelte sich dabei um einen Gegenstand, der einen wichtigen symbolischen Wert für Klaus besaß. Du kanntest einen Laden in der Nähe der Universität in Mailand, der Gebrauchtwaren verkaufte und alles Mögliche im Sortiment hatte. Mit ein bisschen Glück würdest du sie dort finden.

Ich stelle mir die Szene vor: Dort angekommen, drückst du dein Gesicht an das Schaufenster und schaffst dir mit deinen Händen Schatten, damit sich das Licht nicht mehr so im Glas spiegelt. Deine Augen wandern auf der Suche nach dem begehrten Gegenstand über die Auslage, doch auf einmal verharren sie, starren nicht auf ein Objekt, sondern auf eine Person im Laden – jemanden, den du eigentlich für immer aus deinem Gedächtnis streichen wolltest. Du machst einen heftigen Satz nach hinten, und auf den Fenstern erscheint wieder das beruhigende Grau der Stadt, das binnen eines Augenblicks jene Vision in sich einsaugt.

In dem Chaos aus Gehupe und Smog fragst du dich, wie du vorgehen sollst, hin- und hergerissen zwischen dem Impuls wegzulaufen oder Bob entgegenzutreten. Irgendetwas bewegt dich dazu hineinzugehen. Immerhin gibt es noch eine offene Rechnung mit ihm zu begleichen. Du begrüßt ihn wie einen alten Freund, obwohl er eindeutig verlegen wirkt. Seit eurem letzten Treffen sind einige Jahre vergangen, du bist längst nicht mehr die naive Studentin von damals. Du hast gelernt, deine Reize zu nutzen und Gefühle vorzutäuschen.

Ich bin überzeugt, dass dein Plan schon feststand, sobald du den Fuß in das Geschäft gesetzt hattest. Du wolltest dich rächen, denn diese alte Geschichte war wie ein Dorn in deinem Herzen, den du nicht entfernen konntest. Du wolltest dir selbst beweisen, dass du jetzt in der Lage warst, ihn zu verletzen, so wie er es mit dir gemacht hatte. Wahrscheinlich fiel es dir nicht schwer, ihn zu verführen. Den Tag verbrachtet ihr dann zusammen, du spieltest die Rolle der *femme fatale*, und am Abend vollzog sich das erbärmliche Ritual von mechanischem Sex in einem trostlosen Zimmer eines trostlosen Hotels. Eine hohle Choreografie, die nichts mit Liebe zu tun hatte, es ging nur um Rache. Am darauffolgenden Tag warst du weg, noch bevor er wach wurde.

Dieses spontane Abenteuer, absolut untypisch für deinen Charakter, wurde dir zum Verhängnis. Es reichte aus, um den Verlauf deiner Zukunft zu beinträchtigen, und ohnehin entschädigte es dich nicht für die alte Bitterkeit, die dich seit Jahren begleitete.

Als du von deiner Schwangerschaft erfuhrst, warst du schon bei Klaus. Panik ergriff Besitz von dir, weil du nicht sicher wusstest, ob er der Vater des Kindes war. Du hattest Angst vor dem Moment der Geburt. Mit Entsetzen dachtest du an Klaus' Reaktion beim Anblick eines Babys, das nicht von ihm sein konnte.

Ein Schwangerschaftsabbruch kam für dich nicht in Frage, du hättest es für nichts auf der Welt getan, denn schließlich trug das Kind keine Schuld. Du hattest den Fehler begangen.

Die Flucht vor Klaus schien dir die einzige Lösung zu sein. Du musstest nur etwas vortäuschen, einen heftigen Streit verursachen, um deine extreme Entscheidung zu rechtfertigen. Und dir ist ein Meisterwerk der Schauspielkunst gelungen: Du hast alles so gut inszeniert, dich an Ideale und eure unvereinbare Weltanschauung geklammert, um wegzugehen. Du hast Klaus davon überzeugt, dass du abtreiben würdest und nur an deine Karriere denken wolltest. Jetzt ist mir aber auch klar, warum du es nicht getan hast: Du hast nie vorgehabt, auf mich zu verzichten.

Du hast mich entbunden, weit weg von misstrauischen Blicken. Als ich geboren wurde, hast du festgestellt, dass mein Aussehen und meine Hautfarbe dich nicht notwendigerweise kompromittiert hätten, aber für einen Rückzieher war es zu spät. Du lebtest auf der anderen Seite der Welt, und Klaus hatte schon geheiratet. Leider warst du dir immer noch nicht im Klaren, ob ich tatsächlich sein Kind war. Um deinen Verstand nicht zu verlieren, hast du an der Überzeugung festgehalten, dass er mein Vater sei, und mich deshalb auch mit solcher Sturheit die deutsche

Sprache gelehrt.

Als uns schließlich Gabi in Peru besuchte und dir ihre alte Beziehung mit Bob gestand, dachte sie, dass du überraschst sein würdest. Sie lag falsch: Du zeigtest dich ganz und gar nicht verwundert, im Gegenteil, schenktest du ihr nur ein höhnisches Grinsen und führtest sie in mein Zimmer. Deine Worte brachen gewaltsam über sie herein.

Schau dir meine Tochter an. Erinnert sie dich nicht an Bob? Das ist das Kind, das du ihm verweigert hast.

Gabis Entsetzen war so groß, dass sie stumm blieb. Am nächsten Tag ging sie dann fort, gedemütigt. Für immer. Das war euer letztes Treffen.

Ich möchte dich etwas fragen, auch wenn es mir schwer fällt, da es ein Thema ist, das für gewöhnlich im Freundeskreis besprochen wird, nicht mit der eigenen Mutter. Deshalb stelle ich mir vor, eine Freundin von dir zu sein und frage dich unverblümt.

Sag mir, Eleonora, wie ist das Treffen mit Bob gelaufen? Während du dich vor ihm ohne jegliche Scham ausgezogen hast, was ist mit dem liebevollen Gesicht von Klaus geschehen, der dich so vergötterte und sehnsüchtig auf deine Rückkehr wartete? Wie hast du es geschafft, dein Gewissen zum Schweigen zu bringen? Erkläre mir, wie du es zulassen konntest, dass ein anderer Mann dein Intimstes enthüllte, deinen authentischen Geruch einatmete und dann deine schutzlose Geographie erforschen durfte. Vielleicht hast du, erblindet durch einen alten Zorn, einfach deinem primitiven Instinkt freien Lauf gelassen.

Wenn es deine Rache sein sollte, ist sie dir nicht gelungen: Rache ist eine Waffe, und mit Waffen muss man umgehen können. Du warst eine Anfängerin auf dem Gebiet und hast den Rückstoß nicht mit einkalkuliert. Der heftige Schlag hat dich unvorbereitet getroffen, dein Leben ruiniert.

Viele Jahre später hast du dir den Gnadenstoß versetzt. Es reichte dir, einen flüchtigen Blick aus Klaus´ Augen in einem Vortragsraum in Mailand zu ergattern, der Stadt deiner Sünde. Du gingst zu ihm, bevor du deine Schuld auf dem Opferaltar büßen musstest. Kurz darauf tat sich auf einer dunklen Straße ein Krater auf, der dein Schicksal besiegelte.

In der Zeitung stand, dass der Boden nass war und die Reifen die Haftung verloren.

Aber so war es nicht. Nur ich weiß es.

Es war kein Unfall. Du wolltest diese erdrückende Bürde nicht mehr tragen.

In jener Nacht hast du gesungen. Du warst Kilometer von mir entfernt, in deinem Wagen, doch von meinem Bett aus habe ich dich mein Schlaflied summen hören. *Eres hija del Sol. Du bist die Tochter der Sonne.* Du hast das Gaspedal durchgedrückt, das rote Auto ist auf der Bundestraße fünfunddreißig wie eine Rakete davongeschossen. Auf einmal hast du das Lenkrad losgelassen, und der Wagen ist vom Weg abgekommen.

In jener Nacht bin ich aufgewacht, habe meine Augen weit aufgerissen, beunruhigt, die Uhrzeiger des Weckers leuchteten in der Dunkelheit. Zwei Uhr morgens. Es war kein Albtraum, der mich weckte. Ich bin mir sicher, dass du es warst. Deine Arme haben sich bis zu mir gestreckt, ein letztes Mal.

Gudrun versucht mich zu beruhigen, sie sorgt sich um mich, weil sie denkt, ich hätte nach dem Telefongespräch den Verstand verloren.

Ich muss damit aufhören, schreit sie mich an, ich habe keinen Beweis. Sie glaubt nicht, dass du so gemein sein konntest, dich umzubringen und mich allein zurückzulassen.

Sie hält mich für paranoid und will einen Arzt rufen.

Ich brülle, dass sie das sein lassen soll. Was kann ein Arzt schon wissen?

Er würde nur behaupten, dass mein Hirn sich diese Version ausgedacht hat, um meinen Zorn Eleonora gegenüber zu rechtfertigen.

Aber jetzt hab ich deinen Plan verstanden, Mutter. Und keine Therapie hätte mich bis hierher gebracht.

Ich renne hinaus, die Leute starren mich verblüfft an, ich habe immer noch das Handtuch über den Schultern und Klammern in den Haaren. Ich will zu Ulli, die mittlerweile fast nicht mehr spricht.

Ich brauche sie, ich brauche ihre warmherzige Nähe. Als ich da bin, lehne ich den Kopf gegen ihren trockenen Leib, und sie streichelt mich mit ihrer erschöpften Hand. Unter Tränen frage ich sie, ob zwischen den Scherben, die ich ans Licht befördert habe, noch etwas zu retten sei.

ELIANA ZINI

WIEDERGEBURT

IN MEINEM EIGENEN TEMPO[11]
(März 2008)

Ich liebe die Songtexte von Vasco Rossi, mein robustes Regal quillt über von seinen CDs. Du mochtest eher die sanfteren Töne von Ligabue. Ein ewiges Streitgespräch zwischen uns.

Ich habe das Album hier, das ich dir zu deinem fünfundvierzigsten Geburtstag geschenkt hatte. Ich wähle das Lied, das du immer viele Male hintereinander hörtest, und singe mit.

... il cuore che bruciava
e poi correvo come un matto
tutti gli altri eran davanti,
... dico corro corro
e resto sempre in fondo...

Das Herz brannte
Ich lief wie verrückt

---

[11] „Col passo mio" ist ein Vers des Songs *Sei fuori tempo* vom italienischen Sänger Luciano Ligabue.

Doch alle anderen waren vorne
... ich sage, ich laufe
Aber bleibe immer zurück

Trällernd breche ich in einem wilden Tanz los:

Sei fuoritempo
... arrivi e parti troppo presto
sei fuoritempo

Du bist aus dem Tempo
... du kommst und startest zu früh
... du bist aus dem Tempo

Jetzt schreie ich, die Musik ist reinigend.

Fu così che lasciai la gara
... per andare con il passo mio
... qualcuno dice:
Tu dov'è che stai andando,
... Io non vado da nessuna parte
io sto andando e basta

Und so verließ ich den Wettkampf
... um in meinem eigenen Tempo zu gehen
... jemand fragt
Wo gehst eigentlich hin?
... ich gehe nirgendwohin
Ich gehe einfach

Es war ein hartes Jahr. Seit ich die Wahrheit kenne, ist es so, als hätte ich dich ein zweites Mal verloren.
Ich habe mich von der toten Last deiner

Vergangenheit begraben lassen. Inzwischen ist mir klar geworden, dass ich sie loslassen muss, um mich zu heilen. Vergeblich habe ich mich mit Fragen gequält, auf die ich keine Antwort bekommen werde.

Doch jetzt habe ich dir verziehen. Ich habe begriffen, dass ich dich einem zu harten Urteil unterzogen habe. Trotzdem finde ich nach wie vor, dass du mir dein Geheimnis hättest gestehen müssen, da es auch mir gehörte. Gerade du, die du so sehr an die Wahrheit und an die klärende Macht der Worte glaubtest, hattest Angst, sie auszusprechen.

Mittlerweile fühle ich mich wieder gut. Diese Katharsis war nötig, um mich für einen Wiederanfang vorzubereiten.

Ich bin Gudrun dankbar, dass sie mich nicht im Stich gelassen hat. Sie hat sich mütterlich um mich gekümmert, trotz Lukas und der anstrengenden Hochzeitsvorbereitungen. Es war auch für sie nicht leicht, mir beizustehen.

Ulli hat leider nicht lange genug gelebt, um mich aufblühen zu sehen. Sie ist an einem frischen Septembermorgen von uns gegangen. Einen Augenblick lang kehrten ihre Augen aus dem weiten Universum zurück, in dem sie schwebten, und sahen mich freudig an. So blieben sie, zwei Lapislazuli im Marmor ihres Gesichtes, bis sich ein trüber Schleier über sie legte.

Am Tag ihrer Beerdigung bin ich mit einem Gedanken nach Hause gekommen: Das Leben geht weiter. Die alten Blätter müssen weggefegt werden.

Um das zu schaffen, musste ich einen Schritt wagen, den ich nur zu gern vermieden hätte.

Ich habe Klaus geschrieben und ihm von meinem

Verdacht berichtet. Er ist nur meinetwegen zurückgekommen, und zusammen sind wir in ein Labor gegangen, um uns einem DNA-Test zu unterziehen. Das Ergebnis war eindeutig: Ich bin nicht seine Tochter.

«Klaus, du wirst für mich der Vater bleiben, den ich nie hatte. Ich spreche deine Sprache, weil Eleonora sich gewünscht hat, dass du es wärst.»

«Wenn du meine Tochter wärst, würdest du nicht solche groben Fehler machen», antwortete er ironisch, während sich unser gemeinsames Gefühl der Niederlage in Tränen auflöste. Er drückte mich fest an sich und entlockte mir das Versprechen, ihn früher oder später in Laos zu besuchen.

Mark hat Afrika verlassen. Er sagt, er habe es nicht für mich gemacht. Er weiß genau, dass mir das nicht recht wäre. Er behauptet, er habe es satt, durch die Welt zu vagabundieren, aber er lügt, denn ich weiß, er möchte in meiner Nähe sein. Als ihn Gudrun über meinen Zustand informierte, machte er sich Sorgen. Vielleicht hat er sogar Schuldgefühle. Doch ich sage mir immer wieder, dass er keine Schuld trägt. Ich bin davon überzeugt, dass er Gabi dazu gedrängt hat, mir von Anfang an alles zu beichten.

Leider schaffe ich es nicht mehr, mit ihm die Verbundenheit, die einst zwischen uns herrschte, wiederherzustellen. Die Wahrheit ist, dass ich ihn nicht mehr liebe. Es ist wie ein Spiel der Alchemie: Für die Liebe sind eine Reihe von Elementen nötig, damit die Formel funktioniert, und wie es scheint, sind wohl von meiner Seite ein paar Zutaten verloren gegangen.

Auf Gabi hege ich keinen Groll. Nicht mehr.

Sie hatte sich in die Rolle der Tempelritterin zum

Schutz des *Heiligen Grals* gefügt, welcher deine Erinnerung bewahrte. Als sie dein Tagebuch per Post erhielt und dann durch mich von deinem Unfall erfuhr, empfand sie es als versteckte Botschaft. Dein Tagebuch, Mama, war ein Symbol für dein Geheimnis, das du ihr anvertrautest. Sie hatte zu entscheiden, ob ich die Wahrheit erfahren sollte oder nicht. Mit dieser Geste hast du sie als Freundin wieder anerkannt. Die Entscheidung fiel ihr allerdings nicht leicht, da sie nicht sicher war, ob ich über deine Beziehung mit Bob in Kenntnis gesetzt werden sollte. Am Ende hat sie den Entschluss gefasst, mich glauben zu lassen, dass Klaus mein Vater sei. Nur Mark war nicht derselben Meinung, weswegen er sie zwang, mich in Marokko zu treffen.

Ihr Verhalten ist im Großen und Ganzen ein Freundschaftsbeweis dir gegenüber, eine späte Wiedergutmachung, auf die du nichts mehr erwidern kannst. Sie wollte einfach deine Erinnerung nicht beflecken.

Was meinen wahren Vater betrifft, möchte ich ihn noch nicht treffen. Eines Tages werde ich es vielleicht tun, doch erst dann, wenn ich ein Verlangen danach verspüre.

Ich strebe komischerweise nicht mehr danach, meine Wurzeln zu finden. Eher habe ich das Bedürfnis, nach vorne zu schauen. In der Vergangenheit zu stochern hindert mich daran, auf meinem Weg fortzuschreiten.

Meinen Großeltern habe ich meine Enthüllungen verschwiegen. Obwohl seit dem erschütternden Tag fast ein Jahr vergangen ist und ich in dieser Zeit häufig nach Italien zurückgekehrt bin, habe ich beschlossen, sie nicht damit zu belasten. Auch ich bewahre für sie ein makelloses Bild von dir, um sie nicht leiden zu sehen, und maße mir somit das Recht an, zu entscheiden, was gut für sie ist.

Vielleicht war sogar das der Ansporn deines Schweigens: mich zu schützen.

Es gibt nur noch eine Frage, die ich mir selber beantworten sollte: Hat sich etwas geändert, jetzt da ich alles weiß? Ist die Leere, die du hinterlassen hast, vielleicht etwas geschrumpft? Hat sich das Maß des Schmerzes verringert?

Die nüchterne, ehrliche Antwort hallt in meinem Kopf wider.

Nein.

Ich würde gerne etwas anderes sagen können, aber das wäre eine Lüge.

HOTEL TOMORROW
(Mai 2008)

Der Supermarkt und die Übersetzungen füllen immer noch meine Tage. Das ist meine Rückzugsecke in die Normalität, wenn mir die Tücken meiner Unruhe mal wieder zu schaffen machen. Ab und an erhalte ich E-Mails von Pedro, die mich immer sehr erfreuen, vorausgesetzt, er erzählt mir nicht von irgendeinem Unglück, wie letztes Jahr, als er über das Erdbeben an der Küste Perus berichtete. Jeanine und er sind Eltern eines zuckersüßen Kindes geworden, das *ganz der Vater* ist, versichert Pedro. Ich würde sie gerne wiedersehen.

20. Mai 2008

Ciao bella!

Wie geht es dir?

Ich wollte dir von einer Neuigkeit berichten. Wir hatten in letzter Zeit nämlich mehrere Anlässe zum Feiern, und zwar nicht nur die Geburt unseres Sohnes (was natürlich der schönste Anlass war).

Wie du weißt, hat unser Hotel nie einen richtigen Namen

gehabt, alle kannten es nur als Hogar de Yvonne.

Also hatten wir uns entschieden, einen neuen Namen zu finden, auch anlässlich des Baus eines neuen Flügels des Hauses.

Unsere Entscheidung war auf Hotel Pachamama gefallen, wie ich dir schon berichtet hatte. Pachamama, die Muttererde, die wir so verehren.

Doch bei der Einweihungsfeier kam es dann ganz anders.

Wir waren alle gleichermaßen erschöpft nach so vielen Tagen eifriger Vorbereitungen, aber vor allem waren wir aufgeregt.

An dem Tag hatten sich sämtliche Persönlichkeiten der Stadt bei uns versammelt, und auch einige berühmte Schauspieler, die unser Projekt fördern, waren gekommen. Es hatte uns unglaubliche Mühe gekostet, die Feier zu organisieren, denn wir wollten natürlich, dass alles wie am Schnürchen läuft.

Wir hatten entschieden, dass Pablito, einer unserer Straßenjungen, der inzwischen seit Jahren bei uns wohnt, als Erster auf die Bühne gehen sollte, um die Veranstaltung zu eröffnen.

Er hatte eine Rede vorbereitet, tagelang hatte er sie auswendig gelernt, doch als er da vor dem Publikum stand, schwieg er lange. Wir dachten schon, er hätte einen Aussetzer. Dann aber nahm er das Mikrophon und bewegte alle mit rührenden Worten. Er bedankte sich bei uns dafür, dass wir mit unserer Arbeit den Kindern, die sich jeden Tag in den Straßen Cuscos durchs Leben schlagen, nicht nur ein Dach über dem Kopf bieten, sondern ihnen auch eine Familie sind.

Vor allem aber haben wir ihnen die Gelegenheit gegeben, in der von uns gegründeten Schule viel zu lernen. Ja, die Schule ist das Beste, was wir machen konnten. Pablito erklärte, Englisch sei sein Lieblingsfach, so könne er die Touristen volllabern, das mache ihm am meisten Spaß.

Alle klatschen belustigt, und Yvonne forderte ihn auf, etwas auf Englisch zu sagen. Er räusperte sich und sagte etwa

Folgendes:

Some years ago I came to this city alone and used to sleep on the streets of Cusco. My life was very hard. In the evening, when it was dark, I often felt very lonely and cried. I tried to tell myself that tomorrow would be a better day. This thought made me feel better.

Vor einigen Jahren kam ich allein nach Cusco und schlief auf der Straße. Mein Leben war hart. Am Abend, in der Dunkelheit, musste ich oft weinen. Um mir Mut zu machen, sagte ich mir, dass es morgen besser sein würde. Bei diesem Gedanken fühlte ich mich besser.

Er machte eine Pause und dehnte sie ein wenig aus, bevor er hinzufügte:

I think that tomorrow has now come.

Ich glaube, dass morgen jetzt da ist.

Nach der Rede herrschte Stille im Publikum, wir waren zu Tränen gerührt. Plötzlich stieg Yvonne auf die Bühne und umarmte Pablito.

„So werden wir es nennen", verkündete sie: „Hotel Tomorrow."

Wir waren alle vom neuen Namen begeistert. Ich denke, wir hätten keinen besseren finden können.

Pedro

SAMSTAGABEND
(Mai 2008)

Es ist Samstagabend und eine ruhige Schicht. Das Stimmengewirr der Menschenmenge am Nachmittag hat nachgelassen, und ich beobachte die letzen Kunden des Tages: Ich frage mich, ob man vom Gesicht eines Menschen ablesen kann, was er für ein Leben führt. Einige scheinen zufrieden, zusammengekauert in ihrem täglichen Dasein – einer sicheren Nische, in der sie sich einbilden, vor jeder Art von Übel geschützt zu sein. Und vielleicht bewirkt genau diese positive Einstellung, dass sie ihr Leben tatsächlich als so makellos und perfekt empfinden.

Von Weitem sehe ich Hans an seiner Theke Grimassen in meine Richtung schneiden. An der Bar ist kein Kunde, und er verlässt die Theke, um mich zu besuchen. Langsam und mit ernster Miene schreitet er heran, aber es hat nicht die gewünschte komische Wirkung, sondern sieht eher tollpatschig aus. Seine Clownseele hindert ihn daran, sich ernst zu nehmen, und gerade deswegen bewundere ich ihn. Heute trägt er ein kurzärmliges T-Shirt in erbsengrüner Farbe und dazu eine cremefarbene Hose und die kanariengelben, pantoffelartigen Schuhe.

«Oje, Hans, wann wirst du endlich lernen, wie man Farben kombiniert?», frage ich grinsend, doch er reagiert nicht auf meine Provokation.

«Heute Abend bist du herzlichst eingeladen zur Einweihung meiner Espressomaschine, ich habe mich endlich dafür entschieden!», verkündet er und lacht in seiner einzigartigen Art, die sofort meine Stimmung hebt.

«Ich würde gerne kommen, muss aber eine Übersetzung fertig machen.»

«Die über die abenteuerlustigen Frauen?»

«Genau die. Endlich habe ich mal eine leidenschaftliche Geschichte zum Übersetzen.»

«Schreib doch selbst was und höre auf mit der Übersetzerei!»

«Und was schlägst du vor?»

«Komm heute Abend auf einen Kaffee zu mir, dann reden wir darüber. Eine halbe Stunde tut dir gut, du kannst nicht nur arbeiten!»

Ich schaffe es einfach nicht, ihm zu widersprechen.

In wenigen Minuten habe ich Feierabend. Hans wartet schon am Ausgang.

Während wir auf dem Weg zu ihm sind, frage ich ihn, ob er sich an meinen ersten Tag hier in Bayern erinnert, als wir uns am Bahnhof begegneten.

«Wie könnte ich das vergessen? Es ist vier Jahre her. Du bist aus dem Zug gestiegen und wortwörtlich vor meine Füße gerutscht!»

«Wieso warst du um die Uhrzeit überhaupt am Bahnhof? Du wolltest doch nicht verreisen.»

«Ich habe auf dich gewartet. Ich bin dein Schutzengel, weißt du das nicht?», gibt er lächelnd zurück.

Die Wohnung von Hans ist genauso wie sein Besitzer, fröhlich und bunt. Ich lasse mich auf die weiche Couch sinken und beobachte ihn, wie er mit seiner Neuerwerbung herumhantiert.

«Warum trinkst du jetzt Espresso?»

«Man muss auch mal den Mut zur Veränderung haben.»

Er reicht mir den Kaffee, ist aber plötzlich sehr still. Forschend sieht er mich an.

«Hör mal, Melissa, warum versteifst du dich darauf, hier zu bleiben, und arbeitest weiter im Supermarkt? Ich beobachte dich jeden Tag von meinem Tresen aus, du wirkst gebrochen, matt. Manchmal plagen mich Schuldgefühle, weil ich dich an diese Kasse gekettet habe. Hau ab, mach was!»

«Willst du mich loswerden?», scherze ich zurück, ehe ich gestehe: «Die Wahrheit ist, Hans, dass ich keine Ahnung habe, was ich sonst machen soll.»

«Das kann ich mir wirklich nicht vorstellen. Du bist doch noch so jung! Bestimmt hast du irgendwo in einer Schublade einen Wunsch versteckt. Als ich so alt war wie du, hatte ich so viele Träume, dass ich die Schublade kaum zubekam! Sag schon, was hältst du von meiner Idee? Fang doch selbst zu schreiben an? Du hast ein ungewöhnlich aufregendes Leben gehabt, mach Worte daraus. Ich wäre der Erste, der es lesen würde!»

«Um die Wahrheit zu sagen, habe ich schon angefangen, eine Geschichte zu schreiben», beichte ich ihm.

PABLITO DE LA CALLE
(Juni 2008)

Nestorcito hat ihm erzählt, dass man die Finger wie vertrocknete Hölzchen zerbrechen kann, wenn sie gefroren sind. Pablito glaubt, dass es eine Lüge ist, versucht es aber trotzdem nicht, weil, nunca se sabe - *man weiß ja nie. Er steckt seine Hände in die Taschen, um sie zu wärmen, und berührt die Münzen, die er heute verdient hat.*

Von einer Ecke aus, wo er versucht, sich vor dem Wind zu schützen, beobachtet er die Fußgänger, die an ihm vorübereilen. Als er das Gefühl hat, dass es ihm wieder besser geht, kehrt er zurück an die Arbeit. Una lustradita, Señor? Möchten Sie, dass ich Ihnen die Schuhe putze?

Der Mann setzt sich vor ihn und liest die Zeitung, während Pablito seine schönen schwarzen Lederschuhe auf Hochglanz poliert.

Er hat so etwas Schönes noch nie besessen. Genauer gesagt, hat er nie richtige Schuhe gehabt. An den Füßen trägt er Sandalen mit einer Sohle aus Autoreifen. Eines Tages wird er sich vielleicht solche Lederschuhe leisten können, die unter seinen schnellen Bürstenbewegungen zu schimmern beginnen.

Ihm ist bewusst, dass einem das Leben nichts schenkt. Vor allem nicht Leuten wie ihm. Das sagte auch seine Mutter oft, wenn sie gemeinsam auf die Felder gingen, um Quinoa zu sammeln, und am Abend gemeinsam den Himmel der Anden bewunderten, wo die Sterne so nah schienen. Jetzt ist er leider fern von der zarten Stimme seiner Mutter und lebt unter dem Himmel der Hauptstadt, der nichts anderes kennt als die Farbtöne von Asche und Blei. Es tröstet ihn ein bisschen, dass er nicht als Einziger die Einsamkeit dieser grauen Stadt ertragen muss, es gibt viele wie ihn, Tausende von Quechua, die ihre Dörfer in den Anden verlassen haben, um in der Stadt das Glück zu finden.

Der Herr, der ihm gegenüber sitzt, würdigt ihn keines Blickes. Pablito ist für ihn nur ein Schuhputzer. Als der Junge seine Arbeit beendet hat, steht der Mann auf, ohne einen Ton zu sagen, überreicht ihm das Geld und geht weg. Als Pablito das zusammengeknitterte Stück Papier anstarrt, meint er, auf dem aufgedruckten Gesicht ein höhnisches Grinsen zu sehen.

Nachdem er den ganzen Tag auf der kalten Straße verbracht hat, hat er gerötete Wangen, schmerzende Hände und brennende Augen. Heimweh erfasst ihn. Beim Einbruch der Dunkelheit wird es immer unerbittlicher. Er denkt an seine Schwester, die von ihrer Mutter als Dienstmädchen nach Cusco verkauft wurde. Er fragt sich, ob sie ein leichteres Los hat als er, in einem warmen Haus mit freundlichen Besitzern.

Als der Vater damals wegen eines Hirngespinstes verschwand, blieb die Familie ohne Geld zurück. Sie waren die Älteren, sie mussten sich opfern. Es gab keine andere Möglichkeit.

Una lustradita, Señor?, *fragt Pablito den gut gekleideten Mann, der gerade vorbeigeht.* Vate al carajo! Zum Teufel mit dir!, *bekommt er in genervtem Ton zu hören und wird hart zur Seite geschoben.*

Er ist müde, viel zu müde, und würde am liebsten weinen, aber er unterdrückt es. Er ist ein Mann, und Männer weinen nicht.

Er schließt die Augen, fliegt hoch wie der Kondor und wünscht sich, dass von dort oben eine bessere Zukunft zu erblicken ist...

Das Plaudern mit Hans hatte mich ermutigt, an der Geschichte weiterzuarbeiten. Nachdem ich an jenem Abend in meine Wohnung zurückgekehrt war, hatte mich eine so positive Stimmung gepackt wie seit Langem nicht mehr. Ich hatte mich an meinen Computer gesetzt und die ganze Nacht über geschrieben.

Am nächsten Tag hatte ich mich dann voller Enthusiasmus und Zuversicht getraut, die Erzählung an ein Verlagshaus zu schicken, das sich auf Themen über Lateinamerika spezialisiert hatte.

Zu meiner großen Überraschung erregte meine Geschichte Aufmerksamkeit, und ich wurde zu einem Vorstellungsgespräch eingeladen.

Vor einer halben Stunde habe ich mich an der Rezeption gemeldet. Jetzt befinde ich mich im Büro des Chefredakteurs.

Juan Ramòn Abad studiert mit konzentrierter Miene und zum wiederholten Male meine Blätter. Er sitzt an einem überfüllten Schreibtisch und verpestet die Luft mit dem Rauch seiner Pfeife. Seine lanzenförmigen Augen lösen sich ab und zu vom Text und starren mich an. Ich habe das Gefühl, dass er die Zeilen viel zu schnell überfliegt. Wird er das Gefühl nachempfinden können, das ich hineingesteckt habe?

Meine Zukunft hängt vom Gespräch mit Abad ab.

Ich muss ihn von meinem Vorhaben überzeugen: Ich würde gerne mit dem Verlag zusammenarbeiten und Geschichten über Lateinamerika schreiben. Doch werde ich nicht hier bleiben, sondern nach Peru ziehen, zu Pedro und Jeanine, um ihnen bei ihren Projekten zu helfen. Das wird eine Anregung für meine Texte sein.

Direkt von dort aus werde ich meine Geschichten an die Zeitschrift schicken. Ich habe auch schon daran gedacht, weiterhin als Übersetzerin für die italienische Agentur zu arbeiten, denn dieses Zweiteinkommen würde mich unabhängig von jedem festen Standort machen.

Ich habe zuerst mit Hans über diese Idee gesprochen, der sofort begeistert war und darauf bestand, mich zu dem Termin nach München zu begleiten. Unglücklicherweise sind wir die letzen paar Kilometer im Montagmorgenstau stecken geblieben, weswegen ich ihn alleine in dem Verkehrschaos zurücklassen musste, um hierher zu rasen, wo ich immerhin überpünktlich angekommen bin, wenn auch Atemlos.

Ich wiederhole im Geiste die Rede, die ich halten werde, um den Chefredakteur dazu zu bewegen, mir eine Chance zu geben, doch plötzlich kommt von ihm eine lapidare Äußerung.

«Tagebuch der Anden … nichts Besonderes.»

Meine Träume verpuffen schlagartig in der Luft, gemeinsam mit den Rauchwolken seiner Pfeife. All meine Selbstsicherheit verlässt mich augenblicklich, das Ziel verschwimmt vor meinen Augen. Ich bin so naiv gewesen. Am liebsten würde ich ihm die Seiten aus der Hand reißen und enttäuscht verschwinden.

Warum hat er mich überhaupt eingeladen?

Dann ergreift er wieder das Wort.

«Was halten sie von *Pablito de la calle* als Titel ?»

Ich kann es nicht fassen. Ich muss gar kein Plädoyer vortragen, um mein Projekt zu verteidigen. Er ist an meinem Vorschlag interessiert und gibt mir gerade eine Chance.

Nach einer Woche erhalte ich tatsächlich ein konkretes Angebot: Wie erwartet ist das Geld nicht viel, aber genug, um in Peru zu überleben.

Es macht mir nichts aus, dass ich mir keinen Luxus leisten kann. Eleonora hat mir beigebracht, dass man auch mit wenig auskommt. Ich werde meine Ansprüche senken, auf meine Ersparnisse zurückgreifen und mich ins Zeug legen wie nie zuvor.

Es existieren andere Welten.

Andere Arten zu leben. Es liegt an mir, sie zu suchen.

Schlussendlich habe ich es verstanden.

Die Zukunft liegt in meinen Händen.

REISEZIEL CUSCO
(August 2008)

Ein Ticket nach Cusco. Ab zum Hotel Tomorrow.

Der Kreis schließt sich, um neu zu beginnen.

Ich werde die letzten zwei Wochen in Europa bei meinen Großeltern verbringen.

Heute ist der zwölfte August und mein letzter Tag in Bayern. Da ich meine Wohnung schon vor einer Woche räumen musste, habe ich die vergangenen Tage bei Gudrun gelebt, zur großen Freude von Lukas, der mich stolz in seinem Zimmer beherbergt hat.

«Wir werden eine Wiedersehensfeier organisieren», hat meine Freundin verkündet. «Wage es ja nicht, für immer wegzubleiben!». Als die perfekte Haus- und Ehefrau, die sie seit der Hochzeit geworden ist, hat sie den ganzen Vormittag mit dem Backen von Kirschtorten und Mandel-Zimt- Keksen verbracht. Sie lebt jetzt mit Richard und Lukas in einer kleinen Mietswohnung in der Stadt, die wir gemeinsam sehr gemütlich ausgestattet haben. Zu diesem Zweck haben wir in den vergangenen Monaten alle möglichen

Flohmärkte der Region durchforstet. Entgegen meiner Erwartung ist dieses Sammelsurium aus unterschiedlichsten Möbeln und Dekoelementen ein kleines Kunstwerk geworden. Am schwierigsten war es, den Tisch aus massivem Kirschholz zu transportieren, der jetzt im Wohnzimmer die Szene beherrscht. Gudrun und ich hatten ihn bei einer Auktion in einem Bauernhaus gekauft. Nachdem wir ihn auf einem Traktor nach Hause gebracht und mit Hilfe einiger kräftiger Männer im Wohnzimmer platziert hatten, war Richard über diese pompöse Wahl zunächst nicht besonders erfreut gewesen. Dessen ungeachtet verhielt er sich Gudrun gegenüber wie immer sehr rücksichtsvoll. Ohne seinen Unmut auszusprechen, hatte er in den darauffolgenden Tagen überlegt, wie das Zimmer seine Leichtigkeit zurückerlangen könnte. Anschließend war er mehrere Wochenenden mit seiner Spiegelreflexkamera in den Wäldern verschwunden, auf der Suche nach ausgefallenen Fotomotiven. Die Ergebnisse dieser Wandertage hängen inzwischen auf Leinwänden im Wohnzimmer und bezaubern jeden Besucher.

Genau dort warten jetzt alle auf mich: Gudrun, Richard, Lukas, Hans und meine Kolleginnen. Ich habe mich vor fast zehn Minuten im Badezimmer verschanzt und versuche vergeblich, die Traurigkeit, die aus meinen feuchten Augen spricht, mit Schminke zu kaschieren. Abschiede fallen mir grundsätzlich schwer, insbesondere von diesen wundervollen Menschen, die ich so tief in mein Herz geschlossen habe.

Als ich schließlich der Meinung bin, dass das Make-up das versprochene Kosmetikwunder vollbracht und die Ringe unter meinen Augen perfekt abgedeckt hat, rapple ich mich hoch und betrete das mit Ballons und Luftschlangen geschmückte Zimmer. Als Erstes wird gleich auf mein bevorstehendes Abenteuer angestoßen.

Sogar ein sehr persönliches Geschenk haben sie für mich vorbereitet: eine Sammlung meiner besten *Fauxpas* in deutscher Sprache, welche Gudrun mit hoher, gerührter Stimme vorliest.

Ich schaffe es kaum, meine Tränen im Zaum zu halten. Was die Bilanz unserer Freundschaft betrifft, kann ich mich nicht recht entscheiden, ob ich ihr zu Hilfe gekommen bin oder umgekehrt. Höchstwahrscheinlich war es eine gegenseitige Hilfe, so wie Ulli es vorhergesehen hatte.

Während meine Fehler verlesen werden, rollt sich Lukas vergnügt auf dem Teppich und lässt seiner donnernden Heiterkeit freien Lauf.

Ich betrachte ihn eindringlich, will ihn mir möglichst genau einprägen: seine wilden braunen Locken, seine roten Wangen, den schmalen Mund und die dunklen Augen, die verschmitzt funkeln. Zum heutigen Anlass ist er elegant angezogen, er trägt eine blaue Weste auf einem weißen Hemd mit Fliege, die ihn wie einen Gentleman aussehen lässt. So will ich ihn in Erinnerung behalten: als einen kleinen Mann, der mit beeindruckender Begabung von einer Sprache in die andere wechseln kann. Die Weisheit meiner Freundin hat nicht versagt.

Nach dem Fest räumen wir die Wohnung auf. Wir machen es, ohne zu reden, was mich aber nicht bedrückt. Mit Gudrun ist es normal, die Stille zu teilen. Wir haben gelernt, auf tausend andere Arten zu kommunizieren. Nur die elektrisierte Stimme von

Lukas füllt das Wohnzimmer. Mein Patenkind ist euphorisch, weil ich ihm versprochen habe, dass wir heute Abend mit der Seilbahn auf den Berg fahren, um die Sternschnuppen zu beobachten.

«Ein letzter Trinkspruch!», schlage ich vor, ehe es Zeit wird aufzubrechen.

Wir richten unsere Gläser auf Ullis Bild, das uns David als Erinnerung an seine Mutter geschenkt hat. Das Foto zeigt sie als junge, athletische Frau, bekleidet mit einem eng anliegenden, schillernden Kostüm, während sie sich auf die nächsten waghalsigen Pirouetten auf einem laufenden Pferd vorbereitet.

«Auf Ulli, den wahren Zirkusstern!»

SCHNUPFENSTERNE

Von hier aus hat man die Möglichkeit, die Sterne zu beobachten, ohne vom künstlichen Licht gestört zu werden. Ich habe einen geheimen Ort, zu dem ich komme, wenn ich Ruhe brauche. Der Marsch von der Seilbahn bis zu dieser Lichtung hat fast eine halbe Stunde gedauert, aber es hat sich gelohnt, da hier eine magische Stille herrscht.

Ich suche eine flache Stelle, auf der ich unsere Decke ausbreiten kann, dann lege ich mich direkt neben Lukas, der mit seinen pummeligen Händen so tut, als hielte er ein Fernglas. *So kann man besser sehen,* versucht er mich zu überzeugen. Ich mache es ihm nach und sondiere das Himmelsgewölbe durch die zwei Bullaugen.

Es ist ein klarer Abend. Eine kühle Brise streichelt mein Gesicht, und ich fühle mich glücklich.

Vor allem, weil ich an dich denke. Ich atme tief die reine Bergluft ein. Ich sehe dich durch das Licht des Mondes und weiß, dass ich mit dir Frieden geschlossen habe.

Plötzlich entdecken wir eine funkelnde Spur, die sich einen kurzen Moment wie eine kullernde Träne am kobaltblauen Himmel abzeichnet.

«Hast du es gesehen?», fragt Lukas euphorisch.

«Ja, ich hab es gesehen», beruhige ich ihn und kneife ihn zart in die Wange. «Hast du dir was gewünscht?»

Aber Lukas hört schon nicht mehr zu, er ist bereits aufgestanden und trällert pausenlos: *«Stella cadente, Stella cadente, Stella cadente!»*

Ich lass mich von seinem Enthusiasmus mitreißen, hüpfe mit ihm mit, wie damals auf den Straßen von Cusco oder auf meinen Hügeln im Oltrepò und wiederhole auch amüsiert den Singsang *Stella cadente, Stella cadente, Stella cadente.*

Abrupt bleibt Lukas stehen und starrt mich an.

«Auf Deutsch!», fordert er mit blitzenden Augen. Er erwartet, dass ich es falsch sage.

«Schnupfensterne», antworte ich und zwinkere ihm zu.

Lachend lassen wir uns auf die Wiese fallen.

Über die Autorin

Eliana Zini, geboren 1977, stammt aus Bergamo, wo
sie fremdsprachliche Philologien studiert hat. Seit
einigen Jahren lebt sie in Deutschland und unterrichtet
Italienisch.
Dies ist ihr erster Roman.